Menschen glücklich machen

Thompson Buchanan

Writat

Diese Ausgabe erschien im Jahr 2023

ISBN: 9789359255316

Herausgegeben von
Writat
E-Mail: info@writat.com

Nach unseren Informationen ist dieses Buch gemeinfrei.
Dieses Buch ist eine Reproduktion eines wichtigen historischen Werkes. Alpha
Editions verwendet die beste Technologie, um historische Werke in der gleichen
Weise zu reproduzieren, wie sie erstmals veröffentlicht wurden, um ihre
ursprüngliche Natur zu bewahren. Alle sichtbaren Markierungen oder Zahlen
wurden absichtlich belassen, um ihre wahre Form zu bewahren.

Inhalt

KAPITEL I

Die Braut schlug verzweifelt mit ihrem Hammer auf den Tisch. Vergeblich! Im Raum herrschte Chaos.

Die geschmeidige und geschwungene Gestalt des Mädchens – denn sie war erst zwanzig, obwohl sie bereits verheiratet war – war jetzt angespannt, als sie in ihrem eigenen Wohnzimmer stand und unermüdlich darum kämpfte, Ordnung in das Chaos zu bringen. Normalerweise war die cremige Blässe ihrer Wangen nur ganz zart mit Rosentönen berührt; in diesem Moment brannte das Purpur der Aufregung heftig. Normalerweise waren ihre bernsteinfarbenen Augen sanft und zärtlich; jetzt glühten sie vor Empörung, die halb Zorn war.

Dennoch schlug die Braut mit dem Hammer ein Zeichen empörter Autorität, völlig erfolglos. Die Verwirrung, die im bezaubernden Salon von Cicily Hamilton herrschte, wurde von Augenblick zu Augenblick nur noch verwirrender. Der Civitas Club war in vollem Betrieb und duldete keine Zurückhaltung. Jede der zwölf Frauen, die auf Stühlen dem Vorsitzenden gegenüber saßen, redete laut, schnell und ununterbrochen. Niemand schenkte dem hektischen Ruf des Hammers auch nur die geringste Beachtung ... Dann erreichte die bedrängte Braut endlich die Grenze ihrer Ausdauer. Wütend warf sie den Hammer von sich und schrie schrill über den lauten Lärm der anderen Stimmen hinweg:

„Wenn du nicht aufhörst", erklärte sie vehement, „werde ich nie wieder mit einem von euch reden!"

Dieser Protestschrei blieb nicht ohne Wirkung. Es ertönte ein Chor von Ausrufen; aber die Monologe waren erfolgreich unterbrochen worden, und die Aufmerksamkeit der geschwätzigen Zwölf galt schließlich dem vorsitzenden Beamten. Für einen Moment herrschte Stille. Es wurde von Ruth Howard unterbrochen, einem Mädchen mit großen, gefühlvollen braunen Augen und einer Art hingerissener Ernsthaftigkeit, die ihre Klage in einem Ton von äußerster Bitterkeit äußerte:

„Und wir kamen in Liebe zusammen!"

Da vergaß Cicily Hamilton ihre Verärgerung über den Tumult und lächelte mit der Sanftmut, die ihr eigen war.

„Wirklich, wissen Sie", gestand sie fast zerknirscht, „ich halte Ihnen nicht gerne Vorträge in meinem eigenen Haus; aber wir sind aus einem ernsten Grund zusammengekommen, und Sie sind genauso unhöflich, als ob Sie nur zu uns gekommen wären." Tee."

Eine der Frauen in der ersten Stuhlreihe stieß einen scharfen, anerkennenden Schrei aus. Das war Mrs. Flynn, eine militante Suffragette aus England, die zu Besuch kam. Ihre aggressive Art und der eifrige Ausdruck ihres schmalen Gesichts mit den glänzenden schwarzen Augen verrieten, dass diese Vierzigjährige von Natur aus eine Kämpferin war, die Freude am Kampf hatte.

„Ja, Mrs. Hamilton hat recht", war ihr bissiger Kommentar. „Wir vergessen unser großes Werk – die Emanzipation der Frau!"

Der Redner strahlte zynisch seine Zustimmung aus; aber sie drehte den Satz des anderen um:

„Ja", stimmte sie zu, „unser großes Werk – die Unterwerfung des Menschen!"

Die Aussage durfte jedoch nicht unwidersprochen bleiben. Helen Johnson, die zumindest in den Zwanzigern gut zurechtkam und immer noch eine Jungfrau war, war stolz auf ihre Eroberungskraft, obwohl sie keinen Ehemann hatte, der sie vorweisen konnte. Nun sprach sie mit der Miene träger Überlegenheit:

„Oh, wir haben die Unterwerfung des Menschen bereits geschafft", sagte sie gedehnt und lächelte selbstgefällig.

„Einige von uns haben es getan", erwiderte Cicily; und der Akzent auf dem ersten Wort verdeutlichte die Anspielung.

„Oh, still, Schatz!" Das tadelnde Flüstern kam von Mrs. Delancy, einer grauhaarigen Frau von fünfundsechzig Jahren, die etwas zu Übergewicht neigte und ein hübsches, freundliches Gesicht hatte. Sie war die Tante von Cicily und hatte das mutterlose Mädchen in ihrem Haus in New York großgezogen. Als sie nun ihre Nichte, die Braut eines Jahres, besuchte, geriet sie unweigerlich in die etwas turbulente Sitzung des Civitas-Clubs, mit der sie bisher keine große Sympathie genoss. Ihre Position auf dem Stuhl, der dem vorsitzenden Beamten am nächsten war, gab ihr die Gelegenheit, den Vorwurf auszusprechen, ohne dass jemand außer der militanten Mrs. Flynn, die verstohlen lächelte, sie belauschte.

Cicily beugte sich vor und sprach leise zum Ohr ihrer Tante:

„Ich musste es einfach sagen, Tante", gestand sie glücklich. „Weißt du, sie hat ihr Bestes gegeben, um Charles zu fangen."

Mrs. Morton, eine Gesellschaftsfrau mittleren Alters, die während der trüben Jahreszeit sporadisch Interesse an der Sache der Frau zeigte, erhob sich nun

von dem Stuhl direkt hinter Mrs. Flynn und sprach mit einem Ton großer
Entschlossenheit:

„Ja, meine Damen vom Civitas Club, Mrs. Flynn hat völlig recht." Mit einer
schwungvollen Geste deutete sie die Identität der militanten Frauenrechtlerin
an, die den meisten in der Gesellschaft unbekannt war. „Es ist unsere Pflicht,
den von unserer Schwester aufgezeigten Weg zur Emanzipation der Frau
konsequent weiterzuverfolgen. Wir sollten den Club sofort gründen und die
Arbeit sofort erledigen. Die Fastenzeit wird bald vorbei sein, und dann wird
es keine Zeit mehr geben." dafür."

„Ja, in der Tat", stimmte Cicily begeistert zu, als Mrs. Morton sich wieder auf
ihren Stuhl setzte; „Lasst uns den Club sofort in Gang bringen." Der
vorsitzende Beamte zögerte einen Moment und kramte in den Papieren auf
dem Tisch herum. „Wie heißt das? Oh, hier ist es!" schloss sie und nahm ein
Laken von der Sänfte vor sich. „Hören Sie! Es ist die Civitas-Gesellschaft zur
Förderung der Frau und zur Förderung der Verbreitung sozialer Gleichheit
unter den Massen."

Als Cicily diese erfreulich klangvolle Bezeichnung mit ihrer
beeindruckendsten Stimme aussprach, richteten sich die Clubmitglieder mit
offensichtlichem Stolz auf ihren Plätzen auf und es ertönte lautes
Händeklatschen. Ruth Howards große Augen rollten entzückt.

„Oh", schwärmte sie, „ist das nicht ein süßer Name! Mal sehen – die Vivitas-
Gesellschaft für – für – wofür ist sie überhaupt?"

Cicily kam dem vergesslichen Eiferer zu Hilfe.

„Es dient dem Zweck, Männer und Frauen näher zusammenzubringen",
erklärte sie würdevoll.

Miss Johnson strahlte ihre Zustimmung mit ihrer üblichen Miene koketter
Überlegenheit aus.

„Oh, lies es noch einmal, Cicily", drängte sie. „Es ist so inspirierend!"

„Ja, lesen Sie es noch einmal", riefen mehrere Enthusiasten im Chor.

Der Vorsitzende war im Begriff, der Forderung nach einer Wiederholung der
klangvollen Nomenklatur nachzukommen:

„Die Civitas-Gesellschaft für …", begann sie mit würdevollem Nachdruck.
Aber sie brach abrupt ab, dem Impuls eines Stimmungswechsels folgend.
„Oh, was nützt es?" sie fragte leichtfertig. „Ihr werdet alle morgen früh
Kopien davon per Post erhalten." Cicily war überaus zufrieden mit dieser

arbeitssparenden Lösung und strahlte ihre Clubkollegen an. "Was als nächstes?" fragte sie freundlich.

Mrs. Carrington erhob sich und sprach vor der Versammlung mit der Würde, die einer Person mit großer Erfahrung in parlamentarischen Übungen gebührt.

„Nachdem wir über den Namen abgestimmt haben", bemerkte sie nachdenklich, offenbar unbeeindruckt von der überaus informellen Art der Abstimmung, wenn man das überhaupt so nennen kann, „denke ich, dass es jetzt an der Zeit ist, dass wir die Gesellschaft gründen." Sie starrte durch ihre Lorgnette herablassend auf die beeindruckte Gesellschaft und sank in ihren Stuhl zurück.

Es gab viele Zustimmungsrufe zu Mrs. Carringtons rechtzeitigem Vorschlag und viel Kopfnicken. Offensichtlich waren die Damen bereit, den Verein sofort zu gründen. Bedauerlicherweise gab es jedoch immer noch ein Hindernis für die Erreichung dieses wünschenswerten Ziels – eine eher allgemeine Unkenntnis über die richtige Vorgehensweise. Ruth Howard richtete den Blick ihrer großen braunen Augen wehmütig auf Mrs. Carrington und äußerte das Dilemma mit einer Frage:

„Wie fangen wir an?" sie fragte in einem Ton sanfter Verwunderung.

Bevor Mrs. Carrington eine Antwort auf dieses relevante Verhör formulieren konnte, begann die militante Frauenrechtlerin aus England eine Ansprache.

„Der Beginn einer großen Bewegung wie dieser", erklärte Frau Flynn, „ist wie der Beginn eines großen Rennens oder der Beginn eines edlen Sports; es ist wie –"

Cicily war von dieser Erklärung so begeistert, dass sie den Redner unterbrach, um zu zeigen, dass sie die Sache vollkommen verstanden hatte.

„Du meinst", rief sie freudig, „dass du pfeifst oder mit einer Pistole schießt!"

Diese entsetzliche Unkenntnis der parlamentarischen Taktik löste bei einigen der Gelehrten ein kaum verhohlenes Gekicher aus; Miss Johnson gestattete sich ein gurgelndes Lachen, das ihr vorkam. Aber es war Mrs. Carrington, die es sich zur Aufgabe machte, einen verschleierten Tadel auszusprechen.

„Ich fürchte, Mrs. Hamilton war nicht in vielen Clubs Mitglied", bemerkte sie eisig.

Bei Miss Johnsons offener Missachtung war Cicily schmerzhaft rot geworden. Jetzt war sie jedoch bereit, auf Mrs. Carringtons angedeutete Kritik zu antworten:

„Oh, im Gegenteil!" rief sie aus. „Also, ich war der Hauptwühler der Pi Iota Gammas, als ich in Briarcliff ins Internat ging."

Miss Johnson sprach mit gefährlicher Höflichkeit:

„Dann, meine Liebe, da du eines der Schweine warst – entschuldige, dass ich das Englisch verwende, aber ich konnte diese griechischen Buchstaben nie aussprechen –"

„Natürlich nicht", unterbrach Cicily sie mit ihrem süßesten Lächeln. „Ich erinnere mich, Helen, meine Liebe: Du hattest keine Chance zu üben , da du nicht nach Briarcliff gehörtest."

Die freundliche, aber nicht minder erbitterte Bemerkung zwischen ihrer Nichte und Miss Johnson war für Mrs. Delancy von Nesselsucht geprägt. Sie war sich Cicilys tiefsitzender Abneigung gegen die kokette ältere Frau bewusst, die keine Skrupel hatte, alle ihre Künste einzusetzen, um den Liebhaber eines anderen für sich zu gewinnen. Dass es ihr völlig gescheitert war, bei Charles Hamilton Eindruck zu machen, milderte die Beleidigung in der Wertschätzung der Braut nicht. Cicilys Gefühle waren in der Tat so stark und ihr Temperament so impulsiv, dass die Tante aus Angst vor einem offenen Bruch zwischen den beiden jungen Frauen wirklich beunruhigt war, denn Helen Johnson hatte eine giftige Zunge und eine Vorliebe für deren Verwendung. Also beeilte sich Mrs. Delancy, ein Gespräch abzubrechen, das eine Katastrophe drohte.

„Lassen Sie uns als Erstes die Beamten auswählen", schlug sie vor und erhob sich, um die Aufmerksamkeit auf sich zu lenken. „Ich glaube, dass es in Vereinen üblich ist, Amtsträger zu haben, und aus diesem Grund scheint es mir gut, hier und jetzt Amtsträger für diesen Verein auszuwählen." Mrs. Delancy setzte sich wieder hin, zufrieden mit ihrer Anstrengung, denn bei ihren Zuhörern herrschte allgemeines Interesse.

Cicily lächelte mit dem lebhaften Stimmungswechsel, der sie auszeichnete, sofort wieder, aber jetzt aufrichtig. Ohne einen Moment des Zögerns nahm sie den Vorschlag an und handelte danach. Sie wandte sich an Mrs. Carrington und richtete ihre Worte an diese würdige Person:

„Ja, in der Tat", erklärte sie erfreut, „ich akzeptiere den Vorschlag … Werden Sie nicht Präsidentin, Mrs. Carrington?"

Die bedeutende Dame war sichtlich erfreut über diesen Vorschlag. Sie lächelte strahlend und putzte sich so sehr, dass die Pailletten auf ihrem schwarzen Kleid stolz glänzten.

„Vielen Dank, meine liebe Frau Hamilton", antwortete sie zärtlich, mit einem Anschein von Demut, der jedoch völlig scheiterte. „Aber ich glaube, es gibt bestimmte Formalitäten, die normalerweise eingehalten werden – ich glaube, dass es eine Frage der Auswahl durch den Club als Ganzes ist. Natürlich, wenn –" Sie hielt erwartungsvoll inne und betrachtete die Menschen um sie herum mit einem schweren Lächeln mit Vorschlag.

Cicily war etwas beunruhigt über den Fehler, in den sie geraten war. Ihr kam der Gedanke, dass Helen Johnson hier eine weitere Gelegenheit zur Befriedigung ihrer Bosheit finden könnte. Ein Blick zeigte, dass diese abscheuliche junge Frau tatsächlich mitleidige Blicke mit Mrs. Flynn austauschte. Cicily errötete vor Kummer, als sie zögernd und mit entschuldigendem Tonfall sprach:

„Oh, der Präsident muss gewählt werden? Ich bitte um Verzeihung! Ich dachte, es sei wie bei der Armee, und – nach Alter."

Bei dieser unglücklichen Erklärung verschwand der Anflug befriedigter Eitelkeit auf Mrs. Carringtons Gesichtszügen wie durch Zauberei. Sie versteifte sich sichtlich, als sie scharf ein einziges Wort ausstieß:

"Wirklich!" Der Tonfall war vernichtend.

Mrs. Flynn, die über Cicilys offensichtliche Verwirrung selbstgefällig lächelte, stand nun auf, um dem unglücklichen Vorsitzenden die Anweisung zu geben:

„Nein, in der Tat, Mrs. Hamilton", verkündete sie mit großem Ernst, „größtenteils sind es die jungen Frauen, oft sogar junge Frauen, die nicht älter sind als Sie selbst, die an der Front stehen und ruhmreich den Kampf aller Frauen führen." in dieser großen Bewegung... Zumindest ist das in England so." Sie hielt inne und zügelte sich, während sie die aufmerksame Gesellschaft musterte, ihr Auftreten war voller Selbstzufriedenheit. „Da, so darf ich sagen, waren die jüngsten und schönsten Frauen die Anführerinnen des Kampfes. Ähem!"

Cicily zögerte nicht, jede Zweideutigkeit aus der Äußerung der militanten Frauenrechtlerin mit dem blassen, schmalen Gesicht zu beseitigen.

„Und Sie waren eine großartige Anführerin, nicht wahr, Mrs. Flynn?" sie forderte unverblümt.

Die anderen Frauen lächelten verstohlen; aber die Engländerin war offen gesagt erfreut über die Implikation. Sie lächelte vor Vergnügen, als sie antwortete:

„Ich kann ehrlich sagen, dass ich fast jede Polizeistation in London von innen kenne."

Bei dieser überraschenden Ankündigung, die mit allem Anschein von Stolz ausgesprochen wurde, zeigten die Zuhörer der Frauenrechtlerin ihr Erstaunen durch Ausrufe und Gesten. Besonders Mrs. Carrington machte deutlich, dass sie mit dieser Art des Märtyrertums für die Emanzipation der Frau kaum Geduld hatte.

„Meine liebe Frau Flynn", sagte sie mit einem Anflug von Verachtung in der Stimme, „hier in Amerika glauben wir nicht, dass ein Gefängnisaufenthalt unbedingt ein Grund zum Stolz ist." Die meisten anderen murmelten zustimmend; aber Mrs. Flynn selbst ließ sich keineswegs einschüchtern.

„Na dann sollte es so sein", erwiderte sie energisch. „Eifer ist die Devise!"

„Ich denke, dass Frau Flynn Präsidentin sein sollte", rief Miss Johnson mit plötzlicher Begeisterung. „Sie hat für die Sache gelitten!"

„Oh, übrigens", warf Mrs. Morton leichtfertig ein, „die meisten von uns sind verheiratet." Allen, an die sie sich wandte, außer vielleicht der Engländerin, war bekannt, dass Mrs. Morton im Alter von vierzig Jahren zwei Scheidungen hinter sich hatte und jetzt mit einem dritten Ehemann in erbärmlichen Verhältnissen lebte, weshalb sie mit der Autorität eines Mannes sprach hatte genügend Erfahrung.

Aber Mrs. Flynn interessierte sich zu sehr für ihre eigenen erschütternden Erlebnisse, als dass sie sich durch zynisches Geplänkel ablenken ließe.

„Als ich das letzte Mal ins Gefängnis kam", erzählte sie, „hatte ich mich an die Galerie des Unterhauses gekettet, und als sie versuchten, mich freizulassen, habe ich einen Polizisten gebissen – hart!"

„Oh, du Menschenfresser!" Es war Cicily, die den Ausruf ausstieß, halb vorwurfsvoll, halb scherzhaft.

„Ich verstehe nicht, warum einem das zum Vorwurf gemacht werden sollte, wenn man auch nur Chicagoer Roastbeef einem irischen Polizisten vorziehen sollte." Dies war Mrs. Carringtons empörter Kommentar zur Erzählung vom beißenden Märtyrer.

Die Bemerkung traf Mrs. Flynn jedoch auf völlig unerwartete Weise. Sie schrie vor echtem Entsetzen und Abscheu über die vorgeschlagene Idee auf.

„Mein Gott! Können Sie sich vorstellen, dass ich jemals einen irischen Polizisten beißen würde?"

„Wenn nicht", erwiderte Mrs. Carrington schlau, „werden Sie in New York nur sehr wenig Gelegenheit haben, Ihre ganz besonderen Talente auszuleben."

Cicily warf eine Bemerkung über den appetitlichen Charme einiger berittener Polizisten dazwischen. Es schien ihr, dass das Gespräch zwischen den beiden älteren Frauen einen Punkt erreicht hatte, an dem eine Unterbrechung angebracht war . „Ich denke, wir sollten jetzt besser noch ein paar Geschäfte machen", fügte sie hastig hinzu und warf ihrer Tante einen flehenden Blick zu.

Mrs. Delancy reagierte sofort auf die Notlage.

„Auf jeden Fall", drängte sie. „Lassen Sie uns mit dem Geschäft fortfahren. Mir kommt es so vor, als wären wir nicht sehr schnell vorangekommen. Warum wählen wir nicht gleich die Beamten?"

Wieder einmal war das gesamte Unternehmen voller Interesse an dem Projekt, ordnungsgemäß bevollmächtigte Beamte zu gewinnen. Es gab gemurmelte Gespräche, vertrauliches Flüstern. Wie Ruth Howard ernsthaft erklärte, war es so aufregend – eine echte Wahl. Eine heimliche Auswahl an Kandidaten war in vollem Gange. Am häufigsten hörte man die Namen von Mrs. Flynn und Mrs. Carrington. Im Übrigen beleuchteten einige Urteile einzelne Methoden zur Bestimmung der Führungsqualitäten. Eine prüde Jungfer schüttelte heftig den Kopf über einen Vorschlag der Frau neben ihr. „Nein, mein Lieber", antwortete sie aggressiv, „ich werde ganz sicher nicht für sie stimmen – für eine Frau stimmen, die eine Verwandlung trägt? Nein, in der Tat!" … Cicily überschritt die Zeit der allgemeinen Hektik, um sich heimlich bei ihrer Tante zu erkundigen hinsichtlich des möglichen Glanzes ihrer Nase. „Es glänzt immer, wenn ich aufgeregt bin", erklärte sie reumütig. Tatsächlich war mit diesem zierlichen Merkmal überhaupt nichts los, das eine ganz eigene Faszination ausübte, weil man sich ständig fragte, ob es klassisch gerade oder nur um einen winzigen Bruchteil nach oben geneigt war.

Es war Frau Morton, die als erste energische Maßnahmen für eine Wahl ergriff. Sie stand auf und sprach mit einem Ton der Endgültigkeit:

„Ich denke, dass die liebe Frau Carrington eine hervorragende Offizierin abgeben würde. Ich schlage die liebe Frau Carrington für unsere Präsidentin vor."

„Haben Sie das gehört, Frau Carrington?" fragte Cicily mit einem erfreuten Lächeln für den so Geehrten. „Du bist nominiert."

„Oh, es ist so aufregend!" rief Ruth Howard mit unbändiger Begeisterung aus.

Aber Miss Johnson, an die Ruth sich besonders wandte, war gelegentlich von Mrs. Carrington gnadenlos abgewiesen worden. Infolgedessen zeigte sie jetzt kein Anzeichen von Mitgefühl für die Gefühle ihres Begleiters. Im Gegenteil, sie schniefte empört und murmelte etwas von „dieser Frau!"

Unterdessen wurde Mrs. Morton immer unruhiger darüber, dass die Dinge trotz ihrer Nominierung weiterhin stillstanden. Sie stand auf und überblickte die Gesellschaft mit einem Blick, der beredte hochmütige Überraschung ausdrückte.

„Ich warte eine Sekunde auf meinen Antrag“, bemerkte sie eisig. Da auf diese Information keine hörbare Reaktion erfolgte, fügte sie mit wachsender Empörung hinzu: „Na ja, wirklich!“ Im Ton lag eine Fülle verächtlicher Vorwürfe.

Die Wirkung auf die anfällige Cicily war augenblicklich. Mit ihrer gewohnten Impulsivität und ihrem Eifer, für alle Menschen das Richtige zu tun, hatte sie das Gefühl, dass es ihr selbst völlig nachlässig gewesen war, Mrs. Morton nicht sofort zu Hilfe geeilt zu sein. Um es wieder gut zu machen, sprach sie lebhaft:

„Oh, ich stimme dem zu! ... Mrs. Carrington“, fuhr sie fort und wandte sich an die zufriedene Kandidatin, „Sie werden unterstützt.“ Für ihr Verhalten wurde sie mit einer stattlichen Dankesverbeugung von Frau Morton belohnt. Ein halbes Dutzend andere folgten dem Hinweis des Vorsitzenden und unterstützten lautstark die Kandidatur von Mrs. Carrington, woraufhin Mrs. Morton vor Freude die Röte errötete und sich dazu bewegte, die Angelegenheit ohne Verzögerung zum Abschluss zu bringen.

„Ich beantrage, dass jetzt die Wahl von Frau Carrington zur Präsidentin erfolgt und dass die Wahl einstimmig erfolgt“, forderte sie mit viel Salbung in ihrer Stimme. Sie lächelte den Vorsitzenden überzeugend an und schloss: „Willst du diesen Antrag nicht stellen, meine Liebe?“

Cicily meisterte die Situation mit einem Anschein von Würde.

„Es ist uns wichtig und unterstützt“, verkündete sie laut, „dass Mrs. Carrington zur Präsidentin dieses Clubs gewählt wird. Alle sind für diesen Antrag –“

„Einen Moment bitte“, unterbrach Miss Johnson aufgeregt. „Frau Vorsitzende, ich beantrage, dass Frau Flynn, die große, bewährte, bewährte und vertrauenswürdige Kämpferin für die Sache der Frauen aus England, zur Präsidentin gewählt wird und dass ihre Wahl einstimmig erfolgt.“ Sie hielt inne, um sich an Ruth zu wenden, die sie mit grimmigem Flüstern ansprach: „Wenn du mich nicht unterstützt, werde ich nie wieder mit dir sprechen.“

„Oh, ich unterstütze dich“, rief Ruth besorgt. „Natürlich unterstütze ich dich.“

Aber zu diesem Zeitpunkt war Cicily zu der Tatsache gelangt, dass die anderen anwesenden Frauen das parlamentarische Recht genauso wenig kannten wie sie selbst. Deshalb scheute sie sich in dieser Notlage nicht, eine kühne Antwort zu geben. Sie antwortete mit überaus milder Stimme:

„Aber sehen Sie, Miss Johnson, dem Haus liegt bereits ein Antrag vor.“

Daraufhin eilte Mrs. Morton tapfer zu ihrer eigenen Unterstützung.

„Ja, tatsächlich", erklärte sie hochmütig; „Mein Antrag war der erste. Ich muss darauf bestehen, dass darüber abgestimmt wird. Wenn Miss Johnson einen importierten englischen Präsidenten für unsere amerikanische Gesellschaft haben wollte, hätte sie zuerst Mrs. Flynn nominieren sollen." Sie wandte sich direkt an den Vorsitzenden. „Habe ich nicht recht, Liebes?"

Cicily strahlte Mrs. Morton an und wollte gerade antworten, als ihr plötzlich ein Gedanke kam, der eher ihrem Einfallsreichtum als ihrem Führungswissen Ehre machte. Sofort strahlte sie, etwas heuchlerisch, ihrerseits Miss Johnson an.

„Ja, sicherlich", bestätigte sie; „Ich bin mir sicher, dass Sie beide völlig recht haben."

„Vielen Dank, Frau Vorsitzende, dass Sie mir zustimmen", antwortete Miss Johnson, besänftigt über Cicilys unerwartete Liebenswürdigkeit ihr gegenüber. „Mein Antrag liegt ebenfalls dem Parlament vor und ich bestehe darauf, dass darüber abgestimmt wird. Frau Flynn wurde unterstützt."

In der Art und Weise, mit der Miss Johnson und Mrs. Morton einander gegenüberstanden, herrschte eine Stimmung der Feindseligkeit, die nichts Gutes für den Frieden verhieß. Die rivalisierenden Kandidaten saßen in steifer Haltung und verächtlicher Distanz da, während ihre Anhänger stritten. Das Flüstern der anderen deutete auf eine wachsende Schärfe der Debatte hin. Die ernste Jungfrau Ruth war von der Spannung des Streits beunruhigt.

„Ich glaube, ich gehe lieber", stockte sie. „Ich fürchte, du wirst dich streiten, Helen."

Aber Cicilys Inspirationsquellen waren noch lange nicht erschöpft. Sie winkte den Gegnern versöhnlich zu und sprach mit einer Entschlossenheit, die augenblicklich eine Wirkung hervorrief wie Öl auf unruhigem Wasser.

„Ich sage Ihnen: Ich werde einen Antrag stellen, und der andere kann ein Änderungsantrag sein." Bei diesem tiefgründigen Vorschlag atmete die ganze Truppe erleichtert auf. Nur Ruth wirkte etwas verwirrt.

„Was ist eine Änderung?" fragte sie offen, während die anderen sie wegen ihrer Unwissenheit mit offensichtlicher Verachtung ansahen.

„Ein Änderungsantrag, Ruth", erklärte der Vorsitzende geduldig, „ist – ist – oh, hören Sie einfach zu und unterbrechen Sie die Verhandlung nicht, dann werden Sie in ein paar Minuten alles darüber wissen." Sie strahlte noch einmal, zuerst zu Mrs. Morton und dann zu Miss Johnson. „Wer von euch wäre lieber der Verfassungszusatz?" sie erkundigte sich.

Mrs. Morton war, wie es ihrem Alter gebührte, die Erste, die antwortete.

„Es ist für mich völlig unerheblich, nur dass mein Antrag gestellt wird."

Miss Johnson legte ein Verhalten an, das nicht ohne Anzeichen heldenhafter Selbstaufopferung war.

„Ich werde der Verfassungszusatz sein", waren ihre Worte. Damit verneigte sie sich sehr förmlich vor Mrs. Morton, die den Gruß mit großer Würde erwiderte, woraufhin die beiden sich schließlich auf ihre Stühle setzten.

Cicily war begeistert von der subtilen Art und Weise, wie sie aus dem Chaos Ordnung geschaffen hatte. Ihre Augen strahlten vor Stolz und die Röte in ihren Wangen wurde tiefer. In ihrer Stimme lag eine zusätzliche Musik, als sie sich noch einmal an die Firma wandte.

"Prächtig!" sie ejakulierte. „Nun, alle sind für den Morton von Mrs. Motion – ich meine den Antrag von Mrs. Morton, bitte sagen Sie ja!"

Mit klarer, klingender Stimme leitete sie den Refrain zustimmend. Ja, alle anwesenden Frauen, einschließlich des Vorsitzenden, stimmten begeistert mit „Ja", woraufhin Cicily den Antrag für angenommen erklärte; und Mrs. Morton stand auf und sagte: „Danke, meine Damen." Als nächstes stand Frau Carrington auf, legte eine Hand auf ihr Herz und drückte ihre Wertschätzung für die ihr erwiesene Ehre aus: „Ich danke Ihnen zutiefst, meine Damen." Der Vorfall endete passenderweise mit einem Ausbruch von Applaus, in den sich der gesamte Club einschloss, obwohl Ruth ziemlich verwirrt mit den Handflächen schlug ... Cicily begann sofort mit der neuen Phase der Situation.

„Also alle, die für den Änderungsantrag von Miss Johnson sind, sagen bitte „Ja", wies sie an. Wieder stimmte sie im Chor zu, und die gesamte Truppe beteiligte sich ohne Gegenstimme an der Abstimmung. „Änderungsantrag angenommen", verkündete der Vorsitzende fröhlich. Jetzt war Miss Johnson an der Reihe, sich zu erheben und sich zu bedanken, und Mrs. Flynn folgte ihr und sagte sehr elegant: „Von jenseits des Meeres danke ich Ihnen." Der übliche Applaus war überaus herzlich... Aber Cicily war immer noch voller Energie.

„Jetzt sagen alle, die für den Antrag und den Änderungsantrag sind, bitte „Ja"," forderte sie. Zum dritten Mal leitete sie den Chor, und die Abstimmung fiel ohne Gegenstimme positiv aus. „Der Antrag und der Änderungsantrag werden einstimmig angenommen", verkündete Cicily, und das Händeklatschen klang freudig und zufrieden seitens des Civitas Clubs.

Anschließend folgte eine kurze Gesprächspause, in der viel Wertschätzung für die Effizienz des Clubs bei der Durchführung seiner Sitzung zum Ausdruck gebracht wurde. „Das alles zeigt, wie sachlich Frauen sein können", bemerkte Mrs. Carrington triumphierend. Frau Flynn war noch nachdrücklicher. „Ich habe noch nie ein Treffen gesehen, das unsere große Sache so glanzvoll verkörpert." Der Tribut wurde mit einem Summen der Zustimmung aufgenommen ... Aber schließlich kam eine Pause in den Gesprächen. Es wurde von Mrs. Delancy gebrochen, die gedankenlos und verwirrt sprach, ohne zu ahnen, welche unheimliche Wirkung ihre Worte haben sollten:

„Wer ist gewählt?" war ihre einfache Frage.

Es herrschte einen Moment verblüffter Stille, in dem die Clubmitglieder einander mit großen Augen anstarrten. Es wurde jedoch sehr schnell von Mrs. Carrington durchbrochen, die mit mehr Bewegung aufstand, als es ihrer würdevollen Haltung gebührte.

„Ich habe die Ehre", sagte sie scharf.

Sofort war Mrs. Flynn, die militante Frauenrechtlerin, mit kriegerischem Gesicht auf den Beinen.

„Verzeihung, aber die Ehre gebührt mir", fauchte sie und betrachtete den ersten Kläger mit heftiger Empörung, die ebenfalls erwidert wurde. Die meisten anderen waren zu verwirrt, um etwas zu sagen, aber Mrs. Morton erhob sich, um die Behauptungen ihres Kandidaten zu unterstützen.

„Bitte verzeihen Sie mir", begann sie beschwichtigend, „aber wahrscheinlich versteht Mrs. Flynn es nicht. Die Auslegung des Parlamentsrechts in England mag ganz anders sein. Wahrscheinlich ist es das auch. Die Bräuche dieses Landes weichen in vielerlei Hinsicht stark von unseren ab." Das gilt wahrscheinlich auch für Wahlen in Clubs. Nun gehöre ich zehn Clubs – amerikanischen Clubs – und ich versichere Ihnen, dass Mrs. Carrington gemäß dem Parlamentsgesetz in jedem dieser zehn Clubs mit Sicherheit gewählt ist. "

Dieses Eintreten stellte natürlich eine Herausforderung für Miss Johnson dar, die sich umgehend für ihre eigene Kandidatin einsetzte.

„Ich bin mir sicher, dass Mrs. Carrington keine Lust hat, einen angesehenen Fremden in unseren Toren auszunutzen – und jemanden, der der Sache ebenso ruhmreich gedient hat wie Mrs. Flynn –, aber selbst wenn jemand ..." Sie betrachtete Mrs. Morton mit großer Bedeutung – „Ich sage, selbst wenn jemand eine Formalität unfair ausnutzen möchte, wäre das völlig unmöglich, denn mein Änderungsantrag zum ursprünglichen Antrag wurde angenommen – einstimmig! Mrs. Flynn ist ordnungsgemäß die Präsidentin des Clubs." gewählt."

Eine unklare Vorstellung vom parlamentarischen Verfahren veranlasste Frau Flynn zu einem Vorschlag.

„Ich denke, die Angelegenheit lässt sich am besten durch den Vorsitzenden regeln", sagte sie zweifelnd. „Der Vorsitzende hat den Antrag gestellt. Dann überlassen wir die Entscheidung der Frau Vorsitzenden." Mrs. Carrington nickte würdevoll zustimmend zu dem Vorschlag, und die gesamte Gesellschaft schien äußerst erleichtert zu sein, mit Ausnahme von Miss Johnson, die trotzig schniefte, und von Ruth, die von der Abfolge der Ereignisse mehr denn je verwirrt zu sein schien.

Jetzt fühlte sich Cicily endlich verwirrt über die Krise, die sie selbst verursacht hatte. Sie blickte von einem zum anderen, mit vorwurfsvollen Augen in ihren bernsteinfarbenen Augen.

„Aber – aber Sie können nicht von mir erwarten, dass ich mich zwischen meinen Gästen entscheide", postulierte sie . Das erbärmliche Herabhängen der scharlachroten Lippen der Braut rief nach Erleichterung , doch es half nichts. Das Unternehmen beteuerte vehement, dass es in diesem unglücklichen Dilemma die Entscheidung treffen müsse ... Und wieder flüsterte der Engel der Inspiration eine Lösung des Problems zu. Impulsiv wie immer umspielte ein strahlendes Lächeln ihren Mund und ihre Augen leuchteten glücklich.

„Sehr gut", gab sie nach. „Da Sie darauf bestehen, Ihre Gastgeberin in eine so unglückliche Lage zu bringen, beschließe ich, dass es an den Damen selbst liegt. Welche von ihnen möchte das Amt übernehmen, sich gegen den Willen der anderen durchsetzen?" Sie warf einen scheinbar arglosen fragenden Blick zunächst auf Mrs. Carrington, dann auf Mrs. Flynn, die gleichzeitig Ausrufe der Empörung über die ihnen auferlegte Beschuldigung ausstieß.

Mrs. Carrington gab schnell eine klare Antwort.

„Wenn die Damen des Clubs nicht wollen, dass ich Präsidentin werde, muss ich trotz einstimmiger Abstimmung die Annahme des Amtes ablehnen. Wenn jedoch –" Sie brach ab, um ihre Rivalin vorwurfsvoll anzustarren, dann blickte sie sich im Raum um Suche nach Ermutigung für ihre Ansprüche.

Frau Flynn nutzte die Gelegenheit, in ihrem eigenen Namen eine Rede zu halten.

„Natürlich zögere ich als Fremder, mich nach vorne zu drängen, auch wenn meine Bilanz so ist, dass es schwer vorstellbar ist, wie sich möglicherweise eine Opposition gegen mich entwickeln könnte. Allerdings –"

„Natürlich ist Mrs. Carrington gewählt", unterbrach Mrs. Morton.

Gleichzeitig drängte Miss Johnson ihren Kandidaten zur Aggressivität.

„Geben Sie nicht nach", flehte sie. „Denken Sie an den Polizisten!"

Mrs. Carrington murmelte böswillig, als sie die Worte verstand.

„Angesichts der Bilanz von Mrs. Flynn", begann sie, „fühle ich mich kaum gerechtfertigt …" Ihre gespielte Demut wurde sofort von Mrs. Flynn kopiert.

„Als Fremder kann ich mich nicht zwingen –"

Der Vorsitzende entschied, dass dies tatsächlich der psychologische Moment sei, um die Situation zu beherrschen.

„In der Tat weiß der Vorsitzende die seltene Qualität Ihrer Selbstverleugnung zu schätzen", verkündete sie mit autoritärer Stimme, die die respektvolle Aufmerksamkeit aller einforderte. „Nun, meine Damen", fuhr sie mit ernstem Vorwurf fort, „sehen Sie, was passiert, wenn Sie Ihre Gastgeberin in eine so unglückliche Lage bringen, sie zu zwingen, einem ihrer Gäste etwas aufzuzwingen, was sie nicht will. Mrs. Carrington und Frau Flynn, beide, sind meine Freunde und auch meine Gäste, und ich muss auf jeden Fall davon absehen, sie in dieser Angelegenheit weiter in Verlegenheit zu bringen. Das Einzige, was ich tun kann, ist, da keiner von beiden bereit ist, das Präsidentenamt zu übernehmen, es mit Bedauern anzunehmen Es selbst. Ich werde also Präsident sein, und das erkläre ich jetzt auch.

Bei dieser erstaunlichen Entscheidung sanken Mrs. Carrington und Mrs. Flynn auf ihre Stühle und waren zu verblüfft, um zu protestieren; aber ihre Verzweiflung, zusammen mit der ähnlichen Emotion von Mrs. Morton und Miss Johnson, wurde von den anderen in dem allgemeinen Tumult nicht bemerkt Der Enthusiasmus, den der neue Salomo hervorrief, kam zum Gericht. Nach einer Pause turbulenten Jubels kam die Forderung nach einer Rede des gerade abwesenden Präsidenten ... Cicily stimmte nach gebührendem Drängen zu.

„Ich bin Ihnen zu großem Dank verpflichtet", erklärte sie und küsste ihren Clubkollegen anmutig die Hände. Dabei war der Applaus am lebhaftesten. „Wirklich, das bin ich", versicherte sie und schenkte ihr einen weiteren Kuss. Bei dieser Gelegenheit war der Applaus noch lauter als je zuvor, obwohl sich vier der Anwesenden nicht an den Ovationen für den neuen Vorstandsvorsitzenden beteiligten. „Ja, wirklich – wirklich!" Cicily fuhr fließend fort. „Und ich denke, das ist ein wunderbarer Club, den wir gegründet haben. Wir brauchen einen Club. Er gibt uns – uns verheirateten Frauen – etwas zu tun. Das ist die wahre Antwort – der wahre Grund, denke ich, für die Frauenfrage. Diese Männer haben es getan." haben weiterhin Staubsauger und Gasherde erfunden und Apartmenthotels und Bedienstete, die mehr wissen als wir. Sie haben uns nicht fair behandelt. Sie haben uns unsere gesamte Beschäftigung weggenommen, und jetzt müssen wir uns rächen. Wir können' Wir können nicht mehr für sie den Haushalt führen, und wenn wir uns um sie kümmern oder ihnen helfen wollen, müssen wir Geschäfte machen oder ihnen beim Wählen helfen ... Nun, sie haben es herbeigeführt Sie sind zu stolz geworden. Früher waren sie von uns abhängig, jetzt sind wir von ihnen abhängig, von ihren Erfindungen und ihren Dienern. Also werden wir es ihnen zeigen. Wir werden sie von ihnen abhängig machen Sie haben uns in der Welt draußen genauso verlassen, wie sie früher zu Hause von uns abhängig waren. Sie haben unseren Stolz verletzt, und wir werden sie dafür büßen lassen. Sie sagen, wir seien nervös und rücksichtslos und immer auf der Flucht. ... Es ist ihre Schuld: Sie haben die neue Frau gemacht, und jetzt machen wir den neuen Mann. Sie haben uns arbeitslos gemacht und uns dazu gemacht, und jetzt werden sie es bereuen … Die Zeit naht, in der jeder von uns mindestens drei oder vier Männer haben wird –"

Es war Miss Johnson, die diesen Ausbruch von Beredsamkeit unterbrach.

„Na, das ist geradezu unmoralisch!" keuchte die empörte Jungfrau.

„…mindestens drei oder vier Männer sind von ihr abhängig", schloss die unverfrorene Präsidentin des Civitas-Clubs, während sie ihrem Feind einen vernichtenden Blick zuwarf, der sichtlich zitterte. „Und ich denke, das ist alles", fügte Cicily zufrieden hinzu. Sie hatte das Gefühl, dass sie mit Fug und Recht behaupten konnte, dass sie sich in einer kritischen Situation ehrenhaft verhalten hatte.

„Ich beantrage, dass wir die Sitzung vertagen", sagte Mrs. Flynn energisch. Ihr energisches Temperament würde es erlauben, trotz der Demütigung, die sie erst kürzlich erlitten hatte, nicht länger schweigend zu schmollen.

Allerdings hatte Mrs. Carrington noch nicht alle Hoffnungen auf ein Amt aufgegeben.

„Wir müssen zuerst eine Sekretärin auswählen", schlug sie vor.

Miss Johnson widersetzte sich dem und war stets beharrlich bestrebt, die ältere Frau zu diskreditieren, die sie gesellschaftlich beschimpft hatte.

„Warum wählen Sie nicht eine professionelle Stenographin als Mitglied des Clubs aus und ernennen sie dann zur Sekretärin? Viele junge berufstätige Frauen würden sich zweifellos über die Ehre freuen." Dies löste einen Aufschrei gegen die Aufnahme jeder berufstätigen Frau in die exklusive Civitas aus.

„Oh, denken Sie daran, dass wir Ideale haben!" Ruth Howard bekräftigte mit aufrichtiger, wenn auch vager Treue zu ihren Idealen; und sie richtete ihre großen Augen zur Decke.

Seltsamerweise war Frau Flynn in diesem Fall gegen den Idealisten.

„Ja", sagte sie, „ich fürchte, das stimmt. Die berufstätige Frau denkt mehr an ihr Gehalt und einen angenehmen Lebensunterhalt als an unsere große Sache."

Cicily selbst erledigte die Angelegenheit mit einer unbeschwerten Lässigkeit, die wunderschön anzusehen war.

„Oh, mach dir keine Sorgen", war ihre Art, den gordischen Knoten zu durchtrennen. „Ich überlasse die Arbeit dem Stenographen meines Mannes."

„Ich beantrage, dass wir die Sitzung vertagen", wiederholte die militante Frauenrechtlerin höchst sachlich.

Mrs. Carrington war fest entschlossen, dass ihre Rivalin sie im Ziel nicht überholen sollte. Sie sprach mit ihrer eindringlichsten Würde:

„Ich unterstütze den Antrag."

Der Antrag wurde gestellt und angenommen ... Damit endete die erste Sitzung dieser epochalen Organisation: der Civitas-Gesellschaft zur Hebung der Frau und zur Förderung der Verbreitung sozialer Gleichheit unter den Massen.

KAPITEL II

Cicily Hamilton, die Braut eines Jahres, schien als junge Frau das größte Glück zu haben, das die Stadt New York einer neidischen Welt bieten konnte. Ihr Haus in den East Sixties, direkt an der Avenue, war ein bezauberndes Zuhause, zierlich, luxuriös, von bestem Geschmack, mit einer gewissen Individualität in seiner Einrichtung und Verzierung, die angenehm von der Persönlichkeit seiner Herrin sprach. Ihr Ehemann, Charles Hamilton, war ein gutaussehender Mann von sechsundzwanzig Jahren, der seine Frau vergötterte, obwohl er in letzter Zeit, in den Monaten seit dem Ende der Flitterwochen, so sehr in geschäftliche Angelegenheiten vertieft war, dass er diese Zärtlichkeiten eher vernachlässigte so wichtig für das Glück einer Frau. Einige Schwierigkeiten, die ihn in der Innenstadt störten, führten dazu, dass er zu Hause oft beschäftigt war, und die Auswirkungen auf seine Frau waren schädlich. Nach und nach spürte die Mädchenfrau, wie eine gewisse Unzufriedenheit in ihr wuchs, die weitgehend unbestimmt war, aber nichtsdestotrotz jeden Tag einen starken Einfluss auf ihre Stimmungen hatte
.

Die Aussagen, die Cicily in ihrer Antrittsrede vor der Civitas-Gesellschaft gemacht hatte, zeigten, wenn auch grob, einige der Tatsachen, die in ihr Aufruhr hervorriefen. Tatsächlich war sie nicht ausreichend beschäftigt, um ihre Gedanken von fantasievollen Flügen abzuhalten, die zu keinem zufriedenstellenden Ergebnis in der Tat führten. Eine ausgezeichnete Haushälterin, die in Ménage-Angelegenheiten weitaus klüger war, als sie jemals sein könnte, hatte einen bewundernswerten Einfluss auf die Haushaltsmaschinerie. Die so angewiesenen Diener waren die unbesorglichen Erfindungen, über die sie sich beschwert hatte. Da sie sich nicht der Ablenkung durch gesellschaftliche Fröhlichkeit widmete, hatte Cicily eine erschreckende Menge an arbeitsloser Zeit zur Verfügung. Sie war mit einer hervorragenden Ausbildung gesegnet; Aber da sie keine große Vorliebe für Wissen als solches hatte, war sie nicht geneigt, ein bestimmtes Studium mit dem Eifer eines Gelehrten zu betreiben. Um die Langeweile, die dieser Zustand mit sich brachte, loszuwerden, beschloss die junge Frau, ein neues Interesse an ihren Mitgeschöpfen zu entwickeln. Sie ging noch einen Schritt weiter und beschloss, sich auf der Grundlage der Gleichberechtigung mit ihrem Mann zu etablieren, nicht nur in der Liebe, sondern auch in der härteren Geschäftswelt. Dadurch wurde sie dazu gebracht, einen überzeugenden Glauben an die Gleichberechtigung der Geschlechter in der Gesellschaft und zu Hause zu entwickeln.

Am Nachmittag des Tages nach der einzigartigen Sitzung der Civitas-Gesellschaft offenbarte sie ihrer Tante etwas von ihrem Verstand und Herzen. Die beiden Frauen waren zusammen in Cicilys Boudoir, einem entzückenden Raum, ganz mit rosafarbener Seide getäfelt, mit Möbeln von *Louis Quatorze* und Dresdner Ornamenten … Es war noch eine Stunde vor dem Klingeln. Cicily, in einem Negligé aus weißer Seide, das gut zum Farbschema des Raumes passte und die Reinheit ihrer elfenbeinfarbenen Haut nur betonte, saß plötzlich aufrecht in dem Stuhl, in dem sie sich in geschwungener Verlassenheit niedergelassen hatte.

„Warum, Tante Emma", rief sie mit einem neuen Funkeln in den bernsteinfarbenen Augen, „wir haben vergessen, einen Termin für ein weiteres Treffen des Clubs festzulegen?"

Aber Mrs. Delancy schien von dem Versehen nicht beeindruckt zu sein.

„Glaubst du, dass es einen wirklichen Unterschied macht, Liebes?" sie fragte ruhig.

Bei dieser Verspottung nahm Cicily eine vorwurfsvolle Miene an, die kaum geeignet war, die kluge alte Dame zu täuschen, die das Mädchen seit zwanzig Jahren kannte.

„Nimmst du unseren Verein nicht ernst?" fragte sie ihrerseits. Ihre musikalische Stimme war rührend klagend.

„Oh, es ist ernst genug", war die Erwiderung. „Entweder ist es wirklich erbärmlich oder erbärmlich ernst, ganz gleich, wie man es betrachtet."

Cicily gab ihre Besorgnis auf und lachte herzlich, bevor sie erneut sprach.

„Ich muss zugeben, dass ich es selbst für einen Witz halte", gab sie zu, „eher schade." In ihrer Stimme lag jetzt ein Unterton echten Bedauerns. Dann lächelte sie erneut, mit viel Lebensfreude. „Aber es war so amüsant – sie aufzurütteln und dann ruhig selbst die Präsidentschaft zu übernehmen, weil keiner von ihnen wusste, wie er mich aufhalten konnte!"

„Es war ein unverschämter Raubüberfall!" rief Mrs. Delancy vorwurfsvoll, obwohl auch sie über die Kühnheit dieser Leistung lächeln musste. „Aber", fügte sie nachdenklich hinzu, „ich verstehe überhaupt nicht, worauf das alles hinausläuft?"

„Ich vermute, dass Sie der Rede des Präsidenten nicht aufmerksam zugehört haben", schimpfte Cicily.

„Ich habe zugehört", erklärte Mrs. Delancy bestimmt. „Trotzdem, meine Liebe, was hat das alles zu bedeuten? Meinst du im Grunde genommen einige Dinge ernst, die ich in letzter Zeit von dir gehört habe?"

„Oh ja, ich meine es ernst genug“, war die Antwort, gesprochen mit einem Anflug von Bitterkeit im Ton. „Das heißt, ich bin ernsthaft gelangweilt – verzweifelt gelangweilt. Ich sage dir, Tante Emma, eine verheiratete Frau muss etwas zu tun haben. Was mich betrifft, ich habe absolut nichts zu tun. Diese anderen.“ Auch die Frauen, oder zumindest die meisten von ihnen, haben nichts zu tun und sind alle verzweifelt gelangweilt. Nun ja, das ist die Sache mit dem neuen Verein. Leider hat auch der Verein nichts zu tun – überhaupt nichts – und also ist auch der Club verzweifelt gelangweilt ... Oh, wenn ich diesem Club nur ein Objekt geben könnte – ein echtes Objekt!“

Mrs. Delancy murmelte ein wenig Protest über den neuen Enthusiasmus, der in der Stimme ihrer Nichte klang, als sie im Namen der Civitas-Gesellschaft ihren Wunsch äußerte; aber die Braut achtete nicht darauf.

„Ja“, überlegte sie und zog verblüfft die Brauen hoch, „es könnte mit einem Gegenstand zu etwas gemacht werden. Ich selbst könnte mit einem Gegenstand zu etwas gemacht werden – etwas, das es wert ist, danach zu streben ... “ . Himmel, ich wünschte, ich hätte etwas zu tun!“

Diese ikonoklastische Redeweise wurde von der orthodoxen Tante nicht geduldig ertragen, die sich die Klage mit deutlichem Unmut anhörte.

„Eine Braut mit einem jungen Ehemann und einem schönen Zuhause“, bemerkte sie säuerlich, „auf der Suche nach einer Beschäftigung! Zu meiner Zeit war eine Braut der beschäftigtste und glücklichste Mensch in der Gemeinde.“ Ihre Stimme nahm einen Ton zärtlicher Erinnerungen an, und ein wenig Farbe schlich sich in die faltige Blässe ihrer Wangen, und sie neigte ein wenig kokett den Kopf, auf eine jugendliche Art und Weise, die nicht ungebührlich war, als sie fortfuhr: „Ich erinnere mich, wie glücklich – oh , wie glücklich! – Ich war damals!“

Cicily zeigte jedoch einen ziemlich schockierenden Mangel an Mitgefühl für diese Emotion seitens ihrer Verwandten. Sie war tatsächlich egoistisch in ihre eigenen Sorgen vertieft, ganz nach der Art und Weise der menschlichen Natur, ob jung oder alt.

„Ja“, sagte sie fast gehässig, „mir ist aufgefallen, wie alte verheiratete Damen sich immer wieder an die glückliche Zeit erinnern, als sie Bräute waren. Die glückliche Zeit einer Braut wird genauso beworben wie eine erfolgreiche Soap ... Aber ich – ich – Nun, ich bin keine Braut mehr – das ist alles. Ich bin schon ein ganzes Jahr verheiratet!“

"Ein ganzes Jahr!" Mrs. Delancy sprach das Wort mit der feinen Verachtung einer Person, die sich selbstzufrieden auf die Feier einer goldenen Hochzeit in naher Zukunft freut.

Cicily war jedoch gegenüber dem Sarkasmus der Wiederholung immun.

„Ja", wiederholte sie düster, „ein ganzes Jahr. Denken Sie darüber nach ...
Und alle Frauen in meiner Familie werden siebzig. Mama wäre am Leben
gewesen, wenn sie nicht ertrunken wäre. Viele werden noch älter Sei achtzig.
Na ja, du bist noch nicht siebzig. Armer Schatz! Vielleicht hast du noch zehn
oder ein Dutzend Jahre davon!"

Mrs. Delancy war tatsächlich entsetzt über das Mitgefühl ihrer Nichte.

„Cicily", entgegnete sie, „so darfst du nicht sprechen. Ich bin glücklich
verheiratet. Du –"

Die geplagte Braut ließ sich nicht von ihrem Leid abbringen.

„Mir geht es vollkommen elend", verkündete sie grimmig. „Tante, Charles
ist ein Bigamist!"

„Guter Gott!" Mrs. Delancy ejakulierte mit frommer Inbrunst und sank
schlaff in ihren Stuhl zurück, zu sehr überwältigt, um sie weiter
auszusprechen. Dann sah sie in einem Erinnerungsblitz wieder die
Tatsachen, wie sie sie über die Werbung und Heirat ihrer Nichte gekannt
hatte. Das Mädchen und Charles Hamilton waren als Kinder ein Liebespaar
gewesen. Der Junge hatte sich zu einem Mann entwickelt, ohne jemals in
seiner Treue zu schwanken. Auch Cicily hatte keine Augen für einen anderen
Verehrer gehabt, selbst als viele um sie strömten, angezogen von der
Faszination ihrer lebhaften Schönheit, den kleinen Anmut ihrer Gestalt und
der vielfältigen Brillanz ihrer Stimmungen. Aufgrund der Standhaftigkeit der
beiden Liebenden in ihrer Hingabe hatten sich Herr und Frau Delancy dazu
überreden lassen, einer frühen Ehe zuzustimmen. Es schien ihnen, dass die
Konstanz des Paares hinreichend etabliert sei. Sie glaubten, dass hier
tatsächlich Material für die Herstellung einer idealen Verbindung vorhanden
sei. Ihr Glaube schien durch die Tatsachen des Ergebnisses gerechtfertigt zu
sein, denn Braut und Bräutigam zeigten in ihrer Verbindung alle Anzeichen
überglücklichen Glücks. Erst bei diesem jetzigen Besuch der Tante im
Haushalt war klar geworden, dass die Dinge zwischen den beiden, die einst
so lieb waren, irgendwie nicht so waren, wie sie sein sollten ... Und nun kam
endlich die Wahrheit in all ihrer Abscheulichkeit ans Licht Nacktheit. Mrs.
Delancy erinnerte sich mit einem neuen Verständnis der fatalen Bedeutung
an die distanzierte Art, die der junge Ehemann kürzlich in seinem Haus an
den Tag gelegt hatte. Das war also die schreckliche Erklärung für die
Veränderung: Der Mann war ein Bigamist! Die verstörte Frau hatte kaum ein
Ohr für die Worte ihrer Nichte.

„Ja", sagte Cicily nach einer langen, traurigen Pause, „außer mir hat Charles
geheiratet ..." Sie hielt inne, während ein Fuß in einem zierlichen Satinschuh
wütend auf das weiße Fell des Teppichs schlug.

„Welche Frau?“ fragte Mrs. Delancy mit zorniger Neugier.

„Oh, eine Fabrik voll davon!“ Die junge Frau sprach die Anschuldigung mit einer Welt der Bitterkeit in ihrer Stimme aus.

„Meine Güte, was für ein außergewöhnlicher Mann!“ Mrs. Delancy saß unter dem Reiz dieser unerhörten Schuldgefühle wieder aufrecht in ihrem Stuhl. Wieder einmal zeigte sich die Röte zart in den welken Wangen; aber jetzt war in der Rose kein Hauch von Zärtlichkeit zu erkennen – sie war rot der Wut. „Ich weiß, wie du dich fühlst, Liebes“, sagte sie sanft. „Ich war einmal eifersüchtig auf eine Frau. Aber auf eine volle Fabrik neidisch zu sein – oh Gott!“

„Ja“, erklärte Cicily mit zitternder Stimme, „alle und die Männer außerdem!“

Mrs. Delancy sprang von ihrem Sitz auf und ließ sich dann langsam in die Tiefe des Sessels sinken, von wo aus sie ihr ehemaliges Mündel mit offenem Mund anstarrte. Als sie schließlich sprach, geschah es langsam und mit voller Überzeugung.

„Cicily, du bist verrückt!“

„Nein“, protestierte das Mädchen traurig; „Nur untröstlich. Mir geht es so schlecht, dass ich wünschte, ich wäre tot!“

„Aber, meine Liebe“, argumentierte Mrs. Delancy, „es kann nicht sein, dass Sie ganz – ähm – vernünftig sind, wissen Sie.“

„Natürlich bin ich nicht vernünftig“, gab Cicily gereizt zu. „Ich sagte, ich sei eifersüchtig, nicht wahr? Natürlich kann ich nicht vernünftig sein.“

„Aber Charles kann nicht auch mit den Männern verheiratet sein!“ Behauptete Mrs. Delancy verwundert.

Bei diesen Worten brach in Cicily ein Anflug echten Zorns aus.

„Ja, das ist er auch“, stürmte sie; „Und auch an die Frauen – an die Gebäude, an die Maschinen, an den schmutzigen Boden, an die Feuerleitern – an alles, was mit seinem schrecklichen Geschäft zu tun hat! Oh, ich hasse es! Ich hasse es! Ich hasse.“ jeder von ihnen!... Und er ist ein Bigamist, das sage ich Ihnen – ja, ein Bigamist! Er ist mit mir und auch mit seinem Geschäft verheiratet, und sein Geschäft liegt ihm mehr am Herzen!“

„Hmpf!“ Der Ausruf kam von Frau Delancy mit viel Energie. Es erfüllte sie mit Erleichterung, denn endlich wurde ihr die Tragödie klar. Sicherlich gab es in der Situation Anlass zu Ärger, aber nichts Vergleichbares zu dem, worüber sie in der Zeit ihres Missverständnisses geschaudert hatte. In der ersten Minute der Erleichterung empfand sie Empörung über ihre Nichte, die sie so unnötig geschockt hatte. „Ich wünschte, Cicily“, entgegnete sie,

„dass du dich bemühen würdest, deine Ungestümheit zu zügeln. Das führt dich in solche Absurditäten des Redens und Handelns. Deine extravagante Art, dieses Thema zu eröffnen, hat dazu geführt, dass ich völlig falsch gemeint und festgelegt habe." Ich zittere alle – vor einem Sturm in einer Teekanne.

„Ich glaube, ich werde mich scheiden lassen", erklärte Cicily trotzig. Die Braut war insofern nicht in einer entschuldigenden Stimmung, als sie sich selbst als diejenige ansah, die zu Unrecht unter großem Unrecht litt.

"Vielleicht!" antwortete Mrs. Delancy sarkastisch. Nach der ersten Reaktion auf den Stress, den sie aufgrund der fantastischen Redeweise der jungen Frau erlitten hatte, kehrte ihre gewohnte gute Laune zurück. „Ich nehme an, Sie werden Charles' Unternehmen als Mitbeklagten nennen."

„Es fordert mehr von ihm, als jede Frau könnte", war die lebhafte Erwiderung. „Natürlich werde ich das tun. Warum nicht?"

Mrs. Delancy, jetzt völlig amüsiert, erklärte ihrer Nichte einige Einzelheiten über die in den Statuten des Staates New York geforderten Gründe für die Gewährung einer uneingeschränkten Scheidung, von denen das sorgfältig erzogene Mädchen bisher keinerlei Kenntnis gehabt hatte. Cicily war zunächst erstaunt, dann bestürzt. Aber am Ende fand sie ihre Fassung wieder und wandte sich mit aller Ernsthaftigkeit der Notwendigkeit einer Reform der Gerichte zu, wo solch grobe Ungerechtigkeit herrschen könnte. Sie vermutete sogar, dass sie auf diesem Gebiet letztendlich einen zufriedenstellenden Ausweg für ihre verschwendeten Energien finden könnte.

„Nun, ich und mein Club und andere Clubs wie dieser", schloss sie, „finden die Ursache unseres Daseins in solchen Dingen. Wir Frauen haben keinen Beruf, und wir haben im Wesentlichen keine Ehemänner – und wir sind entschlossen, beides zu haben.

Die kühne Aussage verletzte das Anstandsgefühl der alten Dame.

„Du kannst dich nicht in die Angelegenheiten deines Mannes einmischen, Cicily", sagte sie zurechtweisend, etwas steif.

Die junge Frau war jedoch von solchen Ermahnungen emanzipiert. Sie zögerte nicht, ihren Widerspruch kühn zum Ausdruck zu bringen.

„Ja", rief sie empört, „das ist die Idee, die ihr alten verheirateten Frauen ertragen habt, ohne jemals zu wimmern. Ihr habt es sogar selbst gepredigt – gepredigt, bis ihr die Männer völlig verwöhnt habt. Also." „Jetzt, dank deiner fleißigen Geste, geht es immer ums Geschäftliche zuerst und zuletzt – und die Ehe geht einfach nicht weiter. Ich sage dir, es ist alles falsch … Ich weiß, dass du älter bist", sagte sie vehement weiter, als sich Mrs. Delancys Lippen öffneten. „Ich schätze, das ist der Grund, warum du falsch liegst … Wie auch immer, es ist nicht so, wie es beabsichtigt war. Was war zuerst, Heirat oder Geschäft? Hatte Adam ein Geschäft, als er heiratete? Huh! Da ! Darauf könnte kein Mensch antworten!" Cicily hielt triumphierend inne und richtete in der Hochstimmung, die eine erfolgreiche Auseinandersetzung hervorrief, leuchtende Augen auf ihre Tante, während sich ihre roten Lippen zu einem zierlichen Lächeln verzogen.

Mrs. Delancy ließ sich nicht von den festen Denkgewohnheiten abbringen, die sie über viele Jahre durch die gewinnenden Schmeicheleien ihres alten Mündels getragen hatte. Sie konnte die Freude im Gesicht des Mädchens nicht mit Sanftheit erwidern. Als sie sprach, drückte sie deutliche Missbilligung aus:

„Meinst du, dass du deinen Mann zwingen wirst, sich zwischen dir und seinem Geschäft zu entscheiden, Cicily?"

Etwas an diesem Ton störte die Gelassenheit der jungen Frau. Die direkte Frage allein reichte aus, um den momentanen Gleichmut zu zerstören, der sich aus einer geistigen Leistung wie dem Argument von Adam entwickelte. Sie erkannte sofort, dass ihr Wunsch durch die Tatsachen des Lebens zunichte gemacht werden musste.

„Nein", gab sie nach einer kurzen Zeit des Zögerns zu, „natürlich nicht. Charles entscheidet sich zuerst fürs Geschäft – das würde jeder Mann tun."

Es folgte die unaufhaltsame Frage:

„Nun, was wirst du tun?" Dann, als keine Antwort kam: „Ich flehe dich an, Cicily, sei nicht voreilig. Tue nichts, was dich bereuen würde, nachdem du in eine ruhigere Stimmung gekommen bist. Natürlich war einmal die Ehe das Erste." bei Männern, und ich denke, dass es jetzt an erster Stelle stehen sollte – ich weiß, dass es so sein sollte. Aber es ist die Wahrheit, dass das Geschäft jetzt an erster Stelle im Leben unserer amerikanischen Männer steht. Und, meine Liebe, du kannst dich nicht überwinden Bedingungen ganz allein. Im Herzen liebt Charles dich, Cicily. Da bin ich mir sicher, auch wenn er in seine geschäftlichen Angelegenheiten vertieft zu sein scheint. Dennoch liebt er dich trotzdem. Das ist das Einzige, was wir älter sind Frauen lernen, sich daran zu klammern und sich damit zu trösten: Tief in ihrem Herzen lieben uns unsere Ehemänner, egal wie gleichgültig sie auch scheinen mögen. Wenn eine Frau einmal den Glauben daran verliert, dann kann sie einfach nicht gehen weiter, das ist alles. Oh, ich flehe dich an, Cicily, verliere niemals diesen Glauben. Das bedeutet Schiffbruch!"

Die junge Frau schüttelte langsam – zweifelnd – den Kopf; dann schnell – entschlossen.

„Nein, das werde ich mir nicht gefallen lassen", beteuerte sie mürrisch, „ich will mehr. während sie düster über ihren zukünftigen Kurs nachdachte.

Es folgte eine Zeit der Stille, in der die beiden über die Geheimnisse nachdachten, die zwischen Mann und Frau auf dem Weg der Liebe liegen. Es wurde schließlich von Mrs. Delancy unterbrochen, die nachdenklich sprach und sich kaum bewusst war, dass die Worte laut ausgesprochen wurden.

„Natürlich bist du nicht wirklich von Charles abhängig. Dein eigenes Vermögen –"

Die Unterbrechung des Mädchens erfolgte in einem leidenschaftlichen Ausbruch, der den Zuhörer mit Kummer und Überraschung erfüllte. Es schien, als hätte Cicily sehr zärtlich, aber auch sehr unglücklich über diese Geheimnisse der Liebe nachgedacht.

„Aber ich bin von ihm abhängig – von ihm abhängig für jeden Sonnenstrahl in meinem Herzen, für jeden Hauch von Glück in meinem Leben; während er –" ihre Stimme brach plötzlich; es klang gedämpft, als sie zitternd fortfuhr : „Während er – er ist überhaupt nicht von mir abhängig!" Nach einer kleinen Pause fuhr sie fort, fester, aber mit der Stimme der Verzweiflung. „Das ist das Schade daran. Das ist es, was uns Frauen heutzutage dazu bringt, uns etwas anderem zuzuwenden – einem anderen Mann, oder einer Arbeit, einer Modeerscheinung, einem Hobby, einer Torheit, einem Wahnsinn – irgendetwas, um die Lücke in unseren Herzen zu füllen, die wir haben." Ehemänner vergessen, sich zu füllen, weil ihre ganze Aufmerksamkeit auf das Geschäftliche gerichtet ist ... Aber ich werde nicht diese Ehefrau sein, ich warne Sie. Ich werde dafür sorgen, dass mein Mann mein ganzes Herz erfüllt, und auch Ich werde ihn von mir abhängig machen. Ich werde ihm klar machen, dass er ohne mich nicht auskommt!"

"Unsinn!" Mrs. Delancy protestierte ungläubig. „Was das angeht, Charles ist jetzt von dir abhängig. Du hast seine Liebe nicht wirklich verloren – nicht ein bisschen davon, meine Liebe!"

In der ablehnenden Geste der jungen Frau lag unendliche Traurigkeit.

„Tante Emma", sagte sie ernst, „Charles und ich hatten seit Wochen keinen gemeinsamen Abend mehr. Wir haben uns seit Monaten nicht mehr richtig unterhalten ... Nun, ich – ich bezweifle, dass er sich überhaupt an den Tag erinnert das ist!"

"Was meinen Sie-?"

„Unser erster Jahrestag! Vor langer Zeit hatten wir geplant, diesen Tag zu feiern – nur ins Theater zu gehen und danach ein kleines Abendessen zu genießen – nur wir beide … Ich frage mich, ob er sich daran erinnern wird.“ Die zitternde Stimme verriet, dass die Tränen sehr nahe waren .

„Oh, natürlich wird er das“, erklärte Mrs. Delancy energisch und mit einer Art fröhlicher Gewissheit. Dennoch lauerten aufgrund der jahrelangen Erfahrung in der Welt der verheirateten Menschen große Zweifel in ihrem Herzen.

Cicilys Kopf mit dem Kranz aus dunkelbraunem Haar, den sie normalerweise so stolz hielt, senkte sich jetzt niedergeschlagen; In ihrem Ton lag keine Hoffnung, als sie antwortete:

„Ich weiß es nicht – ich habe Angst. Seit der Tabakkonzern vor fünf Monaten die Schachtelfabrik in Carrington aufgekauft hat und begonnen hat, gegen Charles zu kämpfen, redet er im Schlaf von Tabakschachteln.“

„Nehmen Sie es nicht so ernst“, argumentierte die Tante. „Alle Männer sind so. Mein Lieber, dein Onkel Jim murmelt Wolle – sogar während der Hundetage. Nein, du darfst die Dinge nicht so ernst nehmen, Cicily. Du bist nicht die einzige Frau, die so leiden muss. Das bist du.“ nicht der Einzige, der jemals einsam war. Ihr Fall ist nicht ungewöhnlich – mehr Mitleid! Es ist der Fall fast jeder Frau, deren Mann in diesem schrecklichen Kampf mit dem Geschäft gewinnt. Vor Jahren, mein Lieber, habe ich gelitten, wie du leidest. Dein Onkel Er hat mir nie etwas erzählt. Über mehr als die Hälfte seines Lebens habe ich überhaupt nichts gewusst. Die paar Male, als ich versuchte, ihm diese Dinge mitzuteilen, wies er mich zuerst zurück. Er sagte, dass eine Frau in einer Welt keinen Platz habe Die geschäftlichen Angelegenheiten des Menschen. Also hörte ich nach einer Weile auf, es zu versuchen. Eine Zeit lang war ich einsam – sehr einsam – oh, so einsam! … Und dann begann ich, mir ein Leben außerhalb des Hauses aufzubauen – als Er hatte es bereits in seinem Geschäft getan. Ich habe auf meine bescheidene Art versucht, etwas für andere zu tun. Das ist der beste Weg, Kummer zu lindern, mein Lieber – versuche, jemand anderen glücklich zu machen.

Die Worte fesselten Cicilys Aufmerksamkeit. Als ihre Bedeutung in ihr Bewusstsein eindrang, veränderte sich nach und nach ihr Gesichtsausdruck. „Menschen glücklich machen!“ Sie wiederholte den Satz, als sie den Gedanken noch einmal formuliert hatte, sehr leise und mit einer Beharrlichkeit, die Mrs. Delancy überrascht hätte, wenn sie das unhörbare Gemurmel hätte verstehen können. Plötzlich erblühte das schwache Rosa in der Blässe ihrer Wangen zu einem tieferen Rot, und die bernsteinfarbenen Augen strahlten, als sie die langen, geschwungenen Wimpern hob und ihren Blick auf ihre Tante richtete. Während sie sprach, lag eine neue Lebhaftigkeit in ihrer Stimme; In der resoluten Haltung der scharlachroten Lippen lag eine neue Entschlossenheit.

„Warum, das ist etwas zu tun!" rief sie freudig aus. „Es ist doch wirklich etwas, das man tun kann – nicht wahr?"

„Ja", stimmte ihre Tante ruhig zu; „Etwas Großes zu tun. Ich für meinen Teil schloss mich kirchlichen Kreisen an und arbeitete zunächst für die Heiden."

„Oh, stört die Heiden!" Zitternd, unhöflich. „Charles ist mir heidnisch genug!" Mit ihrer charakteristischen Impulsivität sprang sie auf, während Mrs. Delancy sich leise erhob, um zu gehen, zu ihrer Tante lief und diese erstaunte Frau mit großer Inbrunst umarmte.

„Ich glaube wirklich, dass Sie mir die Idee gegeben haben, nach der ich gesucht habe", erklärte sie begeistert. „Du Liebling!... Menschen glücklich machen! Das wäre auch etwas für den Verein... Ja", schloss sie entschieden, „das mache ich!"

"Was ist zu tun?" fragte Mrs. Delancy, verwirrt über den schnellen Wechsel der Stimmungen in dem Mädchen, das sie liebte, das sie aber nie ganz verstehen konnte.

„Warte nur, Tante Emma", war die verblüffende Antwort.

Mrs. Delancy drehte sich an der Tür um und sagte grimmig:

„Meine liebe Cicily", sagte sie, „du wirst genauso zurückhaltend wie dein Onkel und Charles."

Aber das Mädchen verachtete jede Erwiderung auf den Spott. Stattdessen sagte sie immer wieder leise: „Andere Menschen glücklich machen! Andere Menschen glücklich machen!"

KAPITEL III

Cicily Hamilton neigte dazu, an diesem Abend beim Anziehen ihrer Zofe zurückhaltend zu sein. Sie war bis zur Absurdität wählerisch, was oft der Fehler der Schönheit ist, und vielleicht ein Fehler, der nicht ganz ungebührlich ist, da er auf die letzte Ausarbeitung der Lieblichkeit abzielt. Tatsächlich wird der Fehler zur Tugend, wenn sein Motiv in dem Wunsch liegt, den höchsten Charme für den Geliebten zu erlangen. So war es heute Abend mit der jungen Frau. Sie war von dem sehnsüchtigen Verlangen erfüllt, ihre Schönheit in vollem Umfang zur Schau zu stellen, um dem Mann zu gefallen, dem sie ihr ganzes Herz geschenkt hatte. Aus diesem Grund war sie barsch gegenüber ihrer Magd und vorwurfsvoll gegenüber sich selbst. Der Gedanke, dass ein dunklerer Farbton ihrer Brauen den Glanz ihrer Augen verstärken könnte, beunruhigte sie zutiefst. Sie zögerte zunächst, widerstand aber schließlich der Versuchung, einen Bleistiftstrich zu verwenden, um den Effekt zu erzielen. Sie war überaus skeptisch, weil ihre Locken sich zu dem Scheitel zusammenrollten, der die Würde ihres Auftretens so majestätisch unterstrich. Die Auswahl des Kleides erforderte eine gründliche Überlegung und endete in einer Stimmung der Zweifel. Das ging jedoch vorüber, als sie endlich ihre Länge im Cheval-Glas betrachtete. Dann wurde ihr zweifelsohne bewusst, dass die weiße Spitze aus Seide, die sich ihrer schlanken Gestalt anpasste und mit schweren Goldfäden durchwirkt war, überaus ansprechend war. Der Glanz des Edelmetalls im Stoff verwandelte den Bernstein ihrer Augen in einen Glanz aus Gold. Die Perlen ihrer Halskette harmonierten mit der warmen Blässe ihres Teints.

Trotz aller Mühe blieb noch Zeit bis zum Abendessen, als die Toilette so glücklich erledigt war. Als sie das Dienstmädchen entlassen wollte, kam Cicily auf den Gedanken, dass sie eine Frage stellen sollte.

„Ist Mr. Hamilton schon hereingekommen, Albine?"

„Ja, Madam – vor einer halben Stunde. Er ist mit seiner Sekretärin ins Arbeitszimmer gegangen."

Allein gelassen dachte Cicily über die Informationen des Dienstmädchens nach, und erneut überkam sie Bitterkeit. Während des Ankleidens war sie so in den Versuch vertieft gewesen, ihre Reize optimal zur Geltung zu bringen, dass sie vorerst ihre Befürchtungen über die Vernachlässigung ihres Mannes vergessen hatte. Jetzt jedoch wurden diese Befürchtungen in Erinnerung gerufen und sie wurden noch dringlicher. Nur ein strenger Respekt vor dem Aussehen, das sie sofort präsentieren musste, hielt sie davon ab, in Tränen auszubrechen. Es schien ihr eine schreckliche Sehnsucht, dass ihr Mann an diesem aller anderen Tag diesen Rivalen, auf den sie so eifersüchtig war, zu sich nach Hause bringen musste. Denn es könnte nichts anderes bedeuten, wenn er zu dieser Stunde mit seiner Sekretärin allein wäre: Er trödelte in geschäftlichen Umarmungen herum, ohne einen Gedanken an die Frau zu verschwenden, der er geschworen hatte, sie immer zu lieben. Obwohl sie schön war, reichlich Vermögen besaß, mit dem Mann ihrer Wahl verheiratet und aufgrund ihrer Jugend voller Lebensfreude war, war Cicily Hamilton eine sehr elende Frau, als sie langsam die breite Straße hinunterschlenderte. Sie stieg die Wendeltreppe hinauf und betrat das Wohnzimmer, wo bereits Mrs. Delancy wartete.

Diese gute Dame wiederum war zutiefst beunruhigt. Die Empörungsstimmung, in der sich ihre Nichte befand, löste im Herzen der liebevollen älteren Frau eine gewisse Besorgnis aus. Ihr eigener Kurs war ihr in diesem Moment nicht klar. Ihr war bewusst gewesen, dass heute der erste Jahrestag der Hochzeit der Hamiltons war , und aus diesem Grund hatte sie ihren Besuch verlängert. Dennoch hatte sie vorgehabt, rechtzeitig wegzugehen, um dem jungen Paar ihr besonderes Fest in Einsamkeit *zu zweit zu ermöglichen* . Sie hatte jedoch ebenfalls erfahren, dass Mr. Hamilton sich derzeit in Geschäftsangelegenheiten vertieft, und da kam ihr der Verdacht, dass sich die Befürchtungen ihrer Nichte hinsichtlich seiner Vergesslichkeit bewahrheiten könnten. Am Ende hatte sie beschlossen, bis kurz vor dem Abendessen zu bleiben und das Gehen oder Bleiben den Tatsachen zu überlassen, wie sie sich entwickelten. Nachdem sie zu diesem Entschluss gekommen war, hatte sie bei sich zu Hause angerufen und sich über die Ungewissheit bezüglich ihrer Bewegungen informiert und danach den Ausgang der Ereignisse mit jener einfachen Gelassenheit erwartet, die manchmal ein Segen ist, wenn man viel Erfahrung mit der Welt hat.

Kaum einen Augenblick nach der Begegnung der beiden Frauen im Salon trat der Hausherr eilig ein, einen Stapel Papiere in der Hand. Charles Hamilton war ein großer, dunkelhäutiger Mann, der auf jungenhafte, glattrasierte, typisch amerikanische, sachliche Art bemerkenswert gut aussah. Obwohl er noch nicht einmal in den Dreißigern war, hatte er dennoch jene Gewohnheiten des geschäftigen Lebens entwickelt, die die Erfolgreichen in der Metropole auszeichnen. Er war bereits von der schlimmsten Angewohnheit des Geschäftsmannes versklavt worden – der gefährlichsten für das häusliche Glück –, die gegenseitige Liebe zwischen ihm und seiner Frau als etwas zu betrachten, das ihm ein für alle Mal zugestanden wurde und keiner Zurschaustellung, keiner Kultur, keinem Schutz oder irgendeiner Art von Nahrung bedarf. Für diesen Fehler war er vielleicht weniger verantwortlich als einige andere, da er von einer großen Unkenntnis der weiblichen Natur gefesselt war. Von frühester Kindheit an war er Cicilys erbitterter Verehrer gewesen. Diese Hingabe hatte ihn von anderen Frauen ferngehalten. Infolgedessen hatte er die vielfältigen Erfahrungen verpasst, die viele Menschen machen und aus denen sie notgedrungen Weisheitsvorräte sammeln, die sie zum Guten oder zum Schlechten nutzen können. Leider wusste Hamilton nichts über die Schwächen der Frau. Er hatte nicht den geringsten Verdacht hinsichtlich ihres ständigen Verlangens nach dem Ausdruck von Zuneigung, ihres Herzenshungers nach den gemurmelten Worten der Zärtlichkeit, ihres ergreifenden Verlangens nach sanften, zärtlichen Liebkosungen Tag für Tag. Sie liebten; Sie waren sicher verheiratet: Diese gesegneten Tatsachen genügten ihm. Es bestand kein Grund, darüber zu reden. Tatsächlich war seiner Einschätzung nach keine Zeit dafür. Es gab Geschäfte zu erledigen – in der heutigen Zeit und in dieser Generation gab es kein Herumtrödeln, es sei denn, man würde dem heruntergekommenen Club beitreten! Von diesem Standpunkt aus betrachtete dieser einjährige Bräutigam sein häusliches Leben. Es war ein Standpunkt, der sich fast zwangsläufig aus der Umgebung ergab, in der er sich befand. Er war keineswegs einzigartig: Er war typisch für seine Klasse.

Er war sauber und gesund, fleißig, energisch, klug – aber er verstand nichts von Frauen ... Also eilte er jetzt sofort zu Mrs. Delancy, ohne auch nur einen Blick auf die Frau zu werfen, die lange und ängstlich studiert hatte um seine Augen zu erfreuen.

„Hallo, Tante Emma!" rief er fröhlich aus und küsste sie. „Ich bin froh, dass du hier geblieben bist, um das kleine Mädchen aufzuheitern, während mein Mann unterwegs war, um das Geld für sie zu besorgen."

„Oh, denkst du denn, dass sie Aufmunterung braucht?" Die Art und Weise, mit der die alte Dame die entsprechende Frage stellte, war von großer Bedeutung. Aber der versunkene Geschäftsmann war taub für die Implikationen.

Cicily ersparte ihm jedoch die Mühe eines Haftungsausschlusses, indem sie selbst einen aussprach.

„Brauchen Aufmunterung! – Ich! Was für eine absurde Idee!"

Hamilton lächelte erfreut, als er hörte, wie seine Frau so mutig ihre volle Zufriedenheit versicherte. Jetzt drehte er sich zum ersten Mal zu ihr um. Aber es war offensichtlich, dass er ihr Aussehen nicht im geringsten beachtete. Er hatte kein Wort der Wertschätzung für die exquisite Frau in dem exquisiten Kleid. Er sprach mit einem gewissen Ton der Zuneigung; doch es war die Vorliebe für Gewohnheiten.

„Das stimmt", sagte er herzlich, als er an ihrer Seite durch den Raum ging und ihr einen oberflächlichen, ehelichen Kuss auf die ovale Wange gab. „Ich bin sehr froh, dass du nicht einsam warst, Schatz."

„Du hast gedacht, dass ich einsam sein könnte?" Als sie die Frage stellte, klang Wehmut in der musikalischen Stimme. Das Leuchten in den goldenen Augen, die zu ihm blickten, enthielt einen schüchternen Anflug von Hoffnung.

Als Mensch verstand er den subtilen Reiz nicht.

„Natürlich habe ich das nicht getan", antwortete er. „Wenn ich überhaupt darüber nachgedacht habe – was ich sehr bezweifle, weil wir im Büro so in Eile waren –, dachte ich wahrscheinlich, wie froh Sie sein müssen, keinen Mann unter Ihren Füßen im Haus zu haben, wenn Ihre Freunde zum Klatschen anriefen. Oh, Ich verstehe den Sex; ich weiß, wie ihr Frauen herumsitzt und über Skandale redet."

Ein empörtes Brummen! von Mrs. Delancy wurde von Hamilton ignoriert, aber er konnte nicht umhin, in der bewusst geäußerten Bemerkung seiner Frau einen Anflug von Sarkasmus zu verspüren:

„Ja, Charles, du weißt wirklich eine Menge über Frauen!"

„Ich wusste genug, um dich zu kriegen", entgegnete er geschickt. Dann hatte er eine Eingebung, die er für seine Pflicht als Gastgeber hielt: Tatsächlich handelte es sich um die Unhöflichkeit eines Mannes gegenüber seiner Frau am ersten Jahrestag ihrer Hochzeit. Er wandte sich höflich an Mrs. Delancy. „Du bleibst natürlich zum Abendessen, Tante Emma." Und er fügte albern hinzu: „Sie und Cicily können sich danach unterhalten, wissen Sie … Ich habe heute Abend einen schrecklichen Haufen Arbeit zu erledigen."

Als ihr Mann ihre größten Hoffnungen unbewusst verriet, zuckte Cicily zusammen, als wäre sie überrascht. Als er aufhörte zu reden, rüstete sie sich für die Prüfung und gab ihre Aussage mit einer Miene ab, die so beiläufig war, wie sie nur konnte, während sie insgeheim vor Angst zitterte.

„Warum, Charles, wir gehen heute Abend ins Theater, wissen Sie?"

"Heute Abend?" Hamilton sprach das einzelne Wort mit der Miene blanker Verwunderung. Es brauchte nicht mehr klarzustellen, dass er keine Ahnung hatte, welche Bedeutung dieser besondere Tag im Kalender ihres Ehelebens hatte.

Cicilys Stimmung sank auf den tiefsten Tiefpunkt der Entmutigung, als sie zugab, dass ihr Mann das, was sie für den Plan des Glücks für lebenswichtig hielt, nachlässig gemacht hatte.

„Ja", antwortete sie dumpf, „heute Abend. Ich habe die Tickets . Erinnerst du dich nicht, welcher Tag heute ist?" Sie bemühte sich, ihren Ton so beiläufig wie eine Frage zu formulieren , aber der Versuch war angesichts der Dringlichkeit ihrer Emotionen kläglich vergeblich.

„Heute ist natürlich Donnerstag", erklärte Hamilton mit einer naiven Lässigkeit, die die verzweifelte Frau in den Wahnsinn trieb.

„Ja, es ist Donnerstag", erwiderte sie; und jetzt war das bittere Gefühl, das in seinen Worten aufstieg, nicht mehr zu überhören. „Es ist der Jahrestag unserer Hochzeit."

Hamilton nahm seine unglückliche Braut in die Arme. Er war ganz zerknirscht in diesem ersten Moment, als ihm seine Straftat bewusst wurde. Er küsste sie zärtlich auf die Stirn.

„Bei Gott, es tut mir furchtbar leid, mein Lieber." In seiner Stimme lag echtes Bedauern über diese schuldhafte Nachlässigkeit. „Wie konnte ich es jemals vergessen?" Er zog sie für eine kurze Liebkosung näher an sich. Dann, nach einer Weile, kam sein natürlicher Elan wieder zum Vorschein und er sprach mit einer Verschmitztheit, die, wie er hoffte, dazu beitragen würde, die vernachlässigte Braut zur Fröhlichkeit anzuregen. „Ich sage", forderte er,

„hast du dich an alles allein erinnert, Schatz, oder hat Tante Emma dich daran erinnert? Ich weiß, dass sie bei allen Familienterminen sehr scharfsinnig ist."

Der beobachtenden Mrs. Delancy schien die Schimpferei höchst geschmacklos zu sein, doch sie unterließ es, einen Kommentar abzugeben, obwohl sie sah, wie ihre Nichte sichtlich zusammenzuckte. Cicilys Stolz kam ihr jedoch zu Hilfe, und sie schaffte es, jede Offenbarung ihres Schmerzes zu unterdrücken, die für Hamilton spürbar werden konnte, der sie nun aus seinen Armen befreite.

„Oh", sagte sie mit einer gewissen Leichtigkeit, „Tante Emma hat es mir natürlich gesagt. Wie um alles in der Welt könnte man annehmen, dass ich mich in meinem geschäftigen Leben an so etwas wie den Jahrestag unserer Hochzeit erinnern könnte?"

„Nein, natürlich nicht", stimmte der Ehemann allen Ernstes zu. „Gott! Wenn du nicht so fasziniert von diesem wunderbaren Club und all deinen geschäftigen Aktivitäten in der Gesellschaft gewesen wärst, hättest du dich wahrscheinlich daran erinnert, und dann hättest du es mir erzählt."

Die junge Frau erkannte, dass es unmöglich sein würde, ihn zu einer gerechten Einsicht in die Offensichtlichkeit seiner Schuld zu bewegen. Dennoch wagte sie die verzweifelte Hoffnung, dass noch nicht alles verloren war.

„Nun ja, Charles", sagte sie sehr sanft, „ich habe die Karten und es ist unser Jubiläum."

„Selbst wenn ich mich daran erinnert hätte", war die Antwort, die mit einem schnell angenommenen Anflug von Abstraktion ausgesprochen wurde, als er sich wieder dem Geschäft zuwandte, „hätte ich heute Abend nicht hingehen können. Sehen Sie, ich habe eine Konferenz über ... Sehr wichtig. Es bedeutet mir sehr viel. Morton und Carrington kommen vorbei, um mich zu sehen ... Ich kann Sie nicht mit Einzelheiten belästigen, aber Sie wissen, dass es wichtig sein muss. Ich komme sowieso nicht da raus. "

„Aber, Charles –" Die Stimme war sehr sanft, sehr überzeugend. Es rührte Hamilton zur Reue. Dem flehenden Akzent hätte kein Liebhaber widerstehen können; aber von einem Ehemann – ach, da ist ein enormer Unterschied, wie die meisten Frauen lernen. Hamilton erläuterte lediglich seine Verteidigung dagegen, den Wünschen seiner Frau nachzugeben.

„Ich sage dir, Cicily, es ist eine geschäftliche Angelegenheit – eine Angelegenheit, die für mich von größter Bedeutung ist. Du bist meine Frau, mein Lieber, du willst dich doch nicht in meine Angelegenheiten einmischen, oder? Naja, ich lasse es dabei an Tante Emma hier, wenn ich nicht recht habe.

Er drehte sich mit triumphierender Bitte zu Mrs. Delancy um. „Komm, Tante Emma, was würdest du und Onkel Jim in so einem Fall tun?"

„Ich denke, Cicily kennt die Antwort auf diese Frage bereits", lautete die neutrale Antwort, mit der Hamilton rundum zufrieden war.

Jetzt gab das Mädchen tatsächlich ihre letzte schwache Hoffnung auf. Das Ausmaß des Scheiterns erschütterte sie bis ins Innerste. Sie spürte, wie sich ihre Muskeln entspannten, während ihr Geist in ihr schlaff zu werden schien. Sie hatte schreckliche Angst davor, vor den Augen des Mannes zusammenzubrechen, der ihre Anbetung so verschmäht hatte. Aus Angst ging sie ein Stück weiter auf das Fenster zu, während Hamilton freundlich mit Mrs. Delancy plauderte und weiterhin seine Position rechtfertigte. Als er endlich innehielt, hatte Cicily genug Selbstbeherrschung wiedererlangt, um mit einer Stimme zu sprechen, die ihm nichts weiter verriet als die bloße Bedeutung der Worte selbst.

„Oh, natürlich hast du recht, Charles. Kümmere dich nicht weiter darum. Nimm an deiner Konferenz teil und sei glücklich. Es wird noch viele weitere Jubiläen geben!"

KAPITEL IV

Die Vorbesprechung mit Morton und Carrington, die Cicilys Jubiläumspläne so verhängnisvoll durchkreuzt hatte, erwies sich aus der Sicht von Charles Hamilton als völlig unbefriedigend. Tatsächlich war in seinen geschäftlichen Angelegenheiten eine Krise eingetreten. Ihm drohte eine Katastrophe, und er konnte noch keinen klaren Ausweg erkennen. Er war einer von unzähligen Menschen, die für einen Leckerbissen bestimmt waren, um die Gier eines Trusts zu überschwemmen. Er war noch keineswegs feige geworden; Er war entschlossen, bis zum allerletzten Moment an seinem Geschäft festzuhalten, konnte sich aber nicht darüber hinwegsetzen, dass sein endgültiges Nachgeben unvermeidlich schien.

Unter Umständen wie diesen war es nur natürlich, dass Hamilton in seinem eigenen Zuhause verzweifelter denn je wirkte, denn er war völlig außerstande, die Sorgen, die ihn quälten, aus seinem Kopf zu verbannen. Sie waren während seiner wachen Momente immer anwesend; Sie verfolgten ihn in den Stunden, die er dem Schlaf widmete: Seine Nächte waren ein Aufruhr finanzieller Albträume. Gegenüber seiner Frau verhielt er sich höflich und sogar liebevoll mit den üblichen Phrasen, Gesten und Zärtlichkeiten. Darüber hinaus schenkte er ihr überhaupt keine Aufmerksamkeit. Sein überwältigendes Interesse ließ keinen Raum für zärtliche Bedenken. Er hatte keine Zeit für gesellschaftliche Freizeitaktivitäten, für Theaterbesuche, Veranstaltungen oder informelle Besuche bei Freunden in Cicilys Gesellschaft. Sein dunkles Gesicht wurde im Laufe der Tage düster. Die schwachen Falten zwischen den Augenbrauen vertieften sich zu etwas, das auf ein gewohnheitsmäßiges Stirnrunzeln in nicht allzu ferner Zukunft hindeutete , das die jungenhafte Schönheit seines Gesichts beeinträchtigen würde. Der feste Kiefer war ein wenig vorgerückt, in unerschütterlichem Trotz gegen das drohende Schicksal. Seine Rede war schroff.

Cicily, die sich bereits in einem Zustand der Revolte gegen die Bedingungen ihres Lebens befand, wurde dazu angeregt, die Ideen umzusetzen, die sich in ihrem wachen Gehirn nebulös bildeten. Sie hatte das Gefühl, dass sich die gegenwärtige Lebensweise bald als unerträglich für sie erweisen würde. Es war wichtig, dass eine Änderung vorgenommen wurde, und zwar schnell, denn sie war sich der Grenzen ihrer eigenen Geduld bewusst. Ihr Temperament ließ es nicht zu, dass sie sich in Sackleinen und Asche niederließ und über den Ruinen der Romantik weinte. Vielmehr würde sie sich bemühen, einen neuen Tätigkeitsbereich zu schaffen, in dem sie ihr Glück auf andere Weise finden könnte. Doch trotz des Einfallsreichtums ihres Geistes konnte sie sich einige Zeit lang nicht auf den genauen Ablauf festlegen, der ihren Bestrebungen Erfolg versprechen sollte. In erster Linie ging es ihr darum, eine Veränderung im Status aller Beteiligten herbeizuführen, durch die das häusliche Ideal in seiner ganzen prächtigen Integrität gewahrt bleiben könnte. Aber ihre zögerlichen Bemühungen in dieser Richtung, die sie leichtfertig unternahm, damit der Ehemann ihre Bedeutung nicht erraten konnte, waren zum schändlichen Scheitern verurteilt. Mrs. Delancy erwähnte eine Woche nach dem traurigen Jubiläumsanlass, dass sie vorsichtig mit Charles über seine Vernachlässigung der jungen Frau gesprochen hatte. Sie erklärte, seine Art der Antwort habe sie davon überzeugt, dass der Mann in Wirklichkeit im Moment nur etwas zu sehr beschäftigt sei und dass alles wieder idyllisch sein würde, wenn der vorübergehende Druck vorüber wäre. Mrs. Delancys Motiv, ihrer Nichte von dem Interview zu erzählen, bestand darin, diese deprimierte Person davon zu überzeugen, dass die Angelegenheit letztendlich nur von untergeordneter Bedeutung war. Dabei scheiterte sie jedoch deutlich. Cicily betrachtete den Vorfall als einen weiteren Beweis für eine sich entwickelnde Situation, die schnell oder nie unter Kontrolle gebracht werden muss. Doch sie nutzte die Umstände, um das Thema bei Hamilton einzuführen. Für sie war das Gespräch bedeutsam, auch wenn sie ihren Mann weder durch Worte noch durch ihr Benehmen den Verdacht erweckte, dass es sich bei der Diskussion um mehr als eine beiläufige Angelegenheit handelte.

Als Hamilton abends aus dem Büro zurückkehrte, hatte er sich, wie üblich, in der Bibliothek eingeschlossen und war eifrig damit beschäftigt, in einem Bündel Papiere zu brüten, als es zaghaft an der Tür klopfte. Als Reaktion auf seinen Ruf trat Cicily ein. Der junge Mann begrüßte seine Frau recht höflich und nannte sie sogar in einem bedeutungslosen Tonfall „Liebling"; doch sein Stirnrunzeln ließ nicht nach, und sein Blick wanderte ständig zu dem Bündel Dokumente. Cicily ließ sich jedoch nicht einschüchtern, denn sein Verhalten war nicht schlechter, als sie erwartet hatte. Sie ging zu einem Stuhl, der ihm gegenüberstand, und setzte sich. Als sie schließlich sprach, tat sie dies mit einer Miene zärtlicher Fürsorge, und das Lächeln auf ihren scharlachroten Lippen war sanft mütterlich.

„Du arbeitest zu hart, Liebes", wandte sie ein. „Sie müssen sich ein wenig entspannen, wenn Sie nicht im Büro sind, sonst bekommen Sie – oh, Gehirnschwäche oder nervöse Erschöpfung oder so etwas Schreckliches."

„Nun, ich werde versuchen, das Büro für eine Weile aus meinem Kopf zu verbannen", war die gehorsame Antwort, die der Frau die Chance gab, die sie sich gewünscht hatte.

„Aber du musst es um deinetwillen tun – nicht um meinetwillen, weißt du. Tante Emma hat mir ja erzählt, dass sie dich ein bisschen belehrt hat – gesagt, du sollst mir mehr Aufmerksamkeit schenken und so weiter."

„Ja, und das werde ich auch; aber ich werde gerade jetzt zu Tode gedrängt –
nach einer Weile –"

"Du bist so anders!" Sagte Cicily fast schüchtern, während seine Stimme
verstummte. „Manchmal denke ich – ich fürchte –" Ihre Stimme wiederum
erstarb.

Im Moment war der Ehemann von einer plötzlichen Zärtlichkeit ergriffen.
Er sprach leise und ernst und beugte sich zu ihr.

„Cicily, man kann sich nicht vorstellen, was für ein Vergnügen es für einen
Kerl ist, wenn er durch die Innenstadt rast, für eine Sekunde innezuhalten
und an seine Frau zu Hause zu denken, die auf ihn wartet – dieses liebe
Mädchen, das ihn liebt – die Liebste weit weg von all dem Trubel des
schmutzigen Kampfes.

Die Rhapsodie war zwar echt genug, befriedigte die Frau jedoch nicht. Die
Zeitbegrenzung auf eine „Sekunde" war bedauerlich. In ihrem Ton lag
deutliche Ironie, als sie mit einer Frage antwortete:

„Und je weiter das Zuhause entfernt ist, desto größer ist zweifellos das
Vergnügen?"

Ausnahmsweise war Hamilton anfällig; und er war für einen Moment zutiefst
verzweifelt.

„Zizig!" er weinte. „Du zweifelst nicht an meiner Liebe, oder? Wenn ein
Mann und eine Frau heiraten, sollte jeder die Liebe des anderen als
selbstverständlich betrachten – sie im Glauben annehmen."

Doch diese abgedroschene Verteidigung tröstete die Frau keineswegs. Es
war ihr in früheren Gesprächen zwischen ihnen zu vertraut vorgekommen.
Ihre Antwort war bitter:

„Das ist die einzige Möglichkeit, die ich in letzter Zeit nutzen konnte", sagte
sie langsam und mit gesenktem Blick.

Das Anhalten ihrer Stimmung ärgerte den Mann über die Grenzen der
Selbstbeherrschung hinaus, die er sich selbst auferlegt hatte. Seine Nerven
waren überreizt, und unter dem Impuls der Verärgerung über eine weitere
Sorge zu Hause, die zu denen hinzukam, die ihn ohnehin schon überlasteten,
geriet er in Wut.

„Zizig!" rief er scharf. „Was in aller Welt ist mit dir los? Du willst mich nicht
zurückhalten, oder? Du willst nicht so eine Ehefrau sein?"

„Charles!" rief Cicily ihrerseits scharf aus. Diese Zurechtweisung des
Mannes, den sie liebte, verletzte sie zutiefst.

"Verzeihen Sie mir!" Hamilton bettelte schnell und zerknirscht. „Ich bin nur nervös – müde. Es war ein schrecklich harter Tag in der Innenstadt."

Seine offensichtliche Aufrichtigkeit brachte ihm sofortige Vergebung ein. Cicily erhob sich von ihrem Stuhl und setzte sich auf seine Armlehne. Er nahm eine ihrer Hände in seine und ihre freie Hand streichelte sein Haar in einer vertrauten Liebkosung. Als sie sprach, geschah dies mit einer Zärtlichkeit, die halb Demut war.

„Würde es helfen, Liebes, mit mir zu reden? Wir haben immer über Dinge geredet, weißt du. Erinnerst du dich nicht? Du hast schon so oft gesagt, dass ich so viel gesunden Menschenverstand habe!"

Wieder sprach Hamilton mit einer Taktlosigkeit, die ziemlich erschreckend war:

„Oh ja, ich erinnere mich noch sehr gut. Das war, bevor wir geheiratet haben."

„Ja – vorher!" In der Betonung der Wiederholung lag Verachtung. Es brachte den Ehemann dazu, seinen Fehler zu erkennen.

„Ich – wollte nicht –", stammelte er. „Ich – ich – natürlich, verstehen Sie – wirklich, Liebste, es tut mir leid, dass ich in letzter Zeit so beschäftigt war. Ich hoffe, dass sich die Dinge bald aufhellen; dann werde ich geselliger sein. Ich habe über unseren Jahrestag nachgedacht , auch. Es ist schade, dass ich in dieser Nacht gefesselt war!"

Cicily erhob sich von der Armlehne des Stuhls ihres Mannes und schlenderte durch den Raum.

„Oh, das ist alles in Ordnung", bemerkte sie in einem gleichgültigen Tonfall. „Natürlich muss das Geschäft an erster Stelle stehen." Ihr schönes Gesicht war jetzt sehr düster; Ihr Blick war von dem Mann abgewandt.

Aber Hamilton war mehr als zufrieden. Seine Beschäftigung mit anderen Dingen führte dazu, dass er gewisse Feinheiten des Ausdrucks gerade nicht beachtete. Er sprang auf und ging zu seiner Frau. Mit seinen Händen auf ihren Schultern erklärte er seine Zufriedenheit mit der Situation, wie sie ihm zu diesem Zeitpunkt vorkam:

„Das ist meine echte Cicily – mein kleines Mädchen! … Nun, ein weiterer Jahrestag –"

„Oh ja", stimmte die Frau zu, „wie ich Sie bereits daran erinnert habe, wird es noch viele andere Jubiläen geben – viele mehr – so viele mehr!" Der melancholische Ton in ihrer Stimme entging dem Zuhörer, wie sie es vorhergesehen hatte. Seine Antwort war begeistert:

„Ja, in der Tat! Unsere beiden Familien sind langlebig. Erinnern Sie sich, wie Sie bei unserer Verlobung sagten, es sei so furchtbar ernst, weil alle Frauen in Ihrer Familie siebzig oder älter wurden?"

"Ja, ich erinnere mich!" Dann erinnerte sich Cicily plötzlich an den ursprünglichen Beweggrund, aus dem sie dieses Gespräch gesucht hatte, und sprach mit einer Willensanstrengung, die sie viel kostete, mit einer Art halb fröhlichem Mitgefühl:

jetzt nicht alles über deine schreckliche Angelegenheit?"

Bei der Frage wurde das Gesicht des Mannes schnell grimmig und das Stirnrunzeln zwischen seinen Brauen vertiefte sich merklich. Er ließ seine Hände von den Schultern seiner Frau fallen, wandte sich ab und setzte sich wieder auf den Stuhl neben dem breiten Tisch, auf dem das Bündel Geschäftspapiere ausgebreitet lag. Er blickte nicht zu der Frau auf, die ihm mit etwas Schüchternheit folgte, und nahm wieder ihre Position auf dem Stuhl ihm gegenüber ein. Er hatte kein Auge für die flehende Angst in dem Blick, der auf ihn gerichtet war. Seine Stimmung war wieder einmal schwer unter der Last geschäftlicher Sorgen.

„Oh, was nützt es, es dir zu sagen!" er schnappte brutal; aber dass er mit der Frage nichts Persönliches gemeint hatte, zeigte sich sofort, denn er fügte im selben Satz hinzu: „-oder irgendjemand sonst?"

Beim ersten Satz war Cicily etwas blasser geworden, doch als sie das Ende der ungeduldigen Frage hörte, wurde sie wieder rot. Nach einer Weile wagte sie es, ihre Bitte um Informationen über den Stand der Dinge in der Fabrik zu wiederholen.

„Na ja", antwortete Hamilton in einem Ton des Unbehagens, „die Fakten sind ganz einfach; aber sie bedeuten für mich eine Katastrophe, es sei denn, ich kann irgendwie aus dem Schlamassel, in das ich verwickelt bin, einen Weg finden." die neuen Schritte. Sehen Sie, Carrington hat seine Fabrik verkauft. Er ist an den Trust verkauft – das ist die Wurzel des ganzen Ärgers. Also führen er und Morton einen Kampf gegen mich. Sie wollen mich niedermachen und rausschmeißen. Das ist es Von ihrem Standpunkt aus ist das ein gutes Geschäft; aber es ist für mich der Ruin, wenn sie Erfolg haben. Sie denken, dass ich nur ein Jugendlicher bin und dass ich nicht in der Lage sein werde, ihren Plänen standzuhalten. Sie sind der Meinung, dass Da Papa nicht mehr da ist, werden sie es mit Leichtigkeit schaffen, mich von der Landkarte zu tilgen. Sie bilden sich ein, dass ich nichts Schöneres auf der Welt außer Fußball kenne." Hamilton hielt einen Moment inne und sein Kiefer schoss etwas weiter nach vorne; seine Lippen schlossen sich für ein paar Sekunden angespannt. Dann entspannten sie sich wieder, während er seine Erklärung der Situation fortsetzte, mit der er konfrontiert war. „Sie sind jetzt in meinem Territorium und planen, mein Geschäft auf verschiedene Weise zu untergraben. Sie glauben, dass ich ihren Plänen nicht gewachsen bin; aber ich weiß mehr, als sie mir zutrauen." Seine Stimme wurde etwas lauter und härter. „Nun, ich bin vielleicht nicht so dumm, wie sie denken . Ich werde es ihnen zeigen ! Ich bin in diesem Spiel und ich werde kämpfen, und zwar hart. Das bin ich." Ich werde sie nicht punkten lassen . Das Spiel wird nicht zu Ende sein, bis der Pfiff ertönt. Ich sage dir, ich werde es ihnen zeigen !"

Während er weitersprach, veränderte sich der Gesichtsausdruck der Frau rasch. Als er zum Stillstand gekommen war, strahlte es. Tatsächlich hatte Cicily jetzt zum ersten Mal seit vielen trostlosen Wochen das Gefühl, wirklich eine Ehefrau im wahrsten Sinne des Wortes zu sein. Hier wurde sie endlich zur Gehilfin ihres Mannes. Dieses *Bête-Noire-* Geschäft war ohne sie nicht mehr das Richtige. Sie wurde zur Vertrauten für die Angelegenheiten ihres Mannes im Ausland ernannt. Sie erhielt die wichtigsten Erklärungen. Sie wurde gebeten, seine Sorgen zu teilen und ihm Rat zu geben. So wurde das flüchtige Mädchen in ihrer üblichen Impulsivität viel zu weit über die Realität hinausgetrieben. Als Hamilton aufhörte zu sprechen, beugte sie sich eifrig vor. Die Rose war tiefrot in ihren Karos; die bernsteinfarbenen Augen leuchteten. Ihre Stimme war musikalisch schrill, als sie mit unbändiger Begeisterung rief:

„Ja, ja, Charles, wir zeigen es ihnen ! Wir zeigen es ihnen !"

Einen Moment lang starrte der Mann den Sprecher an, verblüfft über den unerwarteten Ausbruch. Doch plötzlich wurde ihm die Bedeutung ihrer Rede klar. "Wir?" wiederholte er zweifelnd. „Du meinst –" Er zögerte und fügte dann hinzu: „Du meinst, dass du – und ich – das heißt, du meinst, dass du – ?"

„Ja, ja", antwortete Cicily hastig, ohne dass ihre Aufregung und ihr Triumph nachließen. „Ja, gemeinsam zeigen wir es ihnen !"

Bei dieser ausdrücklichen Erklärung brach Hamilton in Gelächter aus.

"Du!" stieß er spöttisch aus.

„Ja, ich", beharrte Cicily energisch. „Nun, ich habe es Mrs. Carrington neulich gezeigt. Als nächstes werden wir ihren Mann schlagen. Wissen Sie, ich habe sie um die Präsidentschaft des Clubs geschlagen."

„Na dann bleib bei deinem Verein, meine Liebe", riet Hamilton knapp. „Ich werde mich um die eigentlichen Angelegenheiten dieser Familie kümmern." Sein Gesicht wurde wieder ernst.

„Das ist genau wie bei Onkel Jim“, erwiderte Cicily, bitter enttäuscht über diese Ernüchterung. „Ich nehme an, du willst, dass ich wie Tante Emma bin.“

„Sie ist perfekt – auf jeden Fall!“

Cicily gab den Kampf vorerst auf und räumte eine fast vollständige Niederlage ein. Es gab nur einen einzigen tröstenden Gedanken. Zumindest hatte er mit ihr ausführlich über seine Angelegenheiten gesprochen. Mit einem abrupten Wechsel ihres Verhaltens stand sie teilnahmslos auf und sprach auf eine Weise, die einer altmodischen Ehefrau angemessen wäre, obwohl ihre Stimme leblos war.

„Ich hole deinen Hausmantel, Liebes“, sagte sie schlicht. „Und während Sie sich abends um Ihr Geschäft kümmern, mache ich – mein Stricken!“ Ihre Hände ballten sich fest, als sie das Arbeitszimmer verließ, aber der Hausherr war unaufmerksam, wenn es um solch unbedeutende Details ging. Er brütete bereits über den Dokumenten auf dem Tisch; aber er rief freundlich, als er hörte, wie sich die Tür öffnete.

„Das ist das liebe Mädchen!“ er sagte.

KAPITEL V

Zwei Abende nach diesem denkwürdigen Interview zwischen Mann und Frau saßen Carrington und Morton mit Hamilton in seiner Bibliothek unter Verschluss. Für jeden, der zufällig bei der Gruppe vorbeischaute, wäre es eher ein angenehmes Trio von Freunden gewesen, das einen geselligen Abend in eleganter Freizeit verbrachte. Hamilton allein zeigte, als er auf dem Stuhl vor dem Tisch saß, etwas von seinen inneren Gefühlen durch die Falten zwischen seinen Brauen und das Zusammenpressen seiner Lippen und eine leichte Anspannung in seiner Haltung. Morton saß anmutig auf einem Stuhl, dem seines Gastgebers und künftigen Opfers gegenüberstehend, während Carrington in der Nähe war, so dass die beiden scheinbar gegeneinander antraten. Ein guter Kenner der Typen hätte Morton ohne zu zögern für den weitaus intelligenteren und geschickteren der beiden Besucher erklärt. Er wirkte wie der bekannte kluge, glatte und gepflegte New Yorker, den er sich in all seinen fünfundsechzig Jahren hervorragend bewahrt hatte; jemand, der nach Belieben überzeugend und freundlich oder stahlhart sein konnte. In seiner Abendkleidung zeigte er sich vorteilhaft, und sein Verhalten gegenüber Hamilton war sanft väterlich, wie das eines alten Freundes der Familie, der zufällig eine angenehme Stunde mit dem Sohn eines ehemaligen Vertrauten verbracht hat. Carrington hingegen gehörte zu der gröberen Sorte erfolgreicher Geschäftsleute. Für den Abend genügte ihm immer ein Gehrock. Ihn umgab in jeder Hinsicht eine Schwere, die darauf hindeutete, dass er kein Anführer sein konnte, sondern nur ein Gefolgsmann der Befehle weiserer Männer. Aber in einer solchen Gefolgschaft würde er über starke Führungsqualitäten verfügen.

„Weißt du", sagte Morton, „es ist mir wirklich eine große persönliche Freude, hierher zu kommen, Hamilton, mein Junge. Es erinnert mich an die vielen Male, als ich hier mit deinem Vater saß." Als er aufhörte zu sprechen, lächelte er den jungen Mann ihm gegenüber freundlich an.

Hamilton nickte, ohne viel Anmut zu zeigen. Er war mehr als misstrauisch hinsichtlich der Aufrichtigkeit der freundlichen Art dieses Mannes.

„Ja, ich weiß", sagte er. „Sie und er hatten, glaube ich, viele Geschäfte miteinander, nicht wahr, Mr. Morton?"

„Oh ja, in der Tat", kam die klare Antwort; „Viele, viele. Er war ein kluger Händler, war dein Vater. Es ist schade, dass er nicht hier sein kann, um zu erfahren, was für ein vielversprechender junger Geschäftsmann sein Sohn geworden ist. Er wäre stolz auf dich, mein Junge."

„Vielen Dank, Mr. Morton", antwortete Hamilton. „Im Übrigen wünschte ich selbst, dass Papa gerade hier wäre, um mir zu helfen."

Wieder lächelte der Besucher, und zwar mit einer warmen Ausstrahlung, die auf ein Herz voller großzügiger Hilfsbereitschaft hinweisen sollte.

„Du brauchst ihn nicht, mein Junge", erklärte er salbungsvoll. „Du hast es mit einem alten Freund zu tun."

Carrington nickte nachdenklich und bestätigte seine Aussage.

„Natürlich nicht, natürlich nicht!" er grollte mit heiserer Bassstimme.

Hamilton ließ seiner Verärgerung mit Diskretion freien Lauf. Er sprach mit etwas, das einem höhnischen Grinsen sehr ähnelte:

„Ich dachte, das sei vielleicht der Grund, warum ich ihn brauche."

Morton schien den ätzenden Kommentar nicht zu hören. Jedenfalls ignorierte er es geduldig, als er sich Carrington zuwandte.

„Sie erinnern sich an Hamilton, Senior, nicht wahr?" er hat gefragt.

"Sehr gut!" antwortete der Herr von Gewicht. Sein rotes Gesicht wurde fast apoplektisch und der große Körper krümmte sich auf dem Stuhl. Sein Ton war von einer Bitterkeit erfüllt, die er vergeblich zu verbergen versuchte. Morton betrachtete diese Gefühlsbekundungen mit einer Belustigung, die er ohne Widerwillen zur Schau stellte. Im Gegenteil, er lachte seinem Mitarbeiter laut ins Gesicht.

„Nun ja", sagte er immer noch lächelnd, „ich denke, Sie sollten sich an Hamilton Senior erinnern und sich auch sehr gut an ihn erinnern. Aber wie auch immer, Vergangenheit ist Vergangenheit. Sie waren nicht allein darin Dein Elend, Carrington. Er hat mich auch mehrmals geschlagen.

Hamilton lächelte jetzt, aber ironisch.

„Also", schlug er skurril, aber bitter vor, „jetzt, da er tot ist, haben Sie beide Herren beschlossen, sich zusammenzutun, um seinen Sohn zu schlagen. Das ist es auch schon, oder?"

Carrington, der nicht mit einer Selbstbeherrschung oder einer Kunst der Heuchelei gesegnet war, die mit der seines Verbündeten vergleichbar war, stieß ein gackerndes, triumphierendes Lachen aus. Aber Morton weigerte sich, die Anklage anzunehmen. Stattdessen sprach er mit einer bewundernswerten Überzeugung in der Stimme, einem Anflug von empörtem, schmerzlichem Protest.

„Lächerlich, mein lieber Junge – lächerlich! Betrachten Sie mich einfach so, als wäre ich an der Stelle Ihres Vaters. Nein, nein, Hamilton, es gibt Platz für uns alle. Es gibt für uns alle einen angemessenen Gewinn im Geschäft – wenn wir es nur tun würden Seien Sie vernünftig.

„Es bleibt also nur noch, über den sinnvollen Weg zu entscheiden", entgegnete Hamilton kühl. „Ich nehme an, dass es in diesem Fall bedeutet, dass ich mich entschließen sollte, dem Kurs zu folgen, den Sie für mich skizziert haben. Nun liegt mir Ihr Angebot zu diesem Papier vor. Kurz gesagt, Ihr Vorschlag an mich ist, dass Sie alles annehmen werden." Kisten, die ich Ihnen liefern kann – das heißt, Sie erklären sich bereit, meine Fabrik zu beschäftigen. Für dieses Versprechen Ihrerseits benötigen Sie von mir zwei Bedingungen als Bedingungen. Die erste ist, dass ich keine Kisten an die verkaufen werde Independent Plug Tobacco Factory; das zweite ist, dass ich Ihnen meine Kisten zu einem regulären Preis von elf Cent pro Stück verkaufen werde. Ich glaube, ich habe die Sache richtig ausgedrückt. Oder nicht?"

„Sie haben es genau ausgedrückt", versicherte Morton dem Fragesteller. „Das ist die Situation auf den Punkt gebracht."

„Leider", fuhr Hamilton mit großer Präzision fort, „ist es für mich völlig unmöglich, eine solche Vereinbarung mit Ihnen zu treffen – völlig unmöglich." Er blickte seinem Gegner direkt in die Augen und schüttelte mit nachdrücklicher Verneinung den Kopf.

Carrington gab lediglich ein lautes Grunzen von sich. Morton hielt jedoch an seinem Argument fest, unbeeindruckt von der Endgültigkeit von Hamiltons Verhalten.

„Aber, mein lieber Junge", rief er schnell aus, „wir verlangen von dir nichts, was du nicht schon getan hast. Du hast mir doch ein Grundstück für neun Cent zur Verfügung gestellt."

„Ich bin ratlos, den Kunden gegenüber der Konkurrenz abzusichern", lautete die prompte Erwiderung. „Die Herstellung dieser Kisten kostet genau elf Cent."

Morton beharrte auf seiner Weigerung, die Weigerung des jungen Mannes, die angebotenen Bedingungen anzunehmen, als gerechtfertigt anzuerkennen.

„Aber, mein lieber Junge", fuhr er fort, „nehmen Sie Ihre letzten vier Gebote an. Ich meine die Gebote, die Sie und Carrington gemacht haben, bevor wir Carrington aufgekauft haben. Beim ersten Mal bot Carrington elf Cent, während Sie vierzehn geboten haben zweites Los Carrington bot dreizehn; und Sie boten neun.

„Sie veranschaulichen meine Behauptung sehr gut", unterbrach Hamilton. „Bei elf Cent pro Karton gab Carrington kaum auf. Aus diesem Grund bot er dreizehn für das folgende Los, während ich, weil ich zwangsläufig in das Geschäft hineinschnuppern musste, selbst mit Verlust – nun ja, ich biete Neun Cent. Das Ergebnis war, dass ich die Bestellung bekam und es mich nur zwei Cent Verlust für jede einzelne Kiste kostete, sie zu füllen." Ein zufriedenes Grollen des großen Mannes unterstrich die Wahrheit der Aussage.

Morton ließ sich nicht entmutigen und fuhr mit seiner Schilderung der Operationen im Kartonhandel fort.

„Beim dritten Los hat Carrington acht Cent geboten, während Sie achtzehn geboten haben."

Carringtons Empörung war zu groß für Zurückhaltung.

„Ja, ich habe diesen Befehl bekommen", brüllte er wütend. „Es war auch eine Bestellung über eine Million Kartons –" Der vernichtende Blick, den Morton dem Sprecher zuwarf, veranlasste ihn, abzubrechen und sich so unterwürfig in seinem Stuhl zusammenzukauern, wie es einem seiner Masse nur möglich war.

„Sein Erfolg, in diesem Kampf der Sieger zu sein, kostete ihn jeweils drei Cent für die Millionen Kartons", kommentierte Hamilton. "Also?"

„Nun", sagte Morton knapp, „für den vierten und größten Auftrag hat Carrington siebzehn geboten, und Sie bieten sechzehn."

"Ja ja!" Carrington stotterte und vergaß den Tadel, den er gerade erhalten hatte. „Und auf den vier Grundstücken, Hamilton, hast du einen Gewinn erzielt, während ich verloren habe – so viel, dass ich die Kontrolle über mein Werk verkaufen musste. Und das nennst du fairen Wettbewerb!"

Morton grinste anerkennend. Der junge Mann betrachtete die schwerfällige Gestalt Carringtons mit einer fast verblüfften Haltung angesichts der schieren Tapferkeit dieser Frage.

„War das Ihr Beweggrund, dem Trust beizutreten", fragte er ironisch, „um einen fairen Wettbewerb zu bekommen?"

Wieder lachte Morton laut und genoss den Stoß.

„Du bist der Sohn deines eigenen Vaters, Hamilton", erklärte er fröhlich.

Hamilton ließ sich jedoch nicht durch oberflächliche Komplimente zur Freundlichkeit überreden.

„Wahrscheinlich", sagte er streng, „hätte ich es nicht so gut hinbekommen, wenn Sie nicht klug genug gewesen wären, sowohl Carrington als auch mir die Zahlen des geheimen Angebots des anderen als einen großen persönlichen Gefallen ansehen zu lassen."

Als die Worte in Carringtons Bewusstsein gelangten, richtete sich die ungelenke Gestalt mit einer plötzlichen, heftigen Bewegung auf, die den Stuhl einen Meter nach hinten über den polierten Boden rutschen ließ. Das rote Gesicht verdunkelte sich zu einem gefährlichen Lila, und in den schmalen, stumpfen Augen blitzte Feuer. Einen Moment lang versuchte er keuchend, etwas zu sagen – vergebens. Mortons Augen waren auf den Mann gerichtet, und diese Augen waren sehr klar und sehr kalt. Carrington begegnete dem starren Blick, der seinen Zorn ein wenig linderte, so dass er bald in der Lage war, die Worte verständlich auszusprechen. Aber jetzt waren sie nicht mehr das, was sie ein paar Sekunden zuvor gewesen wären:

„Du – du hast ihm gesagt, was ich biete?"

Hamilton nahm die Antwort auf sich.

„Das hat er sicherlich, Carrington." Der junge Mann sprach angesichts des Unbehagens seines Feindes fröhlich. „Er hat Ihnen gesagt, was ich geboten habe; und genauso hat er mir auch gesagt, was Sie geboten haben – jedes Mal!"

Eine lange Minute lang starrte Morton seinen Untergebenen an, den er verraten hatte. Unter diesem Blick saß das unglückliche Opfer der List eines Vorgesetzten zunächst unbehaglich da, in einem vagen Versuch, sich zu widersetzen; Dann schwand sein Mut, er rutschte unruhig auf seinem Sitz hin und her und seine Augen wanderten beschämt durch den Raum. Überzeugt, dass die Revolte niedergeschlagen war, wandte sich Morton erneut an den jungen Mann, der ihm gegenüberstand.

„Das ist jetzt alles erledigt." Der Ton war scharf; Die Maske der Urbanität war von dem entschlossenen Gesicht gefallen, das nun einen unerbittlichen, dominanten Ausdruck zeigte. „Hamilton, was wirst du tun?" Die Art der Frage war eine Herausforderung.

„Ich kann mit dem Verkauf von Kisten für elf Cent kein Geld verdienen", antwortete Hamilton müde. „Niemand könnte es."

„Wenigstens wirst du nichts verlieren", war die bedeutungsvolle Antwort. Als Antwort auf Hamiltons halb verächtliches Schulterzucken fuhr Morton dann offen fort. „Schließlich, Hamilton, kannst du einen Gewinn machen. Es wird nicht groß sein, aber es wird ein Gewinn sein. Dies ist der Tag der kleinen Gewinne, daran musst du dich erinnern. Es wird notwendig sein, dass du noch ein paar mehr einsteckst." der neuesten Maschinenmodelle einzusetzen und den Arbeitsaufwand ein wenig zu reduzieren. Auf diese Weise sichern Sie sich einen Gewinn. Sie müssen die Kosten bis zum Äußersten senken."

Der junge Mann betrachtete Morton mit großer Abneigung.

„Was Sie meinen", sagte er wütend, „ist, dass ich meine Fabrik auf ein Hungergeschäft umstellen muss. Jetzt möchte ich die Löhne nicht kürzen. Es ist eine traurige Tatsache, dass die Männer derzeit keinen Cent mehr bekommen." als sie wert sind. Außerdem arbeiten einige von ihnen seit mehr als dreißig Jahren in der Fabrik."

„In Zeiten geringer Gewinne ist für solche Rentner kein Platz", erklärte Morton überheblich. „Aber es geht mich nichts an. Denken Sie jedoch daran, dass es Ihre einzige Chance ist, sich freizuhalten."

„Nein", verkündete Hamilton mutig, „ich werde die Lohnskala nicht kürzen. Ich werde mit dreizehn an den Handel verkaufen. Das ist ein gewaltiger kleiner Gewinn, aber es ist etwas."

Morton schüttelte den Kopf.

„Die Carrington-Fabrik", sagte er drohend, „wird für zehn Cent an den Handel verkauft, bis –"

„—Bis ich ausgeräumt bin!" Hamilton weinte heftig.

Morton hob eine zurückhaltende Hand. Er war wieder sein höflichster Mensch.

„Mein lieber Junge", sagte er sanft, „ich mochte deinen Vater und schätzte ihn sehr. Er war ein kluger Händler: Er hat nie versucht, Pennys gegen Hundert-Dollar-Scheine zu tauschen ... Die Moral ist offensichtlich, wenn du Betrachten Sie Ihre Fabrik allein und nicht mit bestimmten anderen Interessen. Befolgen Sie also meinen Rat. Versuchen Sie es mit Kürzungen. Ich bin mir sicher, dass die Männer viel lieber einen geringeren Lohn hätten als gar keinen. Denken Sie darüber nach. Sagen Sie mir bis Samstag Bescheid ... . Die Fabrik in Carrington wird ihre Preisliste am Montag herausgeben."

Hamilton war durch den ungleichen Kampf erschöpft. Er zögerte einen Moment, dann sprach er düster:

„Sehr gut. Ich gebe dir bis Samstag Bescheid."

Als seine Gäste endlich gegangen waren, ließ der arme junge Mann seinen Kopf auf seine Arme über dem Papierhaufen sinken und stöhnte laut ... Er konnte keinen Hoffnungsschimmer sehen – keinen!

KAPITEL VI

Es war eine halbe Stunde nach dem Ende der Konferenz, als Hamilton endlich den Kopf von seinen Armen hob. Er sah sich eine Weile benommen um, als versuche er, sich wieder mit den alltäglichen Tatsachen des Daseins vertraut zu machen. Dann, als sich sein Gehirn von der Lethargie befreit hatte, die ihm die Belastung, der es in letzter Zeit ausgesetzt gewesen war, auferlegt hatte, warf er plötzlich trotzig den Kopf zurück und murmelte zornig: „Gehen Sie pleite, oder lassen Sie Ihre Männer verhungern!" Er stand von seinem Stuhl auf und ging eine kurze Zeit lang schnell auf und ab, wobei er wild nachdachte . Doch plötzlich setzte er sich wieder hin, zog einen Block Papier zu sich und begann mit voller Geschwindigkeit seines Bleistifts Zahlen zu kritzeln. Und während er schrieb, murmelte er vor sich hin: „Es gibt einen Ausweg – den muss es geben!"

Während der Mann damit beschäftigt war, öffnete sich die Tür leise, ohne vorher zu klopfen, und die Frau betrat lautlos das Zimmer. Die Angst, die sie befiel, war in ihrer Haltung und in ihrem Gesichtsausdruck schmerzlich deutlich zu erkennen. Ihre Gestalt wirkte schlaff, als befürchtete sie immer mehr, dass ein Schlag bevorstehe. Die bernsteinfarbenen Augen, die normalerweise so tief und strahlend waren, waren jetzt stumpf, als hätten sie viele Tränen vergossen; das satte Scharlachrot der Lippenwölbungen war traurig nach unten gebogen. Sie blieb für einen kurzen Moment direkt im Türrahmen stehen und beobachtete aufmerksam den Mann, der so eifrig mit seinen hingekritzelten Zahlen beschäftigt war. Schließlich wagte sie sich vorwärts und ging in einem langsamen, rhythmischen Schritt, wie es kirchliche Würdenträger und Chorknaben in einer Prozession tun. In so langsamen Schritten gelangte sie an einen Ort, der ihrem Mann gegenüberstand. Dort blieb sie aufrecht, stumm und wartend. Die Anziehungskraft ihrer Anwesenheit drang in subtilen Schritten zu ihm ein ... Er blickte zu ihr auf, ohne dass sich jemand in seinen Augen wiedererkennen konnte.

„Sie sind weg, Liebes?" Sie sprach die Worte sehr leise, denn sie verstand instinktiv etwas über die Trance, in der er sich befand.

Hamiltons Gedanken verschwanden, als die vertraute Musik von Cicilys Stimme sanft an seinen Ohren klang.

„Ja – oh ja, sie sind weg." Seine Stimme war farblos. Sein Blick richtete sich auf die Reihe von Gestalten, die sich rücksichtslos auf dem Laken vor ihm ausbreiteten.

Doch die Gleichgültigkeit seinerseits ließ die junge Frau nicht in ihrem Vorhaben vereiteln. Sie sprach noch einmal, etwas lauter:

„Sag mir: Bist du gut rausgekommen?"

Hamilton hob mit einer ungeduldigen Bewegung den Kopf. Offensichtlich war diese Beharrlichkeit ein ablenkender Einfluss – ein Missfallen. In seiner Stimme lag Härte, als er antwortete:

„Bin ich gut rausgekommen? Nun ja – seit ich überhaupt rausgekommen bin. Oh ja!" Seine Stimme steigerte sich in der Tonleiter, unter dem Impuls eines plötzlichen Zorns gegen seine Feinde. Er sprach mit wilder Schnelligkeit: „Und ich kann Carrington jeden Tag in der Woche lecken. Nun, ich habe ihn schon rausgeschmissen. Es ist Morton – dieser alte Fuchs Morton, der mich zum Raten gebracht hat … Was denkst du?" „Sie hatten sogar den Mut, mir zu drohen. Natürlich geschah das auf Umwegen, aber es war trotzdem eine Drohung. Sie drohten mit der Schließung der Hamilton-Fabrik. Gott sei Dank! Der Mut dazu!"

„Sie haben damit gedroht, Ihre Fabrik zu schließen, Charles?" rief Cicily erstaunt und wütend aus. „Aber Ihnen gehört die Fabrik in Hamilton. Was haben sie damit zu tun? Was für eine Unverschämtheit von ihnen!"

„Ja, die Fabrik gehört mir tatsächlich", stimmte der Ehemann zu. „ Aber sehen Sie –" Hamilton brach abrupt ab und schwieg einen Moment. Als er wieder sprach, war die Lebendigkeit aus seiner Stimme verschwunden: Sie war zu einer ruhigen Gönnerschaft geworden. „Oh, lass es uns vergessen, Liebes. Ich werde bestimmt verrückt. Das Erste, was ich weiß, ist, dass ich mit dir über Geschäfte rede."

„Ich wünschte nur, du würdest es tun!" Cicily antwortete mit einem Anflug von Flehen in ihrer Stimme.

"Unsinn!" war der schroffe Ausruf. „Die Idee, mit Ihnen über Geschäfte zu reden. Das wäre ein Witz, nicht wahr?" Er sprach scherzhaft, ohne zu ahnen, wie ernst der Wunsch seiner Frau war, an dieser Phase seines Lebens teilzuhaben. Doch nach einem Moment blickte er von den Papieren auf und blickte seiner Frau ins Gesicht. Sie hatte sich von ihm abgewandt und sich dann müde auf den Stuhl ihm gegenüber zurückgelehnt, von wo aus sie ihn mit einem quälenden Gefühl der Ohnmacht angestarrt hatte. Der Ausdruck auf ihrem Gesicht war so groß, dass Hamilton ihren Kummer erkannte, ohne eine Ahnung von der Ursache zu haben.

„Nun, Schatz, was ist los?" er fragte. Er war halb mitfühlend über ihr offensichtliches Elend, halb verärgert.

Cicily, mit der intuitiven Sensibilität einer Frau, die hinter den gesprochenen Worten die feindseligen Gefühle eines Liebhabers erkennt, war sich der Verärgerung deutlich bewusst; Sie ignorierte den Hauch von Mitgefühl. Um ihren Kummer zu verbergen, griff sie auf eine fiktive Fröhlichkeit zurück, die jedoch nicht dazu geeignet war, zu täuschen, denn der Stress ihrer Enttäuschung war sehr groß.

„Die Sache mit mir?" wiederholte sie mit einem Anschein von Überraschung. „Mir geht es darum, dass ich so glücklich bin – das ist alles!"

„Zizig!" Nun endlich war der Ehemann sowohl schockiert als auch traurig über die Stimmung seiner Frau.

„Ja, das ist es – glücklich!" wiederholte das leidende Mädchen. „Warum, ich bin so glücklich – einfach so glücklich – dass ich schreien könnte!"

Hamilton beugte sich in seinem Stuhl vor, um seine Frau prüfend zu betrachten. Er war voller Besorgnis über den nervösen, fast hysterischen Zustand, in dem er sie jetzt sah.

„Cicily, geht es dir gut?" er hat gefragt. In seiner Stimme lag ein deutliches Zittern der Angst. „Du siehst – irgendwie seltsam aus."

„Oh, überhaupt nicht!" kam die leichtfertige Erwiderung. „Es ist nur so, dass du mich in letzter Zeit nicht richtig angesehen hast – bis zu dieser Minute. Also würde ich natürlich ein bisschen seltsam auf dich wirken."

Es muss daran erinnert werden, dass Hamilton, obwohl normalerweise intelligent, ein reines Gewissen hatte und keinerlei Verdacht hegte, dass er in seinen Beziehungen zu seiner Frau ein Verschulden begangen hatte. Daher war er jetzt völlig immun gegen den Sarkasmus ihrer Erwähnung er antwortete mit äußerster Ernsthaftigkeit.

„Meine Liebe, ich habe dich heute Morgen und letzte Nacht gesehen – oh, viele Male, jeden Tag."

„Oh, deine physischen Augen haben es gesehen; aber dein Verstand, dein Herz, deine Seele – das wahre Du – hat mich nicht gesehen, ich weiß nicht, wie lange."

Diese kryptische Erklärung war für Hamilton zu subtil, um sie zu verstehen, obwohl sein Gehirn von den Feinheiten seiner Geschäftsangelegenheiten getrübt war. Er blickte seine Frau ein paar Sekunden lang verwirrt an, dann gab er das Problem als eines auf, das für ihn völlig unlösbar war. Um den vagen Verdacht auszuräumen, dass es sich hierbei um eine neue, erstaunliche Zurschaustellung der indirekten List einer Frau handeln könnte, stellte er eine Frage:

„Meine Liebe, willst du ein neues Auto oder einen Arzt?"

"Weder!" kam die klare Antwort; und ausnahmsweise klang die musikalische Stimme fast rau: „Ich will einen Ehemann!"

„Guter Gott! Noch einer?" Hamilton war gequält und empört, was in der Tat nur natürlich war angesichts eines Geständnisses, das scheinbar so unschicklich und für ihn selbst so wenig schmeichelhaft war.

„Ich will nicht das, was ich jetzt habe", bekräftigte Cicily mit großem Nachdruck. Sie genoss die Art und Weise, wie der Mann unter ihrer Erklärung zusammenzuckte. Aber er sagte nichts, als sie innehielt: Er war im Moment zu sprachlos, um etwas zu sagen. „Ich will mein erstes zurück", schloss Cicily.

Hamilton blickte seine Frau mit offenem Mund an und konnte nichts anderes tun, als in geistiger Dunkelheit nach einem Funken Verständnis für diese schreckliche Offenbarung der Frau zu suchen, die er liebte.

„Du – du willst deinen ersten zurück!" wiederholte er schließlich dumm. Plötzlich erschütterte ihn ein Anflug von Wut. "Gott!" er weinte wild. „Und ich dachte, ich kenne das Mädchen!"

Cicily ruhte sich vor dem Ausbruch unbeeindruckt aus. Sie war in ihre eigenen Qualen versunken und hatte keine Gefühle übrig für die vorübergehende Qual, die sie ihrem Mann zufügte, die er ihrer Meinung nach reichlich verdient hatte.

„Du hast mich einmal gekannt", antwortete sie kalt. „Das war, bevor du dich zu mir verändert hast."

Die Ungerechtigkeit dieses Vorwurfs, wie er sie ansah, überstieg Hamiltons Kraft, ihn zu ertragen. Er sprang von seinem Stuhl auf und blickte finster auf Cicily herab, die den strengen Vorwurf seiner Augen ohne mit der Wimper zu zucken ertrug. Die Blässe ihres Gesichts war etwas ausgeprägter als sonst, von innen heraus weniger von der Farbe überwältigender Gesundheit berührt, und ihr purpurroter Mund war weniger zart, als er es gewohnt war. Aber sie lehnte sich in einer anmutigen Haltung in ihrem Stuhl zurück, die den schlanken, geschwungenen Charme ihres Körpers zur Geltung brachte, und ihre Augen, die im sanften Licht des Raumes golden schimmerten, trafen standhaft und furchtlos auf die des Mannes.

„Ich habe mich zu dir verändert!" Hamilton stürmte. „Cicily! Cicily! Was für ein Wahnsinn! Du weißt schon – oh, absurd! Warum, Cicily, ich liebe dich ... ich denke immer an dich!"

„Oh ja, du liebst mich", stimmte Cicily verächtlich zu, „Du denkst immer an mich – wenn deine andere Liebe es zulässt."

„Zizig!"

„Ich meine es ernst“, kam kompromisslos als Antwort auf Hamiltons entsetzten Blick. „Ich meine jedes Wort davon!“

„Zizig“, flehte der Ehemann, während große Angst seine Seele erfasste, „denke daran, du bist meine Frau – meine Liebe!“

„Ja, ich bin einer von ihnen.“ Der Ton war eisig; Der auf sein Gesicht gerichtete Blick war unerschütterlich.

Aber diese Äußerung war zu unheimlich, um ertragen zu werden. Der Stolz des Mannes auf seine eigene Treue war empört. Seine Stimme war leise, als er wieder sprach, doch darin lag eine Qualität, die die junge Frau noch nie zuvor gehört hatte. Es machte ihr schreckliche Angst, obwohl sie seine Wirkung durch eine gewaltige Willensanstrengung verbarg.

„Das ist eine Beleidigung für dich und für mich, Cicily. Es ist eine Beleidigung, die ich nicht zulassen kann – ich werde es nicht zulassen.“

Für Cicily war klar, dass sie den Krieg weit genug in diese Richtung geführt hatte; sie beschleunigte ihren Rückzug.

„Oh, ich habe nicht gesagt, dass du in eine andere Frau verliebt bist“, erklärte sie mit einem ausgezeichneten Nachlässigkeitsspiel. „Im Übrigen weiß ich sehr gut, dass du es nicht bist.“ Dann, als Hamilton sie mit ausdruckslosem, verständnislosem Gesicht ansah, fuhr sie schnell und mit etwas Giftigem in ihrer Stimme fort: „Manchmal wünschte ich, du wärst es. Dann würde ich gegen sie kämpfen und sie schlagen. Es würde mir geben.“ etwas zu tun." Sie hielt einen Moment inne und lachte bitterlich. „Oh, bitte, Charles, verlieben Sie sich doch in eine andere Frau, nicht wahr?“

Hamilton ging zum Telefon im Flur.

„Sie wollen den Arzt, nicht das Auto“, rief er über die Schulter.

"Unsinn!" Cicily weinte. "Stoppen!" Und als er sich widerstrebend umdrehte, fuhr sie mit ihrer Erklärung fort: „Nein, es ist nicht die Verlockung einer Sirene in einem Paquin-Kleid – oder unbekleidet: Es ist die Verlockung des Spiels – des großen, schrecklichen, abscheulichen Geschäftsspiels.“, der dich hat, genau wie die meisten amerikanischen Ehemänner, die es wert sind, gehabt zu werden. Das ist die Verlockung, die wir amerikanischen Frauen nicht überwinden können; das ist der Rivale, der uns das Herz bricht. Du bist der Mann des Geschäfts, Charles – ich „Ich bin die Frau ohne Job! Das ist alles.“

Hamilton lauschte benommen dieser fließenden Rede, deren Bedeutung ihm nicht ganz klar war. Er runzelte verwirrt die Stirn, als er sich wieder auf den Stuhl gegenüber seiner Frau setzte. Ihm fiel nichts ein, womit er ihre

Schmährede zurechtweisen konnte, außer den alltäglichen Plattitüden einer vergangenen Generation, und zu diesen konnte er zwangsläufig sofort Zuflucht nehmen.

„Du musst auf das Zuhause – das Haus – achten, Cicily. Das ist Frauensache. Was willst du mehr?"

„Das Zuhause! Das Haus!" Der Ausruf war beredt von Abscheu. „Ah ja, es war einmal eine Frauenarbeit – es war einmal! Aber ihr Männer wart ja von uns abhängig Er liefert die Arbeit, das Haus ist ein Witz. Das Haus selbst ist eine automatische Maschine, die mit Knöpfen und Druckknöpfen läuft. Ihr Männer kommt auch ohne uns zurecht. Ihr seid bei nichts wirklich auf uns angewiesen Zuhause. Euer Leben ist voller Interesse; jede Sekunde ist besetzt. Unser Leben ist leer. Mein Leben ist leer, Charles. Ich bin einsam und herzhungrig, ich habe keine Ambitionen, Bridge zu spielen. Ich' Ich bin kein freiwilliger Spieler. Ich möchte die Gesellschaft nicht als Berufung verfolgen. Ich habe nicht einmal den Ehrgeiz, Suffragette zu werden. Ich möchte eine altmodische Ehefrau sein – etwas tun, das im Leben meines Mannes zählt . Ich möchte, dass er sich in manchen Dingen immer auf mich verlassen kann. Ich möchte der Partner meines Mannes sein." Während sie sprach, verschwand nach und nach die Kälte aus der Stimme der Frau; stattdessen wuchs Wärme; Im letzten Plädoyer herrschte leidenschaftlicher Eifer. Es erregte bei Hamilton Mitleid, obwohl er nicht wusste, mit welchen Mitteln er die so große Unzufriedenheit seiner Frau lindern könnte. Als Mensch versuchte er, Emotionen durch Argumente zu überwinden.

„Cicily", drängte er, „ich stecke gerade bis über beide Ohren in Arbeit. Sie drängen mich gewaltig. In der Fabrik herrscht Unzufriedenheit – Streikgefahr. Wirklich – ich versuche, uns zu absorbieren. Ich kämpfe um mein Leben – mein Geschäftsleben ... Cicily, du würdest mir jetzt doch keine Steine in den Weg legen, oder?"

„Hindernisse! Nein, ich möchte dir helfen."

"Im Geschäft?" fragte Hamilton erstaunt. „Du – hilfst mir – im Geschäft?"

„Ja", antwortete Cicily ruhig. „Ich kann etwas tun, ich weiß." Im Leuchten der goldenen Augen, als sie denen ihres Mannes begegneten, lag eine starke Entschlossenheit; In ihrer Stimme lag eine intensive Überzeugung, als sie die Zusicherung aussprach. Sie erkannte, dass die Krise ihres Ehrgeizes unmittelbar bevorstand.

„Du kannst nichts tun." Die unverblümte Aussage des Mannes wurde mit einer Überzeugung geäußert, die ebenso kompromisslos war wie ihre eigene. Der Egoismus stieß die Frau ab. Es lag ein Anflug von Bedrohung in ihrem Verhalten, als sie antwortete:

„Pass auf dich auf, Charles. Schließ mich nicht aus. Du machst ein Spielzeug aus mir – nicht zu einer Frau … Und ich – ich werde nicht dein Spielzeug sein!"

"Was meinen Sie-?"

„Ich meine", fuhr die Frau unerbittlich fort, „dass dies der ernsteste Moment unseres Ehelebens ist. Wenn Sie mich jetzt abschrecken, wenn Sie mich jetzt aus Ihrem Leben – aus Ihrem erfüllten Leben – ausschließen, kann ich …" Ich bin nicht dafür verantwortlich, was passieren wird.

Es folgte eine lange Pause des Schweigens, während Mann und Frau einander in die Augen starrten. In diesen Momenten ergreifender Emotionen drang das tiefe Gefühl der Frau in das Wesen des Mannes ein, bereitete sein Herz vor und berührte es, um Mitleid zu empfinden – mehr noch: es stieg in sein Gehirn auf, das es zu einem gewissen Maß an Verständnis anregte. Dieses Verständnis war flüchtig genug, es war vage und unvollständig, wie es immer bei der unzureichenden Kenntnis des Mannes über die Frau der Fall sein musste. Aber es war vorerst dominant. Unter seinem Einfluss sprach Hamilton in gnädiger Nachgiebigkeit, fast dankbar.

„Sehr gut. Du kannst helfen."

Die junge Frau saß eine Zeit lang schweigend da und war begeistert von der Freude über die Eroberung. Die Rosen ihrer Schecks blühten wieder; der Glanz ihrer Augen wurde zärtlich; die scharlachroten Lippen umspielten ihre glücklichsten Kurven. Schließlich stand sie schnell auf und setzte sich auf die Armlehne des Stuhls ihres Mannes. Sie schlang ihre Arme um seinen Hals und küsste ihn zärtlich auf Wange, Stirn und Mund.

Hamilton nahm diese Zärtlichkeiten mit der Freude eines langjährigen Bräutigams und auch mit einer gewissen Selbstgefälligkeit entgegen, als Zeichen der Dankbarkeit für seine Großzügigkeit. Doch als sie sich wieder aus seiner Umarmung löste, fühlte er sich dazu bewegt, eine Frage zu stellen, die einigermaßen beunruhigend sein dürfte.

"Was kannst du tun?" er forderte an.

„Oh, ich weiß nicht", antwortete Cicily lässig; „Aber etwas. Ich werde etwas Großes tun! Sehen Sie, Sie haben so viel getan. Jetzt muss ich auch etwas tun – etwas Großes!"

„Aber was habe ich getan?" fragte der Ehemann, erneut verwirrt über diese charmante Frau mit den unterschiedlichsten Launen.

"Was haben Sie getan?" Zitternd und freudig wiederholt. „Du hast mich zur glücklichsten Frau der Welt gemacht – zur Partnerin!" Auch hier waren die runden Arme um seinen Hals geschlungen; Ihr Gesicht war auf seiner Schulter verborgen.

Hamiltons Augen waren zur Decke gerichtet, als suchte er etwas Licht von außerhalb. Er hörte dumm und amüsiert zu, wie das Wort wild durch sein Gehirn hallte: „Partner!" Endlich verstand er alles, und mit dem Verstehen ging völlige Bestürzung einher. „Partner!... Oh, Herr!"

Kapitel VII

In den folgenden Tagen war Cicily fast überglücklich. Die Pläne, die sich aufgrund der altruistischen Anregung von Mrs. Delancy vage in ihrem Kopf ausgedacht hatten, nahmen nun konkrete Formen an und wurden konkret. Angesichts der Tatsache, dass ihr Mann sie ausdrücklich in eine geschäftliche Partnerschaft mit sich gebracht hatte, kam ihr der Gedanke, dass sie die Idee, andere Menschen glücklich zu machen, durchaus mit praktischen Vorteilen für das Geschäft verbinden könnte. Diesem Ziel widmete sie also eifrig ihre Intelligenz, mit dem Ergebnis, dass sie bald konkrete Pläne zur Verbesserung für die Vielen hatte, und diese in der Art, dass sie auf geschäftliche Weise direkt zum Vorteil ihres Mannes kamen. Kurz gesagt, sie plante bestimmte philanthropische Aktionen, die zum Vergnügen der Angestellten ihres Mannes durchgeführt werden sollten ; Der Effekt solcher Änderungen wäre unweigerlich ein besseres Verständnis zwischen ihnen und ihrem Arbeitgeber sowie eine erhöhte Loyalität und Effizienz auf Seiten der Arbeitnehmer. Mit diesem lobenswerten Vorsatz beschäftigte sich Cicily sofort mit der Ausführung des Projekts, nachdem sie Hamilton, der keine Einwände erhob, da ihre Hilfsbereitschaft aus ihrem Privatvermögen bestritten werden sollte, den Gegenstand ausführlich zur Sprache gebracht hatte. Schon bald herrschte in der Fabrik in der Innenstadt aufgeregtes Geschwätz über die überraschenden Innovationen, die im Gange waren. Die Angestellten fluchten oder jubelten je nach Natur, als sie von den Geschenken erfuhren, die die Frau ihres Arbeitgebers ihnen schenkte. Sie betrachteten die neuen Badewannen mit Staunen, wenn auch etwas zweifelnd. Sie diskutierten die Bibliothek mit Wertschätzung oder mangelnder Wertschätzung, je nachdem, wie gut sie Analphabetismus oder Bildung hatten: Das sozialistische Element verurteilte die Unsinnigkeit der ausgewählten Bände; Es gab nur Geschichten, Biografien, Reisebücher, närrische Romane und dergleichen – nichts, was die Art und Weise lehrte, wie die Brüderlichkeit der Menschen verwirklicht werden musste.

Zusätzlich zu ihren positiven Aktivitäten in dieser Richtung fügte Cicily ihren Ideen in Bezug auf die Hebung der Frau etwas Reales hinzu. Sie meldete sich bei den Frauen einiger Männer, die in der Fabrik arbeiteten, und besuchte sie in ihren Häusern. Sie lud sie ein, sie im Gegenzug zu besuchen, und entwickelte ein Projekt, um die Civitas-Gesellschaft zu ihrem Verbündeten bei diesem edlen Werk der Hebung und Angleichung der sozialen Ordnung zu machen. Mit solch eifriger Arbeit waren ihre Tage ausgefüllt, und sie war froh über die Erkenntnis, dass es tatsächlich ihr herrliches Privileg geworden war, am weiteren Leben ihres Mannes teilzuhaben ... Sie war seine – Partnerin!

Es kann bezweifelt werden, dass Hamilton mehr als nur den Hauch einer Ahnung vom Glück seiner Frau in der veränderten Ordnung hatte. Die Episode, wie er sie nannte, in der sie eine Partnerschaft mit ihm eingegangen war, blieb ihm kaum in Erinnerung. Wenn er überhaupt darüber nachdachte, lächelte er darüber wie über die Launenhaftigkeit einer der unzähligen unterschiedlichen Stimmungen einer Frau. Aber er dachte nur sehr selten daran, denn seine Zeit war in den verzweifelten Kampf vertieft, einen Ausweg aus der drohenden Zerstörung zu finden. Am Ende entschied er, das von Morton im Namen des Trusts gemachte Angebot nicht abzulehnen. Andernfalls würde er mit der Konkurrenz von Carrington konfrontiert werden, die mit einem Verlust an den unabhängigen Handel verkauft. Doch letztlich war er entschlossen, dieser Konkurrenz bis an die Grenzen seiner Fähigkeiten und seines Kapitals entgegenzutreten. Ihm war klar, dass ein Erfolg von vornherein unmöglich sein würde, wenn er seine Betriebskosten nicht auf ein Minimum reduzieren würde. Aus diesem Grund plante er, die von Morton vorgeschlagene Lohnkürzung vorzunehmen, obwohl dies in Wirklichkeit dazu diente, die Machenschaften des Trusts zu verhindern, und nicht, sie zu fördern. Er beruhigte sein Gewissen, indem er die Wahrheit wiederholte: dass die Reduzierung im Falle eines Sieges nur eine vorübergehende Sache gewesen wäre; wohingegen er ohne sie die Fabrik sofort schließen muss. Im Interesse seiner Arbeiter und auch im eigenen Interesse war er entschlossen, den einen Weg zu verfolgen, der Hoffnung auf den Sieg bot.

Natürlich hatten die Mitarbeiter weder Verständnis noch Zustimmung. Als die Nachricht von der vorgeschlagenen Kürzung der Skala bekannt wurde, herrschte Aufruhr, Zorn und Trauer. Es fanden Versammlungen der Arbeiter statt, und zu gegebener Zeit wartete ein dreiköpfiges Komitee nach Vereinbarung auf Hamilton im Arbeitszimmer seines Hauses in der Innenstadt. Schmidt, der geschwätzigste der drei, war ein Mann in der Blüte seines Lebens, kräftig gebaut, kahlköpfig und mit einem weißen Schnurrbart, der ihm eine gewisse groteske Ähnlichkeit mit Bismarck verlieh. Die anderen beiden Mitglieder des Komitees waren Ferguson, ein dünner, wachsamer Yankee von vierzig Jahren, der mit betont gedehnter Stimme sprach; und McMahon, ein kleiner, rothaariger, kluger Ire, dessen Gesicht eine flüchtige gute Laune ausstrahlte. Als die drei die Bibliothek betraten und von Hamilton begrüßt wurden, stellten sie fest, dass sich ihr Arbeitgeber durch die Anwesenheit von Mr. Delancy, in dessen geschäftliches Urteilsvermögen der jüngere Mann großes Vertrauen hatte, für die Konferenz gestärkt hatte. Die Männer nahmen den freundlichen Gruß Hamiltons mit Unbeholfenheit, aber ohne jede Spur von Scham, auf, denn das Bewusstsein ihrer gerechten Sache gab ihnen in einer fremden Umgebung Vertrauen. Kaum hatten sie auf Wunsch ihres Gastgebers ihm und Mr. Delancy gegenüber auf Stühlen Platz genommen, als Schmidt aufsprang und, nachdem er sich entschlossen vor dem leeren Kamin in vorteilhafter Position positioniert hatte, energisch über die Rechte zwischen Arbeit und Kapital deklamierte , klangvoll sprechend, mit ausgeprägtem deutschem Akzent. Nach etwa fünf Minuten wagte Mr. Delancy, der sowohl nervös als auch gereizt war, als der Redner hin und wieder eine Atempause einlegte, zu protestieren.

„Ja, ja, Mann", rief er gereizt. „Aber mir liegen Schopenhauer und der Sozialismus überhaupt nicht am Herzen, und ich bin mir sicher, dass es Herrn Hamilton auch egal ist. Kommen wir zu den Löhnen, die in der Hamilton-Fabrik gezahlt werden."

Ferguson unterstützte Delancy, ebenso wie McMahon, der freundlich sagte:

„Gib dem Chef eine Chance, Smitty."

Schmidt neigte jedoch zur Widerspenstigkeit.

„Es gab noch keine Vereinbarung, dem Chef eine Chance zu geben", argumentierte er.

„Dann gib ihm einfach eine Chance, denn er ist ein Freund von mir", drängte der Ire mit einem Grinsen, das dem Deutschen gegenüber so überaus freundlich war, dass man ihm nicht widerstehen konnte. Schmidt nickte zum Zeichen, dass der Arbeitgeber zu Wort kommen sollte, behielt jedoch seine Position als Vorsitzender vor dem Kamin.

Hamilton machte sich sofort daran, den Männern vor ihm seinen Standpunkt darzulegen.

„Wie Sie wissen", sagte er energisch, „bin ich der Eigentümer der Hamilton-Fabrik. Ich zahle die Löhne. Jetzt läuft die Hamilton-Fabrik seit mehr als dreißig Jahren durch gute und schlechte Zeiten. Manchmal, Außerdem wurde das Unternehmen mit Verlust geführt, ohne dass die Löhne gekürzt wurden, um dem Eigentümer in dieser Zeit des Verlusts zu helfen. Nun, es scheint mir, dass ich unter diesen Umständen ein Recht darauf habe, mein eigenes Unternehmen zu führen.

„Oh, sicherlich!" Ferguson stimmte träge zu.

Doch Schmidt fügte dem allgemeinen Zugeständnis eine Korrektur hinzu.

„Solange Sie es auf unsere Art und Weise führen und die Löhne nicht kürzen."

„Es tut mir leid, Männer", erwiderte Hamilton, ohne dem Thema auszuweichen; „Aber dieser Schnitt muss weg."

Die Mitglieder des Ausschusses blickten von einem zum anderen und schüttelten traurig den Kopf. Sie kannten nur zu gut die Härten, die zehn Prozent ihren Mitmenschen bereiten würden. Schneiden Sie die Länge der Skala ab. Es war McMahon, der zuerst sprach, mit seiner üblichen gutmütigen Miene im Sarkasmus, aber einem Anflug von Grimmigkeit unter der oberflächlichen Höflichkeit.

„Nun ja, wissen Sie", sagte er in seinem reichen Akzent zu Ferguson und Schmidt, „der Chef muss ein bisschen sparen, um die neuen Badewannen und das hübsche Stück Turnhalle und die Bibliothek zu bezahlen, die sie haben." habe in letzter Zeit investiert.

„ *Ach, Himmel!* " Schmidt schnaubte angewidert. „Wir werden schon bald Maniküre haben!" Er starrte auf seine pummeligen Finger mit den von der Arbeit befleckten Nägeln und grinste hämisch.

Hamilton errötete unter den Sticheleien.

„Ich habe mit diesen Verbesserungen nichts zu tun", erklärte er zur Selbstrechtfertigung. „Sie werden alle von Mrs. Hamilton auf eigene Kosten eingesetzt. Sie tut es, um euch Männer und Frauen dort zufriedener mit eurem Schicksal zu machen – um euch glücklich zu machen."

„Um uns glücklich zu machen!" Schmidt grunzte. „Badewannen!"

McMahons Sinn für Humor veranlasste ihn, sich weiteren Scherzen hinzugeben, die die düstere Realität dieser Leben verdeutlichten.

„Sicher, aber die Turnhalle ist großartig", sagte er milde. Sein Ton war so trügerisch, dass Hamilton lächelnd über das Kompliment für die Unternehmung seiner Frau lächelte, und selbst Mr. Delancy entspannte seine strengen Gesichtszüge. „Je länger man darin arbeitet", fuhr der Ire unschuldig fort, „außerhalb der Arbeitszeit natürlich, desto stärker wird man und desto mehr kann man in Stunden für den Chef tun ... Klar, es ist großartig!"

Hamilton wechselte hastig das Thema. Er erklärte, dass die Lohnkürzung nicht auf die Löhne der Frauen in der Verpackungsabteilung angewendet werde, wo hunderte beschäftigt seien. Er erklärte offen, dass ihr Gehalt nicht ausreichte, um eine solche Kürzung zu verkraften.

„Und glauben Sie, dass wir genug verdienen, um das auszuhalten?" rief Ferguson empört aus.

„Jemand muss das aushalten", war Hamiltons düstere Erwiderung. „Sie haben gedroht, zuzuschlagen, wenn ich diese Kürzung mache. Nun, ich bin gezwungen, Ihnen wiederum zu drohen. Wenn Sie die Kürzung nicht akzeptieren, werde ich zuschlagen – ich muss zuschlagen!"

Schmidt stand von seinem Platz vor dem Kamin empört auf den Zehenspitzen.

„Du schlägst zu!" schrie er verärgert. „Wer hat Ihnen die Erlaubnis zum Streik gegeben? Sie sind keine Gewerkschaft. Bah!"

Hamilton zuckte müde mit den Schultern.

„Hört zu, Männer", forderte er. „Ich werde Ihnen die Fakten deutlich vor Augen führen, denn ich vertraue voll und ganz auf Ihre Loyalität. Sie denken vielleicht, dass Sie bei diesem Deal auf die Schliche kommen. Nun ja, wir werden alle auf die Schliche kommen und auf der Seite hängen auch des Bootes, es sei denn, wir arbeiten zusammen. Ihr Männer seid unzufrieden, denn obwohl ihr Vollzeit arbeitet, wird von euch verlangt, eine Kürzung von zehn Prozent in Kauf zu nehmen. Die Wahrheit ist, dass die Fabrik keine produziert Ich muss die Kartons jetzt mit Verlust zum Verkauf anbieten, wegen der Konkurrenz der Vertrauensfabrik, die versucht, mich aus dem Geschäft zu drängen. Ich muss zum Selbstkostenpreis oder sogar mit Verlust arbeiten Eine Zeit lang. Mit der Kürzung um zehn Prozent kann ich weitermachen. Ohne sie muss ich schließen. Sobald diese Krise vorüber ist und wenn ich siege, wird die alte Lohnskala wiederhergestellt. Ich hoffe, dass es Zeit wird wird nicht mehr lange auf sich warten lassen. Ich wage es vielleicht, Ihnen etwas im Vertrauen zu sagen: Ich habe vor, einige Nebentätigkeiten zu übernehmen – einige Dinge, mit denen ich hoffentlich viel Geld verdienen werde. Sobald sie begonnen haben, werde ich geben Sie unterstützen die gegenwärtige Skala.

„Warum hilft Ihre Frau nicht, den Lohn zu zahlen?" fragte Schmidt scharfsinnig. „Sie hat genug Geld für Dummheiten."

„Faith, und das ist überhaupt keine schlechte Idee, Mr. Hamilton", stimmte McMahon zu. „Es ist eine bessere Verwendung für ihr Geld. Seitdem sie in den letzten Wochen zu uns nach Hause gekommen ist, hat es mich einen Wochenlohn gekostet, meiner alten Frau einen Hut zu besorgen, der ihren Hut nachahmt … Frauen haben im Geschäft keinen Platz." , Ich denke."

Ferguson fügte seine Aussage in ähnlicher Weise hinzu:

„Das stimmt", erklärte er. Er sah sich nach einer Stelle um, an der er ausspucken konnte, als er aber keine sah, und verzichtete darauf. „Mein Mädchen, Sadie, sie hat diese Woche zwei Dollar in Kunsthaar gesteckt. Ihre

Frau macht es uns sicher sehr schwer, Mr. Hamilton. Wie kann ich Kunsthaar mit einem Zehn-Prozent-Schnitt kaufen? Verdammt, wenn ich kann sehen!"

Wieder war Hamilton beschämt über die unglückseligen Ergebnisse der wohlwollenden Tätigkeit seiner Frau, und wieder wechselte er das Thema.

„Nun, Jungs", sagte er offenherzig, „ich habe euch die Sache klargestellt. Es tut mir leid. Aber wenn ihr nicht mitmacht, sehe ich für keinen von uns eine Zukunft … Das ist sie." wie du willst."

„Die Männer entscheiden selbst", antwortete Ferguson düster. „Wir berichten ihnen nur zurück."

„Aber Sie drei entscheiden wirklich", beharrte Hamilton. „Komm, gib mir jetzt deine Entscheidung."

Ferguson und McMahon sahen sich zweifelnd und schweigend an, als wären sie unsicher, wie sie vorgehen sollten. Doch Schmidt zögerte nicht, sich bei jeder Gelegenheit zu äußern. Er sprach jetzt mit einer Miene phlegmatischer Entschlossenheit und schwenkte zu Beginn seinen rechten Arm:

„Nun, ich spreche nur für mich selbst: Wie geht es Ihnen, Mrs. Hamilton?"

KAPITEL VIII

Als Schmidt seinen rednerischen Schwung auf diese erstaunliche Weise abschloss, drehten sich die anderen Bewohner des Raumes erstaunt um und erblickten Cicily selbst, die in der offenen Tür des Arbeitszimmers stand.

Die junge Frau war ein sehr bezaubernder, strahlender Anblick, wie sie dort regungslos ruhte. Sie war für die Straße gekleidet und trug den hinreißenden Hut, der McMahons Verderben verursacht hatte, ein zierliches und ziemlich kunstvolles Accessoire in Schwarz und Rot, und ein schwarzes Stoffkleid, kurz und eng geschnitten, das die geschmeidigen Kurven wunderbar zur Geltung brachte ihrer Form. Darunter zeigte ein luxuriöser *Chaussure* in Schwarz die unnachahmliche Anmut winziger Füße und Knöchel. Als sie nun die Gesellschaft einigermaßen erstaunt betrachtete, wurde das perfekte Oval ihrer Wangen durch das Spiel von Grübchen unterbrochen, als sie den Männern vor ihr ein allgemeines Willkommenslächeln zuwinkte. Ihre Aufmerksamkeit wurde jedoch besonders von Schmidt gefesselt, der sich nach seiner ersten Begrüßung mit Worten nun steif aus der Hüfte verneigte, was aufgrund seines Umfangs mit einigen Schwierigkeiten verbunden war. Cicily verfolgte die feierliche Aufführung mit einer Mischung aus Belustigung und Besorgnis. Als es jedoch endlich gelang und die pummelige Gestalt sich aufrichtete, erkannte sie den Sozialisten und trat vor.

„Warum, es ist Herr Schmidt!" rief sie herzlich aus. "Ich bin so froh dich zu sehen!" Darauf murmelte der Deutsche eine kehlige Antwort, zu sehr von Freude überwältigt, als dass er eine zusammenhängende Sprache hätte sagen können. Die Neuankömmling ging weiter und begrüßte Ferguson und McMahon mit der gleichen angenehmen Gastfreundschaft, indem sie jedem die Hand schüttelte.

„Das ist in der Tat bezaubernd", rief sie herzlich aus. „Haben Sie Ihre Frauen mitgebracht?"

Als Sprecher fungierte wie üblich Schmidt.

„Mrs. Hamilton", stellte er mit düsterer Eindringlichkeit fest, „das ist ein Geschäft."

"Ach du meine Güte!" rief Mrs. Hamilton mit einiger Beklommenheit. „Ich hoffe, es ist nichts, was sie nicht gutheißen würden."

„Sei ruhig", ermahnte Ferguson beruhigend. „Klar, es geht nur darum, dass wir übers Geschäft reden. Es ist eine Frage des Lohns. Die Frauen sind immer damit einverstanden."

Schmidt verdrehte verzweifelt die Augen gen Himmel.

„ Aber wenn wir ihnen von der zehnprozentigen Kürzung erzählen! *Ach, Himmel!* "

Cicily warf ihrem Mann einen erschrockenen Blick zu.

„Eine Kürzung um zehn Prozent!" rief sie unwillkürlich. „Warum, Charles!"

Hamilton ärgerte sich über dieses unerwartete Eindringen des Weiblichen in die ernstesten geschäftlichen Diskussionen – die Einmischung des Weiblichen in die Finanzen. Er sprach mit deutlicher Missbilligung in seiner Stimme:

„Nun, Cicily, du weißt nichts davon."

Auch Delancy brachte das Gewicht seiner gewohnten Autorität zum Ausdruck.

„Kümmere dich nicht um Dinge, die dich nichts angehen, Cicily." Die Ermahnung hatte einen herablassenden Charakter, der die Frau verärgerte.

Ferguson äußerte sich im gleichen Sinne, jedoch mit einem völlig anderen Motiv, das seinen Worten zugrunde lag:

„Natürlich geht es Sie nichts an, Mrs. Hamilton. Ich schätze, Sie werden froh sein, etwas mehr Geld für Badewannen, Bibliotheken und Turnhallen zu haben. Nein, Ma'am, es geht Sie nichts an . " . Aber es wird für unsere Frauen und Töchter einen gewissen Unterschied machen, denke ich – jede Woche zehn Prozent des Gehalts. Es wird meiner Sadie die Locken aus dem falschen Haar nehmen, in Ordnung."

„In allem wird immer etwas Gutes stecken", murmelte Schmidt zynisch, aber nicht laut genug, dass der Yankee es hören konnte.

Cicily war sich der Spannung bewusst, die sie umgab, und hielt es für klug, für Ablenkung zu sorgen.

"Was für ein Zufall!" rief sie fröhlich aus. „Mrs. Schmidt, Mrs. Ferguson und Mrs. McMahon kommen heute Nachmittag alle hierher. Ich habe sie zu einem Treffen unseres Clubs eingeladen."

Das würdevolle Gesicht von Mr. Delancy, das dem Geschäftsmann der alten Schule entsprach und bis auf die weißen Büschel seines Backenbarts glattrasiert war, war durch ein Gefühl echten Entsetzens verzerrt; seine rosa Wangen wurden scharlachrot.

„Zizig!" Er hat tief eingeatmet.

Auch Hamilton war kaum weniger beunruhigt, obwohl er mit den Ausgleichslaunen seiner Frau vertraut war.

„Haben Sie sie hierher eingeladen?" fragte er stirnrunzelnd.

Die Art beider Äußerungen war von einer Art, die die Ehemänner der Frauen unweigerlich beleidigen musste. Cicily, mit der Sensibilität ihres Geschlechts, versuchte, den Eindruck zu verbergen, indem sie mit einer Art gesteigerter Begeisterung sprach.

„Oh ja", antwortete sie. „Ist das nicht gut von ihnen? Sie haben versprochen, mich heute Nachmittag zurückzurufen."

Ferguson gab der Neigung der Yankees zu trockenem Humor nach :

„Ich hoffe nur, dass Mr. Delancy und Mr. Hamilton nicht zu nett zu ihnen sind."

Auch McMahon hätte einen Kommentar abgegeben; aber Hamilton, der jetzt seinen Fehler erkannte, der eine verheerende Wirkung auf die Haltung dieser Männer ihm gegenüber haben könnte, beeilte sich, auf eigene Faust einen Ablenkungsmanöver zu machen.

„Nun, Männer", sagte er so freundlich, wie er nur konnte, „ich habe Sie mit den Schwierigkeiten und den Notwendigkeiten der Situation vertraut gemacht. Wie ich bereits sagte, bin ich auf Ihre Loyalität angewiesen ... Werden Sie es zulassen? Ich höre heute später am Nachmittag von Ihnen?"

„Sie werden schon von uns hören", versicherte der Yankee seinem Arbeitgeber mit deutlichem Nachdruck, bevor Schmidt Gelegenheit hatte, etwas zu sagen; und McMahon nickte zustimmend.

Wieder einmal bemühte sich Cicily, die Stimmung der Männer aufzuhellen.

„Wenn Sie weggehen, um über etwas nachzudenken, stellen Sie sicher, dass Sie rechtzeitig zurückkommen, um Ihre Frauen nach Hause zu bringen, nachdem sie dem Club beigetreten sind. Es ist die Civitas-Gesellschaft, wissen Sie, zur Förderung von Frauen."

Kaum hatten die Mitglieder des Komitees den Raum verlassen, wandte sich Cicily besorgt an ihren Mann.

„Oh, Charles", rief sie, „sag es mir! Es ist doch nicht wahr, dass es in der Fabrik eine Lohnkürzung geben soll?"

Hamilton wandte sich ungeduldig von dem bittenden Gesicht ab.

„Cicily", sagte er knapp, „Onkel Jim und ich sind sehr beschäftigt. Wir haben Geschäfte von höchster Wichtigkeit zu besprechen."

die Eigensinnigkeit seiner Nichte wusste , erkannte jetzt richtig den entschlossenen Ausdruck auf ihrem Gesicht. Er zupfte nervös an seinen Bartbüscheln und sagte in resigniertem Ton:

„Oh, sag es ihr, Charles, und mach Schluss damit … Oder hör zu, Cicily. Es ist so: Diese Männer bekommen mehr Geld, als sie bekommen sollten. Charles kann keinen Penny Gewinn machen, wenn er sein Geschäft führt." Geschäft auf diese Weise. Das ist alles – er muss sie um zehn Prozent kürzen. Ich habe es selbst geraten.

Cicilys bezaubernde Nase war jetzt deutlich geneigt, was auch immer ihre normale Linie sein mochte.

„Ja, ich erwarte von dir einen Rat, Onkel Jim", bemerkte sie trocken. Sie wandte sich vorwurfsvoll an ihren Mann. „Aber, Charles, es gibt keinen Grund, warum du seinem Rat folgen solltest. Warum hast du mich nicht gefragt? Ich bin dein Partner. Ich glaube nicht, dass du mich in dieser Sache fair behandelt hast."

Hamilton, überfordert und verärgert über die Vervielfachung seiner Sorgen, begann eine scharfe Antwort; aber es wurde durch die Entschlossenheit unterbrochen, mit der seine Frau weitersprach:

„Charles, du hast mich wie ein Kind behandelt, wie einen Idioten ... Und du hast gesagt, dass ich dir helfen darf!"

Dieser Vorwurf empfand Hamilton als äußerst ungerecht.

„Na, Cicily", rief er, „ich habe dich helfen lassen. Ich habe dich alles tun lassen, was du tun wolltest – egal wie …" In einem plötzlichen Anflug von Diskretion unterdrückte er das „Dumme".

Delancy nahm sich das Recht zur Kritik zunutze, das ihm während der Jahre seiner Vormundschaft zugestanden hatte, und sprach mit einer Offenheit, die nicht gerade schmeichelhaft war.

„Er ließ dich mehr tun, als ich dir erlaubt hätte. Er ließ zu, dass du dein Geld für Badewannen und Bibliotheken und solche Dummheiten verschwendest, um die Männer unzufrieden zu machen. Ich wünschte, jemand würde mir sagen, was ein Mann ist, der für zwei arbeitet." Dollar pro Tag können mit einer Badewanne und einer Bibliothek im Werk auskommen."

„Wenn es dir jemand sagen würde, würdest du nicht zuhören", war Cicilys freche Erwiderung.

Delancy zupfte an seinem Schnurrbart und schüttelte traurig den Kopf.

„Ich weiß nicht, wozu junge Frauen heutzutage kommen", war sein melancholischer Kommentar.

„Wohin ihr Männer uns treibt, meint ihr!" Cicily war ziemlich geschockt. Es war schwierig genug, mit ihrem Mann klarzukommen, ohne dass ihre Position durch die Einmischung dieses aufdringlichen alten Mannes gefährdet wurde, der für den Ausschluss ihres Geschlechts eintrat, gegen den sie kämpfte. Sie ging zu dem Stuhl, auf dem Ferguson gesessen hatte, und lehnte sich dort in einer Haltung anmutiger Leichtigkeit zurück, die bei weitem nicht die Aufregung ihres Geistes zum Ausdruck brachte. Als er ihre Bewegungen beobachtete und ihre Schönheit betrachtete, ihr zartes Gesicht strahlte und ihre bernsteinfarbenen Augen in dieser Stimmung der Aufregung glänzten, vergaß Hamilton für einen Moment seine Besorgnis in überschwänglicher Bewunderung. Er lächelte seine Frau liebevoll an, während Delancy ihm einen Vorwurf entgegenbrachte:

„Und du bist ihr Ehemann!“ Seine Betonung machte deutlich, dass ein Ehemann wie er eine solche Aufsässigkeit schon vor langer Zeit unterdrückt hätte.

„Nun“, antwortete Hamilton ruhig und mit einem Anflug von Belustigung in der Stimme, „Sie haben sie erzogen, wissen Sie.“

„Das habe ich nicht – so etwas gibt es nicht!“ stotterte der alte Mann. In seiner Empörung zog er so heftig an einem Schnurrbart, dass er vor Schmerz zusammenzuckte, was sein aufgewühltes Gemüt keineswegs besänftigen konnte.

„Du hast völlig recht, Onkel Jim“, stimmte Cicily mit gefährlicher Süße in der musikalischen Stimme zu. „Natürlich hattest du nie Zeit, mir Aufmerksamkeit zu schenken, und auch nicht Tante Emma. Oh nein, du warst zu sehr in deine schreckliche Angelegenheit vertieft. Du hast Tante Emma dazu gebracht, für die Heiden zu arbeiten.“ , und nebenbei hast du mir eines beigebracht: Du hast mir beigebracht, was für eine Frau ich nicht sein soll. Ich habe von dir gelernt, niemals auf die Art und Weise zu heiraten, wie du und Tante Emma verheiratet sind.“

Delancy war nicht gerade mit einem ausgeprägten Sinn für Humor gesegnet. Nun vergaß er die allgemeine Anklage gegen ihn in schockierter Überraschung über die Schlusserklärung, die er wörtlich nahm.

„Schau her, Cicily“, wandte er ein. „In der alten First Presbyterian Church hat es zweiundzwanzig Minuten gedauert, deine Tante Emma und mich zu trauen. Eine verbindlichere Zeremonie könnte man unmöglich bekommen.“

Cicily lachte verächtlich.

„Nun, ich bin der Meinung, dass du eigentlich nie verheiratet warst“, beharrte sie mit scherzhafter Ernsthaftigkeit. „Du wärst nicht wirklich verheiratet, wenn du zwei ganze Tage in der Kirche verbracht hättest.“ Dann antwortete sie auf das schmerzliche Erstaunen, das im Gesicht ihres Onkels zum Ausdruck kam, und fuhr lapidar fort: „Ja, ich meine es ernst, Onkel Jim. Tante Emma ist seit diesen zweiundzwanzig Minuten in der alten First

Presbyterian Church, zu der sie gehörte, die zweite Frau Du hast so gefühlvoll darauf hingewiesen ... Und sie hat mein Mitgefühl. Du hast zuerst das Geschäft geheiratet und danach Tante Emma. Das Geschäft hatte den ersten Anspruch und hat immer den ersten Platz behalten. Deshalb hat Tante Emma mein Mitgefühl."

Delancy erhob sich zutiefst beleidigt von seinem Stuhl, als ihm klar wurde, wie sehr ihn der eigenwillige Humor seiner Nichte verwirrt hatte. Er bewegte sich so schnell, wie es die Würde zuließ, auf die Tür zu. Dort wandte er sich an seinen respektlosen ehemaligen Mündel.

„Charles hat mein Mitgefühl!" er knurrte; und stolzierte aus dem Zimmer.

„Vergiss nicht, dass du am Sonntag zum Abendessen kommst – mit deiner zweiten Frau!" rief ihm die unbändige Cicily unverschämt nach. Aber wenn die Erinnerung gehört wurde, wurde sie nicht beantwortet; und Mann und Frau blieben allein zurück.

Hamilton hätte seiner Braut vorgeworfen, dass sie ihren Onkel völlig unnötig verärgert hätte, aber ihm wurde keine Gelegenheit dazu gegeben. Bevor die Tür hinter ihrer beleidigten Verwandten ganz geschlossen war, trug Cicily den Krieg mit einer knappen Frage ins Lager des Feindes:

„Nun, Charles, warum kürzen Sie die Löhne?"

„Weil ich muss", war die prompte Antwort.

„Und warum hast du es mir nicht gesagt?"

„Sag es dir? Unsinn!" Der Ton des Mannes drückte extreme Verärgerung aus.

„Aber ich bin dein Partner", beharrte Cicily tapfer, obwohl ihr das Herz unter der Abfuhr sank. „Das hast du selbst gesagt."

„Nun, und das sind Sie auch, weil Sie es so wollen", gab Hamilton zu; „Und Sie kümmern sich um Ihr Ziel, nicht wahr?"

„Ja, das kleine Ende", stimmte Cicily abfällig zu.

Darüber war Hamilton sichtlich verärgert.

„Welches Ende hast du erwartet?" er forderte an. „Ich sage dir, Cicily", fuhr er im Tonfall von jemandem fort, der mit viel Geduld argumentiert, um ein Kind von einer Binsenweisheit zu überzeugen, „dass das Geschäft zu groß, zu ernst, zu stark für eine Frau wie dich ist, meine Liebe."

„Ja, das ist nur die Angst, die mir manchmal das Herz packt, Charles", gab die Frau zu. Mit einem für ihre aktive Intelligenz charakteristischen

Einfallsreichtum hatte sie eine Methode erkannt, mit der sie seine Worte für ihre eigenen Zwecke verdrehen konnte. "Schau hier!" sie fuhr mit liebkosender Stimme fort, ganz anders als die eindringliche Stimme, mit der sie bisher gesprochen hatte. „Glauben Sie für einen Moment, dass ich das Geschäft wirklich mag? Na ja, das tue ich nicht – nicht im Geringsten! Ich glaube übrigens, dass es kaum eine Frau tut. Was mich selbst betrifft, Charles, ich habe Angst davor es – das ist die ganze Wahrheit. Ich bin nur dabei, um es zu sehen – und du!"

Die Veränderung in ihrem Verhalten hatte unmittelbare Auswirkungen auf den Ehemann. Wieder musterte er sie mit Augen, in denen Bewunderung leuchtete. Zum zehntausendsten Mal genoss er die Schönheit dieser ovalen Kontur, die zarten Kurven der scharlachroten Lippen ... Aber er vergaß, seine Gedanken auszusprechen. In der Tat, welches Bedürfnis? Er hatte es ihr schon so oft gesagt!

„Du redest, als ob ein Geschäftsmann eine Frau wäre", sagte er mit einem Lächeln bewusster Geschlechterüberlegenheit, „und als ob du eifersüchtig wärst."

Cicily verbarg ihren Unmut über die gönnerhafte Art und antwortete, ohne dass ihre Liebenswürdigkeit augenscheinlich nachließ:

„Das ist es einfach: Ich bin eifersüchtig!"

"Du lieber Himmel!" Hamilton weinte empört. „Sicherlich wissen Sie, dass ich nie zweimal über eine Frau nachdenke, die ich im Geschäftsleben treffe."

Die Frau lächelte voller Verachtung.

"Frau!" rief sie mit verächtlichem Nachdruck. „Ich habe nicht die geringste Angst davor, dass dir eine Frau mehr bedeutet als ich, Charles. Lass es einfach mal versuchen!"

„Warum, was würdest du tun?" fragte Hamilton neugierig.

Die Antwort war schnell und energisch, geprägt von dem unverschämten Machtbewusstsein, das das Vorrecht einer schönen Frau ist. Cicily lehnte sich in ihrem Stuhl nach vorne und die goldenen Augen verdunkelten sich und blitzten.

„Na, ich würde sie schlagen! Ich würde für dich alles sein, was sie war – und noch mehr. Ich würde sie übertreffen, ich würde sie überlisten, ich würde sie überlisten, ich würde sie überlisten . Ich würde mit deiner Liebe und deiner männlichen Eifersucht spielen. Oh, es gäbe viele Männer, die das Stück mit mir spielen könnten. Ich würde verführerischer, faszinierender, schwieriger sein, bis ich dich wieder in Sicherheit halte die hohle meiner Hand, und dann – warum wäre ich dann sehr versucht, dich wegzuwerfen!"

Der Schwung, mit dem dieses Mädchen so ihre Fähigkeiten im Gebrauch jener Reize rühmte, die beim anderen Geschlecht dominieren, erregte und faszinierte den Liebhaber und durchbrach die Zurückhaltung, die der Besitz in die Leidenschaft getrübt hatte. Seine Wangen röteten sich unter der Provokation der Blicke, mit denen sie die Verlockungen bemerkte, deren Herrin sie war. Als sie zu Ende gesprochen hatte, sprang er von seinem Stuhl auf, nahm sie in die Arme und zog sie leidenschaftlich an seine Brust. Aber Cicily vermied den Kuss, den er ihr auf die Lippen gedrückt hätte. Mit ihrem Mund an seinem Ohr flüsterte sie, jetzt klagend, nicht mehr prahlerisch, nur noch eine schüchterne, ängstliche, eifersüchtige Frau:

„Ja, ich kann gegen eine Rivalin kämpfen, die eine Frau ist, Charles, und ich kann gewinnen. Aber diese andere Rivalin, diese faszinierende monströse, böse Göttin – ah!“

Hamilton hielt seine Frau an den Schultern von sich weg und betrachtete sie verwirrt.

„Böse Göttin!" wiederholte er, halb im Zweifel, was sie meinte.

„Sicherlich muss sie das sein", erklärte Cicily bestimmt; „Dieser Geist, der die Göttin des modernen Geschäftslebens ist, von dem ich spüre, dass er dich Tag für Tag in sich aufnimmt, mir mehr und mehr von deinen Gedanken, von deinem Herzen, von deiner Seele wegnimmt, dich in jeder lebenswichtigen Weise verändert und es in die Tat umsetzt trotz allem, was ich tun kann, obwohl ich mit aller Kraft gegen sie kämpfe! Oh, es ist schrecklich, die Hoffnungslosigkeit des Ganzen! Eines Tages werdet ihr alle für immer verschwunden sein!"

„Vom bösen Geist verschluckt?" fragte Hamilton fragend und lächelnd.

"Ja!" Die Antwort wurde mit einer Ernsthaftigkeit gegeben, die seine Leichtfertigkeit angesichts einer möglichen Katastrophe zurechtwies.

Der Ehemann wiederholte sein fadenscheiniges Argument.

„Aber, Liebling", drängte er sanft, „du weißt, dass ich dich trotzdem liebe."

In der Stimme der Frau lag eine seltsame, zynische Traurigkeit, als sie antwortete:

„Wahrscheinlich liebt ein Mann unter Äther einen genauso. Aber wer möchte schon von einem Mann unter Äther geliebt werden?"

„Cicily, du übertreibst!" Rief Hamilton aus. Er ließ seine Hände von ihren Schultern fallen und setzte sich wieder hin, während sie vor ihm stehen blieb. In seinem Tonfall lag Gereiztheit, als er erneut sagte: „Ich habe dich, und ich habe mein Geschäft."

Cicily machte ein *Moué*, das deutlich zum Ausdruck brachte, wie müde sie von dieser veralteten Tatsache war.

„Deine beiden Liebsten!" sagte sie bitter. „Jetzt, in diesem Moment, denkst du, dass sie gleich sind. Nun ja, vielleicht sind sie das – in diesem Moment. Eines Tages wird die Krise kommen. Dann musst du dich entscheiden. Es ist ein neues Dreieck, Charles – das Das Dreieck des 20. Jahrhunderts in Amerika: die Frau, der Ehemann und das Geschäft. Aber denken Sie daran: Wenn wir vor der Wahl stehen, werde ich keine Tante Emma sein!"

Das Verhalten seiner Frau sowie ihre Worte beunruhigten den Ehemann auf seltsame Weise. Nie zuvor war sie in ihrer Lieblichkeit so anziehend und anmutiger auf das Auge eines Mannes gewirkt worden; Doch noch nie hatte sie den Eindruck gemacht, dass sie sich so kalt distanziert und so unpersönlich distanziert hätte. Er verspürte das Verlangen, sie wieder in die sanfte Vertrauenswürdigkeit der Jungfrau hineinzuziehen, die sich seiner Liebe gefreut hatte.

„Was soll ich tun, Liebes?" er fragte. „Ich habe dir gesagt, dass du mir helfen kannst. Ich lasse dich helfen."

Cicily setzte sich wieder, bevor sie antwortete. Als sie schließlich sprach, war ihre Stimme lustlos:

„Ja, du hast mir erlaubt, einen Teil meines eigenen Geldes für Luxusgüter auszugeben. Es scheint, dass ich es besser hätte nutzen können, um den Männern ihren Lohn zu zahlen und dich so vor einem möglichen Streik zu bewahren."

„Nein", war die ernste Antwort. „Bestenfalls wäre das nur ein Notbehelf gewesen – um den schlimmen Tag hinauszuzögern. Nein, diese Sache muss ein für alle Mal ausgefochten werden. Lassen Sie mich Ihnen auch sagen, dass das Werk in Hamilton im Falle eines Streiks keine Chance auf der Welt hat.

Cicily nutzte das Eingeständnis als Befürworter ihrer Argumentation.

„Dann dürfen Sie den Lohn nicht kürzen", erklärte sie energisch. „Du musst gegen Morton und Carrington kämpfen."

„Wie kann ein Mann das Vertrauen bekämpfen?" Hamilton befragte im Gegenzug. „Nein, ich bin zwischen den beiden Mühlsteinen gefangen: Morton, Carrington, der Trust oben; die Männer, die Arbeit unten. Um zu überleben, muss ich die Männer zerschneiden. Das ist das Geschäft."

„Jetzt weiß ich, dass es nicht richtig ist", rief Cicily aus. „Sag mir", fuhr sie fort und beugte sich in ihrem Eifer nach vorne, bis er den pochenden Puls ihrer runden Kehle beobachten konnte, „wenn ich dir mein ganzes Geld geben würde, könntest du dann nicht kämpfen und trotzdem den Lohn behalten? " Ich habe ziemlich viel, wissen Sie. Es hat sich die ganze Zeit angehäuft, sagte mein Onkel, während ich aufwuchs." Sie weigerte sich, sich von dem verneinenden Kopfschütteln ihres Mannes überzeugen zu lassen. „Ich habe in den letzten Wochen viele ihrer Frauen und Kinder kennengelernt, während ich im Geschäft gespielt habe. Keine der Familien hat mehr als genug für ihre Bedürfnisse – ich weiß! Einige von ihnen haben es." kaum das. Eine Lohnkürzung wird in ihren Auswirkungen etwas Schreckliches sein. Nun, Charles, einige der Familien haben sechs oder sieben Kinder.

„Ich weiß", bestätigte der gestresste Arbeitgeber mit einem Seufzer, der fast einem Stöhnen gleichkam. „Aber, Cicily, meine Liebe, wenn es keinen Schnitt gibt, werde ich ruiniert sein. Das ist das lange und kurze der Sache. Wenn ich die Männer jetzt nicht ein wenig leiden lasse, muss die Fabrik geschlossen werden; alles Papas Arbeit . " Ich muss umsonst gehen. Entweder ich oder sie. Wenn sie die Kürzung vorerst nicht annehmen, werden sie bald überhaupt keinen Lohn mehr haben. Nun, wenn Sie mir wirklich helfen wollen, in gewisser Weise , tun Sie einfach alles, was Sie können, um einen Streik zu verhindern. Dann helfen Sie mir und auch ihnen. Natürlich verstehen Sie, dass ich den Lohn so bald wie möglich zurückzahlen werde Ich kann."

"Gut!" Die Frau weinte glücklich. "Ich werde helfen." Trotz ihres Kummers über die Situation, die sowohl die Arbeiter als auch ihren Mann betraf, war sie hocherfreut über die Tatsache, dass sie endlich völlig im Vertrauen ihres Mannes war; dass sie endlich tatsächlich mit ihm in seinen geschäftlichen Belangen zusammenarbeiten sollte : eine praktische und nicht mehr nur eine theoretische Partnerin! Hamilton selbst gab dem Höhepunkt ihrer Freude die Kappe.

„Jetzt", sagte er mit einem zärtlichen Lächeln, „sind Sie im Geschäft, ganz nach Ihrem Herzenswunsch. Sie sind im Inneren bereit, gegen das, wie nennt man das, anzukämpfen."

Doch ein neuer Gedanke hatte die Stimmung der impulsiven Braut verändert. Plötzlich wurde sie ernüchtert und ihre Augen weiteten sich vor Angst.

„Ja", sagte sie langsam und zitternd; „Ich werde dir helfen, Charles, auf jede erdenkliche Weise, denn ein Streik wäre zu schrecklich. Er würde dich und mich trennen."

Kein Wunder, dass Hamilton über diese Aussage seiner Frau erstaunt war. Sein normalerweise fester Kiefer entspannte sich, senkte sich; Er saß da und starrte die schöne Frau ihm gegenüber mit zügelloser Verwunderung an.

„Wie zum Himmel könnte ein Streik in der Fabrik zwischen uns und uns kommen?" fragte er schließlich.

Die Antwort ließ lange auf sich warten; aber es kam trotzdem – kam bestimmt, ohne zu zögern, eindeutig.

„Wenn es zu einem Streik käme, könnte ich diese Frauen und Kinder nicht leiden lassen, ohne etwas zu tun, um ihnen zu helfen."

Bei dieser offenen Aussage, wie sie vorgehen würde, versteifte sich der Ehemann auf seinem Stuhl. Sein Gesichtsausdruck wurde streng und minatorisch.

"Was?" er ejakulierte hart. „Sie würden Ihr Geld verwenden, um ihnen zu helfen? Meine Frau würde ihr Geld verwenden , um gegen mich zu kämpfen?" Sein Stirnrunzeln war wild.

Cicily bewahrte ihr gelassenes, selbstbewusstes Aussehen, obwohl sie verzweifelt daran interessiert war, sich zurückzuschrecken und ihre Augen vor der Bedrohung durch seine zu schützen. Sie war eine Frau mit strengen Grundsätzen, so chimärisch ihre Ideen in manchen Richtungen auch sein mochten, und jetzt trieb ihr Gewissen sie weiter, obwohl die Liebe ihr den Rückzug geboten hätte .

„Ich würde mein Geld verwenden, um zu verhindern, dass Frauen und Kinder verhungern", sagte sie mit leiser Stimme, die trotz ihres Willens zitterte.

Hamilton unterdrückte einen wütenden Fluch. Er bemühte sich, seinen Zorn zu beherrschen, als er noch einmal sehr streng sagte:

„Cicily, du bist meine Frau. Du hast gesagt, dass du meine Partnerin wärst. Als einer von beiden, als beide, hast du Verantwortung gegenüber meinem Wohlergehen, die respektiert werden muss."

„Ich bin eine Frau, die in erster Linie Verantwortung als Mensch trägt", war die unerschrockene Erwiderung. „Ich wäre nicht geeignet, eine Ehefrau zu sein, wenn ich Frauen und Kinder verhungern lassen würde, ohne zu helfen."

„Unsinn, Cicily!" Hamiltons Wut war jetzt unter Kontrolle; aber er war immer noch sehr erzürnt über diese hartnäckige Torheit seiner Frau, wie er sie schätzte. „Streikende verhungern heutzutage nicht mehr. Sie haben Sozialleistungen, Gelder und alles Mögliche, um ihnen zu helfen. Sie müssen nicht einmal hungern."

„Warum geben sie dann jemals nach?" war die entsprechende Frage. „Ich sage Ihnen, sie hungern – oft, selbst in den besten Zeiten. Ich war unter diesen Leuten. Ich habe sie mit drei, sechs Kindern gesehen, die sie ernähren und kleiden mussten, und der Miete, die sie bezahlen mussten, auf zwei auf vier Dollar am Tag. Welche Chance haben sie zu sparen? Ich sage dir, wenn es einen Streik gibt, werden einige von ihnen verhungern, und wenn du sie verhungern lässt, Charles, wirst du nicht mein Ehemann sein!"

„Zizig!"

"Ich meine es." Die Frau erhob sich von ihrem Stuhl, ging zu ihrem Mann und küsste ihn zärtlich und traurig. Dann drehte sie sich um, um den Raum zu verlassen.

Doch bevor sie die Tür erreichte, sprach Hamilton noch einmal, ernst, ganz ohne Zorn:

„Cicily, meine Liebe", sagte er, „ich gebe dir die Ehre, dass du genauso aufrichtig und ehrlich bist, wie du dumm bist. Die einzige Chance für uns alle besteht also darin, dass du jetzt sofort dein Bestes gibst, um einen zu verhindern." Es liegt an Ihnen, mein lieber Partner, Ihr Bestes zu geben, um sie zu gewinnen und sie vom Streik abzuhalten."

Die junge Frau blieb im Türrahmen stehen und blickte ihren Mann an. Eine Spur von Tränen verschleierte das Strahlen der goldenen Augen. Ihre Stimme zitterte, aber die leise Musik war sehr ernst:

„Das werde ich, Charles – ich werde hart kämpfen – mein härtestes – für mein und dein Glück!"

KAPITEL IX

Mrs. Schmidt, Mrs. McMahon und Miss Sadie Ferguson, die Cicily als Hauptnutznießerinnen ihrer ersten Aufschwungsarbeit ausgewählt hatte, trafen eine halbe Stunde vor der für das Treffen der Civitas-Gesellschaft festgelegten Zeit ein und wurden hineingeführt das Wohnzimmer. Mrs. Schmidt, ein dünner Hauch verblasster Weiblichkeit, verschwand in einer abgelegenen Ecke, während Mrs. McMahon, eine bullige Amazone mit rotem, rundem Gesicht und klug funkelnden Augen, offen durch den Raum wanderte, die Möbel und Ornamente begutachtete und kommentierte sie ohne Zurückhaltung. Sadie Ferguson hingegen setzte sich elegant aufrecht auf einen gepolsterten Stuhl und benahm sich ganz nach der Manier hochrangiger Heldinnen, wie sie von ihrem Lieblingsautor aus Brooklyn beschrieben wurde. Manchmal starrte sie aufmerksam, wenn etwas Beeindruckendes, das ihrer Erfahrung nach fremd war, ihre Aufmerksamkeit erregte; aber immer besann sie sich schnell auf ihre Manieren und verfiel sofort in eine träge Gleichgültigkeit des Benehmens, wie sie dem Vere De Vere gebührt. Das Trio ließ nicht lange auf sich warten, bis ihre Gastgeberin erschien und sie mit einer aufrichtigen Herzlichkeit begrüßte, die ihnen ein Gefühl der Behaglichkeit vermittelte, soweit es in einer so neuartigen Umgebung nur möglich war. Sie war bemüht, dem Mädchen ein Kompliment zu machen:

„Hübscher als je zuvor, Sadie!" rief sie mit ehrlicher Bewunderung aus. Und tatsächlich wäre das Mädchen bezaubernd gewesen, wenn nicht die entstellende Wirkung eines übertriebenen Kleides und eines abscheulichen Hutes gewesen wäre.

„Ach, hör auf Scherz ', antwortete Sadie kokett, überaus erfreut und vergaß in ihrer Freude über das Kompliment ganz die Art von Vere De Vere. Ein Ausdruck des Entsetzens erschien auf ihrem Gesicht, als ihr klar wurde, wie heftig sie vom Ideal abgewichen war; und sie fügte stotternd hinzu : „ Ich meine, Sie sind wirklich zu nett, meine liebe Frau Hamilton." Nachdem das Mädchen dies erreicht hatte, atmete sie erleichtert auf. Sie hatte das Gefühl, dass sie sich in Sachen gesellschaftlicher Eleganz rehabilitiert hatte.

Cicily lächelte Sadie freundlich an und wandte sich dann an Mrs. McMahon, denn sie war bestrebt, diese Frauen in die beste Stimmung zu versetzen, um so durch ihren Einfluss auf ihre Ehemänner auf die Vermeidung eines Streiks hinzuarbeiten. Sie bemerkte den Hut, der der Grund für McMahons Beschwerde gewesen war, der in Wahrheit ein Aufruhr von vielschichtiger Hässlichkeit war. Cicily glaubte jedoch, dass in diesem Fall der Zweck die Mittel heiligen müsse.

„Was für ein wunderschöner Hut!" sie weinte in einem Ton überzeugender Aufrichtigkeit. Sie faltete sogar die Hände, um ihre Bewunderung zum Ausdruck zu bringen.

Mrs. McMahon putzte sich und warf den Kopf zurück; so dass Federn und Blumen ihre Farben noch schlimmer verfärbten als zuvor.

„Es ist nicht so viel! Es sind nur ein paar Kleinigkeiten, die sie für mich zusammengewürfelt haben!"

"Krimskrams!" Wiederholte er zynisch mit gedämpfter Stimme; und sie fügte wahrheitsgemäß hinzu: „So etwas habe ich noch nie in meinem Leben gesehen." Sie vermied es bewusst, Frau Schmidt direkt anzusprechen, denn sie war sich der schmerzlichen Schüchternheit der Frau bewusst. „Es war wirklich nett von dir, heute Nachmittag vorbeizukommen", fuhr sie fort. „Ich werde ein paar Freunde hier haben, um dich kennenzulernen."

„Gentleman-Freunde?" fragte Sadie eifrig. Ihr Gesicht verzog sich, als Cicily verneinte, und sie konnte einen Ausstoß der Enttäuschung nicht unterdrücken.

Frau McMahon hielt es für ihre Pflicht, dem Mädchen einen Tadel zu erteilen.

„Was kümmert es dich, Sadie, solange sie Mrs. Hamiltons Freunde sind?" Und sie fügte majestätisch hinzu und wandte sich an ihre Gastgeberin: „Entschuldigen Sie, Ma'am."

Bei dieser öffentlichen Zurechtweisung errötete Sadie scharlachrot und warf einen flehenden Blick auf Mrs. Schmidt.

„Was für ein Nerv!" sie kommentierte wütend. Dann wandte sie sich selbst an Mrs. McMahon. „Wenn Sie mir verzeihen würden, Mrs. McMahon", sagte sie sehr hochmütig, „ich entschuldige mich lieber persönlich." Und schließlich wandte sie sich an Cicily. „Mrs. Hamilton, wenn Sie meine Befragung zum Geschlecht Ihrer Gäste für unverschämt halten, stehe ich Ihnen in aller Demut um Entschuldigung."

„Und sie ist nicht erstickt!" murmelte die Irin bewundernd.

Cicily bestand darauf, dass es keinen Anlass für eine Entschuldigung gebe, und erläuterte anschließend etwas über den Charakter und die Ziele der Civitas Society for the Uplift of Women. Aber hier sah sie sich plötzlich mit unerwarteten Schwierigkeiten konfrontiert. Mrs. McMahon richtete sich mit der ganzen Würde ihrer großen Gestalt auf und brachte ihr Gefühl durch den Ton zum Ausdruck, in dem sie fragte:

„Ich würde gerne wissen, Mrs. Hamilton, ob Sie glauben, dass wir Themen sind, die sich erheben lassen?"

„Kannst du es schlagen!" rief Sadie voller empörtem Stolz.

Cicily beeilte sich, ihre Gäste mit einer Erklärung zu beruhigen, die mehr als genial als genial war.

„Du verstehst es nicht", wandte sie ein. „Dies ist der Club, über den ich mit Ihnen gesprochen habe. Ich möchte, dass Sie Mitglieder des Vereins werden. Wir brauchen Ihre Hilfe bei der Arbeit."

"Sie sind auf!" erklärte Sadie mit Begeisterung. Wieder wurde ihr klar, wie sehr sie sich von ihren Idolen entfernt hatte. „Ich würde sagen", fuhr sie kleinlaut fort, „es wird mir große Freude bereiten."

„Sie meinen also", fragte Mrs. McMahon, „dass Sie uns ausgewählt haben, um den anderen Frauen zu helfen?" Als Cicily zustimmend nickte, fuhr sie herablassend fort: „Nun, wenn ich es selbst sagen muss, gibt es viele, die es brauchen."

Dann wurden Mrs. Carrington und Mrs. Morton in den Salon geführt und von Cicily begrüßt, die darauf bestand, sie „drei anderen ernsthaften Arbeitern" vorzustellen. Die Neuankömmlinge unterwarfen sich den Vorstellungen offensichtlich widerwillig, und ihre Danksagungen waren äußerst kühl .

„Sie", erklärte Cicily und winkte den dreien zu, „haben große praktische Erfahrung in der Arbeit des Clubs."

„Sicher, und das habe ich", stimmte Mrs. McMahon weithin zu; „Und Frieda und Sadie auch – natürlich in kleinerem Maßstab."

Mrs. Carrington beugte sich so weit, dass sie ausrief: „In der Tat!" währenddessen musterte sie den Sprecher durch eine Lorgnette; und Mrs. Morton fügte ein lustloses „Wirklich!" hinzu.

Cicily, die darauf bedacht war, harmonische Beziehungen zwischen den beiden Parteien ihrer Gäste herzustellen, da so viel vom Ergebnis ihrer Bemühungen abhängen konnte, sprach beschwichtigend zu der Gesellschaft:

„Ich bin mir sicher, dass Sie, meine Damen, einander unterhaltsam finden werden."

„Oh, zweifellos äußerst unterhaltsam!" Frau Morton antwortete; doch ihr Ton war für die besorgte Gastgeberin alles andere als zufriedenstellend. Auch das Verhalten von Mrs. McMahon war nicht geeignet, die Spannung zu lindern.

„Wenn ich lebe, werde ich die Zeit meines Lebens haben!" erklärte sie grimmig. Sie wandte sich an Mrs. Morton: „Steht die Familie Ihres Mannes in irgendeiner Beziehung zu den Mortons der Grafschaft Clare, wenn ich den Mut haben darf zu fragen?"

„Ja", antwortete Mrs. Morton mit großer Selbstzufriedenheit. „Herr Morton behält derzeit seinen alten Familienbesitz in Irland bei."

„Sicher, und das würde ihn nicht kaputt machen", kommentierte Mrs. McMahon bissig. „Ich erinnere mich an das Anwesen – eine Art Hütte in einem Moor." Der riesige Körper der Amazone zitterte, als sie kicherte. „Fragen Sie einfach Ihren Mann; er wird sich gut an mich erinnern. Klar, das letzte Mal habe ich ihn gesehen, als seine Tante Nora Tom McMahon, den Onkel meines Mannes, geheiratet hat. Faith, wir sind angeheiratete Cousins."

Welche Einstellung Mrs. Morton zu dieser plötzlich entdeckten Verwandtschaft gehabt haben mag, muss für immer zweifelhaft bleiben; denn zu Cicilys grenzenloser Erleichterung bot nun das Erscheinen von Mrs. Flynn, Miss Johnson und Ruth Howard eine Abwechslung. Noch einmal wurden die nötigen Einführungen vorgenommen. Mrs. Flynn zeigte sich erstaunt über den Stil dieser „Damen", schaffte es jedoch, eine neutrale Haltung einzunehmen, die keinerlei Anstoß erregte. Miss Johnson war distanziert, aber Ruth war ehrlich erfreut über diese Gelegenheit zum schwesterlichen Umgang zum Zweck der Erhebung und verdrehte entzückt ihre großen Augen.

„Diese Damen", erklärte Cicily erneut, „sind die Mitglieder, die der Club in Betracht gezogen hat. Sie verfügen über umfangreiche Erfahrung in der großartigen Arbeit, Frauen zu helfen."

„In der Tat, und Sie haben Recht, Frau Hamilton", bestätigte Frau McMahon. „Wenn auf dem Block etwas passiert, ist es Katy McMahon, nach der sie rufen. Glaube, Aufbau und Layout sind meine Spezialgebiete."

Mrs. Carrington und Mrs. Morton hatten sich in einiger Entfernung zu einem *Tête-à-Tête zurückgezogen* , wo sie ein leises Gespräch führten, unterbrochen von häufigem Kopfschütteln. Die Gastgeberin hatte die Neuankömmlinge auf Stühlen gegenüber von Mrs. McMahon und Sadie platziert. Aus ihren Ausrufen ging hervor, dass Mrs. Flynn und Ruth von der Erklärung der Irin verblüfft und beeindruckt waren. Aber Miss Johnson bewahrte eine Haltung undurchdringlicher Zurückhaltung.

„Aufbau!" sagte die militante Frauenrechtlerin.

„Layouts!" seufzte Ruth; und sie hob fragend die Augen.

„Ja", fuhr Mrs. McMahon salbungsvoll fort; „Mit den Kranken aufräumen und die Toten aufbahren. Glaube, manchmal muss ich Krankenschwester und Bestatter in einem sein."

„Also", schwärmte Ruth und rollte mit einiger Mühe die Augen auf, „bei den Kranken aufzustehen und die Toten aufzubahren, ist deine große Arbeit!"

„Oh, nicht ganz", fuhr die Irin fort, „nicht ganz! Natürlich muss ich mich um meinen Haushalt kümmern, und ab und zu, wenn eine Familie zu arm ist, um einen Arzt zu haben, bin ich es, der ein Baby zur Welt bringt." sozusagen nebenbei in die Welt hinaus. Da ich selbst schon fünf hatte, kenne ich das „Wie" ganz gut."

Die Frauen, die zuhörten, keuchten entsetzt auf.

„Käse es!" flüsterte Sadie heftig. Aus ihrem Studium des Lieblingsautors schloss sie, dass Mrs. McMahon sich weit vom Smalltalk einer Clara Vere De Vere entfernte. „Ihr Gesprächsthema ist wirklich schockierend und abstoßend", fügte sie laut hinzu.

Cicily versuchte erneut, Harmonie zwischen widersprüchlichen Elementen herzustellen.

„Frau McMahon hat in leidvollen Häusern so viel Gutes getan", sagte sie sanft, „dass sie in ihrer Rede sehr direkt ist."

Die gutmütige Irin selbst entschied sich dafür, die *Amende ehrenhaft zu gestalten* , aber auf ihre eigene Weise.

„Klar, entschuldigen Sie, meine Damen", rief sie herzlich. „Faith, ich wollte nicht über etwas so Unmodernes wie das Gebären von Kindern sprechen."

In diesem Augenblick traten Mrs. Delancy und eine Freundin ein, zur großen Erleichterung von Cicily, die ihre Verwandte herzlich begrüßte und sie sofort zu Mrs. McMahon führte.

„Hier ist jemand, den du kennst, Tante Emma", sagte sie mit deutlichem Nachdruck.

Nachdem Mrs. Delancy einen Blick voller schockierter Verwunderung auf die schwerfällige Gestalt geworfen hatte, die in einen vergoldeten Stuhl gequetscht war, der für einen Moment unter der ungewohnten Last zusammenzubrechen drohte, erlangte sie die Haltung der wohlerzogenen Frau von unbestrittener gesellschaftlicher Stellung wieder und ging herzlich und festhaltend vorwärts streckte ihre Hand aus.

„Oh, es ist Mrs. McMahon!" rief sie mit einem angenehmen Lächeln aus. „Ich freue mich, Sie bei dieser Arbeit an unserer Seite zu haben."

Unter dieser Herzlichkeit verschwand der gesamte Groll der Irin und sie erwiderte den Gruß herzlich.

„Und wie geht es dem kleinen Jimmy?" Frau Delancy fuhr fort und kehrte zu Frau McMahon zurück, nachdem sie mit Frau Schmidt und Sadie gesprochen hatte.

So angesprochen, zeigte die mütterliche Amazone gewisse Anzeichen von Verwirrung und schien tatsächlich geneigt zu sein, der Angelegenheit auszuweichen, denn sie antwortete nach kurzem Zögern:

„Klar, Ma'am, Michael und Terence und Patrick und Katy und Nora geht es allen gut."

„Und Jimmy?" Mrs. Delancy blieb hartnäckig, wenn auch etwas verwirrt über das Verhalten der Frau.

„Nun, Ma'am", antwortete Mrs. McMahon mit einer Verlegenheit, die ihr fremd war, „Sie sehen, Ma'am, im Moment sind es nur fünf ... Wir hatten Jimmy noch nicht!"

Aus der ganzen Truppe ertönte ein keuchender Chor. Cicily, die ihren Platz hinter dem Tisch eingenommen hatte, der für den Vorsitzenden des Civitas-Clubs gedeckt war, hob ein scharlachrotes Gesicht, während sie mit dem Hammer auf eine Tätowierung schlug, und rief tapfer:

„Die Civitas-Gesellschaft wird jetzt zur Ordnung kommen!"

KAPITEL X

Es gab eine kleine Verzögerung, während die Mitglieder des Clubs ihre Positionen wechselten, sodass sie dem Präsidenten gegenüberstanden. Als dies geschehen war, stand die militante Frauenrechtlerin sofort auf und sprach mit der aggressiven Energie, die jede ihrer Handlungen kennzeichnete.

„Ich beantrage, dass wir auf die Verlesung des Protokolls der letzten Sitzung verzichten."

„Ja, ich denke, das sollten wir tun", stimmte Cicily zu und lächelte Mrs. Flynn anerkennend zu. „Tatsächlich gab es kein Protokoll."

Aber Mrs. Carrington hegte Groll gegen ihre Rivalin um die Präsidentschaft, und die Tatsache, dass Mrs. Flynn einen Vorschlag gemacht hatte, war Grund genug, sich dagegen zu wehren.

„Ich denke", bemerkte sie kühl und stand langsam auf, „dass wir auf jeden Fall das Protokoll lesen sollten. Es ist höchst interessant, das Protokoll zu lesen." Sie setzte sich mit einer Miene von großer Wichtigkeit wieder hin.

„Aber", wandte Cicily ein, „es gibt kein Protokoll."

Mrs. Carrington machte sich nicht die Mühe, für ihre Erwiderung aufzustehen:

„Ich verstehe nicht, was das mit der vorliegenden Frage zu tun hat."

„Na gut", entgegnete Cicily mit einem dieser Geistesblitze, die ihr als leitende Beamtin so nützlich waren, „Sie lesen sie selbst, Mrs. Carrington." Auf diesen glücklichen Vorschlag hin stieß Mrs. Carrington einen Ausruf aus, gab aber nichts Genaueres bekannt. Cicily wartete ein paar Sekunden und fuhr dann fröhlich fort: „Jetzt, wo das Protokoll verlesen ist, ist die besondere Angelegenheit vor dem Haus die Berücksichtigung neuer Mitglieder. Um erfolgreich zu sein, müssen alle funktionierenden Clubs ständig männliche, lebende Mitglieder aufnehmen."

Mrs. Morton, die ihr Gespräch mit Mrs. McMahon keineswegs vergessen hatte und einen deutlichen Groll gegen diese ausgezeichnete Frau hegte, äußerte eine Warnung:

„Aber, Mrs. Hamilton", wandte sie ein, „bei der Auswahl sollte die gebührende Sorgfalt walten lassen."

„Der Club kann nicht vorsichtig genug sein", stimmte Frau Carrington zu.

Mrs. McMahon kochte vor Wut auf ihrem Stuhl, offensichtlich am Rande eines Ausbruchs. Frau Delancy rettete die Situation durch schnelles Handeln.

„Ich denke", sagte sie und erhob sich, „wenn über neue Mitglieder abgestimmt werden soll, sollten diese während der Diskussion nicht bei der Sitzung anwesend sein."

„Oh ja", entschied Cicily mit einem Lächeln der Dankbarkeit für ihre Tante. Sie nickte den drei Kandidaten strahlend zu und sprach sie mit ihrer gewinnendsten Stimme an.

„Mrs. McMahon, würden Sie, Mrs. Schmidt und Miss Ferguson freundlicherweise im Nebenzimmer auf die Aktion des Clubs warten?" Sie deutete auf den mit einem Vorhang versehenen Torbogen, der in den hinteren Aufenthaltsraum führte.

„Sicherlich, Ma'am", antwortete die Irin mit einer ganz eigenen rauen Hochmütigkeit. Sie erhob sich von dem vergoldeten Stuhl, der einen erleichterten Seufzer von sich gab; und das Trio ging inmitten tiefer Stille hinaus.

Ihr Weggang löste eine Menge Geschwätz aus, von dem ein großer Teil als persönliche Protestkundgebung an den vorsitzenden Offizier gerichtet war. Cicily verlor die Geduld und rief mit der Autorität ihres Amtes scharf:

„Jedes Mitglied, das sich an den Vorsitzenden wendet, folgt bitte dem üblichen parlamentarischen Verfahren!"

Frau Carrington war die erste, die die formelle Methode nutzte. Sie saß elegant auf ihrem Platz und sprach:

„Frau Vorsitzende, ich komme zur Geschäftsordnung."

„Also gut, Mrs. Carrington", entgegnete Cicily mit ihrer offiziellsten Art, „bitte stehen Sie auf."

Das empörte Mitglied sprang mit einer Schnelligkeit auf, die nicht ihre Gewohnheit war. Es war offensichtlich, dass die Dame wütend war.

„Wirklich", erklärte sie mit saurer Stimme, „ich habe noch nie in meinem ganzen Leben –"

„Was war Ihre Bemerkung zur Geschäftsordnung?" Zitternd unterbrochen, milde.

„Na ja, nun ja, das heißt, ich habe es jetzt vergessen. Aber es war sehr groß!"

Der Sinn für Humor der vorsitzenden Beamtin ging mit ihrer Diskretion verloren.

„Die Vorsitzende", verkündete sie ernst, „bedauert zutiefst, dass das Mitglied ihren Antrag zur Geschäftsordnung zu weit gefasst fand, um ihn zur Sprache zu bringen."

Es war Mrs. Delancy, die sich auf ihre übliche Weise bemühte, den Frieden wiederherzustellen, während Mrs. Carrington sich empört in ihren Stuhl zurücklehnte:

„Frau Vorsitzende, wenn diese Sitzung einberufen wird, um über die Wahl neuer Mitglieder nachzudenken, würde ich gerne Frau McMahon, Frau Schmidt und Frau Ferguson nominieren."

Ruth zeigte nun ihr gewohntes Informationsbedürfnis. Sie richtete ihre großen Augen auf den Vorsitzenden und fragte klagend:

„Wie wählt man neue Mitglieder?"

Cicily erklärte es mit einer Miene geduldiger Duldung.

„Sie müssen zuerst nominiert werden, meine Liebe, und dann abgeordnet werden. Sie haben jetzt die Chance, dem Club einen wertvollen Dienst zu erweisen, Ruth, indem Sie die bereits erfolgten Nominierungen unterstützen."

„Oh, habe ich?" fragte das Mädchen lebhaft und offensichtlich erfreut über diese unerwartete Gelegenheit, ihre Ideale zu verwirklichen. „Nun, dann unterstütze ich sie – ja, jeden einzelnen von ihnen!"

„Es ist bewegt und unterstützt", erklärte Cicily energisch, „dass Frau McMahon, Frau Schmidt und Frau Sadie Ferguson als Mitglieder der Civitas-Gesellschaft zur Förderung der Frauen und zur Verbreitung sozialer Gleichheit unter den Massen gewählt werden."

Die militante Frauenrechtlerin war schon aufgestanden, bevor der Vorsitzende zu Ende gesprochen hatte.

„Frau Vorsitzende", verkündete sie mit ihrer klaren Stimme, „ich melde mich zu einer Frage der Regeln."

„Aber es liegt eine Frage vor dem Haus", protestierte Cicily.

„Es tut mir außerordentlich leid, den Vorsitzenden zu verärgern", behauptete Frau Flynn entschieden, „aber seit meiner letzten beklagenswerten Erfahrung in diesem Club habe ich es mir zur Aufgabe gemacht, mich mit der Frage des parlamentarischen Rechts, wie es in Amerika ausgeübt wird, zu befassen." Zur Bestätigung hielt sie ein beeindruckend wirkendes, dickes Buch in die Höhe. „Jetzt würde ich gerne wissen, ob die Mitglieder dieses Clubs mit Mehrheit oder Zweidrittelmehrheit gewählt werden oder ob eine einzige Gegenstimme einen Kandidaten von den Privilegien des Clubs ausschließen kann."

„Eine Pluralität ist vollkommen ausreichend, Mrs. Flynn, das versichere ich Ihnen", entschied Cicily ohne das geringste Zögern, obwohl ihr Wissen über den Unterschied zwischen Pluralität und Mehrheit, wenn es überhaupt einen gab, nur sehr vage war. „Jetzt bitte alle für die Kandidaten –"

Wieder einmal wurde ihr Vorhaben durch die Suffragette zunichte gemacht, die eifrig den gewaltigen Band konsultiert hatte.

„Einen Moment, Frau Vorsitzende", forderte sie energisch. „In diesem amerikanischen Buch über das Parlamentsrecht heißt es, dass der Club das Recht hat, zu entscheiden, wie neue Mitglieder gewählt werden. Deshalb beantrage ich, dass diese Wahlen wie die Wahlen in England durch geheime Abstimmung durchgeführt werden und dass drei schwarze Bälle ausreichen." jeden Kandidaten in seiner Kandidatur zu besiegen."

„Ich stimme dem Antrag zu", rief Miss Johnson und sammelte wie schon bei einer früheren Gelegenheit die Unterstützung von Mrs. Flynn, weil sie glaubte, dass eine solche Aktion zum Ärger ihrer lieben Freundinnen, Mrs. Carrington und Cicily, führen würde.

Cicily bot den Antrag sofort zur Abstimmung an, und er wurde angenommen, obwohl Frau Carrington, Frau Morton und Frau Delancy dagegen stimmten. Sofort holte Mrs. Flynn aus einer geheimnisvollen Tasche eine kleine schwarze Holzkiste hervor.

„Ich habe hier", erklärte sie eindrucksvoll, „die Wahlurne, die in unserem Club in England verwendet wird. Es tut mir sehr leid, dass wir sie anlässlich der Wahl des Präsidenten bei der letzten Sitzung dieses Clubs nicht hatten. I Ich habe keinen Zweifel daran, dass die Sache ganz anders verlaufen wäre. Dennoch hoffe ich, dass niemand meine Position missverstehen wird. Es handelt sich lediglich um meine Tendenz zur starken Wahrung verfassungsmäßiger Rechte im Gegensatz zu Tyrannei und den Kräften der Unordnung und Anarchie, die sich unabänderlich und für immer widersetzen . Natürlich kann in diesem konkreten Fall kein Zweifel an der endgültigen Wahl zumindest eines der Kandidaten bestehen, da es sich bei diesem bestimmten Kandidaten um einen Verwandten eines Mitglieds der Civitas-Gesellschaft handelt."

Mrs. Morton sprang von ihrem Sitz auf, mit einer Gewandtheit, die zeigte, dass sie den Stoß voll und ganz zu schätzen wusste.

„Es ist verfassungswidrig, dass ein Clubmitglied ein anderes Clubmitglied beleidigt", rief sie wütend. „Und auf jeden Fall möchte ich diese Aussage dementieren. Ich bin kein Verwandter – ich bin nicht, ich bin nicht!"

„Entschuldigen Sie", erklärte die militante Frauenrechtlerin kriegerisch. Ihr schmales, blasses Gesicht war ernst; Die Kampfeslust leuchtete in ihren schnappenden Augen. „Ich weiß, dass die Mortons und die McMahons in Irland nahe Verwandte sind. Als Engländerin weiß ich natürlich alles darüber."

Cicily hielt dies für einen passenden Zeitpunkt, um ihr Vorrecht als Vorsitzende auszuüben, und schlug heftig mit dem Hammer auf den Tisch.

„Bestellen! Bestellen!" sie befahl. Dann strahlte sie Mrs. Flynn zustimmend an.

„Würden Sie die Kiste bitte herumtragen, Mrs. Flynn?" sie fragte.

Die Suffragette stimmte höflich zu und überreichte als formelle Rückkehr auf den Stuhl für die ihr zuteil gewordene Ehre zunächst die Schatulle Cicily, die nach Anweisungen über die Art und Weise der Bedienung eine weiße Kugel in das Gefäß warf, nachdem sie sie demonstrativ zur Schau gestellt hatte dass das ganze Unternehmen es sehen konnte. Als nächstes reichte Frau Flynn die Schachtel Frau Morton, die eine schwarze Kugel auswählte und allen erlaubte, die Farbe zu beobachten, bevor ihre Stimme in der Schachtel verborgen wurde.

„Ich gratuliere Ihnen zu Ihrem Sieg über die natürliche familiäre Zuneigung", bemerkte der vorsitzende Beamte bitter.

Die Box wurde der Reihe nach an jedes der anwesenden Mitglieder überreicht. Nachdem diese Aufgabe erledigt war, machte sich Mrs. Flynn auf Wunsch von Cicily daran, die Stimmen zu zählen, während die müßigen Damen mit großer Lebhaftigkeit über die aufregenden Ereignisse der Sitzung diskutierten. Dann blickte der Kassierer auf und wandte sich an den Stuhl.

„Frau Vorsitzende", verkündete sie in sachlichem Ton, „die Abstimmung steht acht zu zwei."

Bei dieser Aussage klatschte die Vorsitzende fröhlich in die Hände, eher freudig als würdevoll.

"Gut!" Sie weinte, und ihr zierliches Lächeln war allumfassend, während ihre glücklichen Augen über die Versammlung wanderten. „Dann sind sie schließlich alle gewählt. Das ist großartig! Oh, ich danke Ihnen! Ich wusste, dass unser Club sich selbst rechtfertigen würde. Ich wusste, dass Sie unserem Motto gerecht werden würden – was auch immer es sein mag. Ich wusste, dass Sie es auch waren." Es ist mir wichtig, dass gesellschaftliche Vorurteile dem Fortschritt einer echten Frau im Weg stehen. Ich wusste, dass wir tatsächlich ein Live-Club waren, der mit dem echten Ziel zusammenkam, wirklich Gutes zu tun. Ich kann jetzt erkennen, dass wir etwas Wertvolles erreichen werden . Wir werden nicht nur eine Ansammlung von dummen, dummen Frauen sein, die nichts zu tun haben. Oh, ich sage Ihnen, dass ich einige große Pläne habe, jetzt, wo wir endlich richtig angefangen haben. Jetzt können wir es skizzieren unsere Pläne für die Arbeit unter Frauen, denen es weniger gut geht als uns selbst. Wir können Orte für sie finden, wir können sie zu besseren Dingen führen, wir können ihnen unsere eigene Doktrin, für andere zu leben, unser eigenes Prinzip, andere Menschen glücklich zu machen, beibringen." Die junge Frau hatte mit immer größerer Begeisterung gesprochen. Ihre Augen funkelten; ihre Stimme wurde musikalisch tiefer; die Farbe glühte hell in ihren Wangen; Ihre schlanke Gestalt wurde stolz aufrecht gehalten im angespannten Eifer einer erhabenen Aufrichtigkeit der Absicht. Die anderen Frauen hörten zunächst erstaunt zu; aber nach und nach löste die beredte Heftigkeit ihres Präsidenten bei ihnen eine mitfühlende Erregung aus, so dass sie nickten und lächelten, um den erhabenen Gefühlen des Redners zuzustimmen.

Nur Mrs. Flynn schien von dem rednerischen Ausbruch völlig unberührt zu sein. Als die Rede nun zu Ende ging, wandte sich diese militante Frauenrechtlerin erneut an den Vorsitzenden.

„Frau Vorsitzende", sagte sie mit brutaler Direktheit, „die Abstimmung steht acht zu zwei. Es gibt zwei weiße und acht schwarze Kugeln."

Bei dieser schockierenden Enthüllung dieser Tatsache starrte Cicily einen Moment lang benommen hin; Dann zeichnete sich ein Ausdruck düsterer Enttäuschung über ihre Gesichtszüge ab. Sie gab einen bestürzten Laut von sich, der fast einem Stöhnen ähnelte, und die Farbe verschwand aus ihrem Gesicht.

„Oh, ich kann es nicht glauben!" sie weinte mit plötzlicher Heftigkeit. Mit diesen Worten schnappte sie sich die Schachtel, die Mrs. Flynn auf dem Tisch abgestellt hatte, und schüttete die Kugeln aus. Sie starrte sie einen Moment lang erschrocken an. Es konnte kein Fehler sein: Es waren zwei Weiße und acht Schwarze! Cicily betrachtete den unbestreitbaren Beweis der Niederlage eine Minute lang mit großen Augen. Dann, abrupt, lachte sie hart, richtete sich von der Prüfung der Bälle auf und blickte zornig auf ihre Clubkollegen. Als sie sprach, war ihr Ton eisig. Ihre Äußerung erfolgte mit größter Überlegung.

„Also", sagte sie, während in ihren bernsteinfarbenen Augen Feuer blitzte, „Ihr seid doch eine Gruppe hohlköpfiger, alberner Frauen, die schließlich nichts zu tun haben!"

„Zizig!" rief Mrs. Delancy entsetzt aus, während die anderen angesichts dieser beispiellosen Schmähung nur entsetzt aufkeuchen konnten.

„Ich meine es ernst – jedes Wort davon!" „Zizig wiederholt, hitzig." Doch der Ungestüm ihrer Stimmung wurde gedämpft, als sie die allgemeine Bestürzung sah, die aus ihrem Angriff resultierte; denn jetzt waren alle anderen auf den Beinen, bewegten sich hastig und murmelten aufgeregt.

„Ich nehme an, das ist parlamentarisches Recht, wie es in Amerika verstanden wird", machte die militante Frauenrechtlerin mit schriller Stimme einen sarkastischen Kommentar. „Ich für meinen Teil bevorzuge die englische Art, Dinge zu tun."

Mit zunehmendem Kummer erkannte Cicily, wie unerträglich ihr Verhalten gewesen war. Mit der für sie typischen schnellen Wechselhaftigkeit versuchte sie, es so gut wie möglich wiedergutzumachen, obwohl sie wusste, dass die Aufgabe nahezu aussichtslos war.

„Ich bitte um Verzeihung", sagte sie mit so viel Demut, wie sie nur aufbringen konnte. „Aber, oh, du weißt nicht, was du tust. Du kannst es nicht wissen! Ist dir denn nicht klar, dass du unsere einzige Chance verspielst, Gutes zu tun – unsere Chance, diesen Club zu einem echten Verein zu machen, der tatsächlich Frauen hilft?", nicht einfach nur einen Witz machen, indem man so tut?"

Frau Morton brachte die allgemeine Meinungsverschiedenheit kurz und bündig zum Ausdruck:

„Ich verstehe nicht, wie der Umgang mit solchen Personen alles andere als geschmacklos, ja sogar ekelhaft sein könnte."

"Genau!" Frau Carrington stimmte zu.

„Solche Frauen haben ihre eigenen Clubs", betonte Miss Johnson zur Aufklärung des Vorsitzenden. Sie war sehr froh über das Unbehagen ihrer lieben Cicily. „Wie können sie bei einer wirklich großartigen Arbeit helfen? Lassen Sie sie unter den Geschöpfen ihrer eigenen Klasse arbeiten. Wir", schloss sie hochmütig, „haben unsere Ideale."

„Mein Ideal", erwiderte der Präsident bitter, „ist, etwas zu tun – und nicht nur darüber zu reden. Keiner von Ihnen", fuhr sie fort und wurde wieder wütender, „hat jemals etwas wirklich Gutes getan, sich jemals etwas Mühe gegeben." anderen dienen, hat jemals wirklich etwas für jemand anderen getan – nicht für einen von euch!"

„Mrs. Hamilton", protestierte Mrs. Morton empört, „ich kann eine solche Aussage nicht zulassen. Ich jedenfalls schicke meinen Scheck unbedingt jedes Jahr zu Weihnachten an die Wohltätigkeitsorganisation." Auch andere prahlten mit ihrer Philanthropie, die sie immer über ein äußerst angesehenes Medium ausübten. Als das Geschrei der Zurechtweisung verstummte, wagte Cicily noch einen weiteren Appell:

„Willst du das dann nicht für mich tun?" Sie fragte. „Als Ihr Präsident bitte ich Sie, diese Frauen zu wählen. Lassen Sie sie herein, um mir bei der harten Arbeit zu helfen. Sie müssen nichts tun, sondern gehören einfach dazu und nehmen die Ehre entgegen. Ich habe diesen Personen gegenüber Verpflichtungen." Ich habe ihnen versprochen, in den Club gewählt zu werden. Ich weiß jetzt, dass ich dazu kein Recht hatte, aber ich habe es getan. Es tut mir leid, dass ich in dieser Angelegenheit so voreilig war. Aber wollen Sie mein Wort in diesem einen Fall nicht einlösen? " Die musikalische Stimme war zärtlich überzeugend. Einige der Zuhörer gaben dem Zauber und dem gewinnenden Strahlen der bernsteinfarbenen Augen nach. Aber Mrs. Flynn gehörte nicht dazu.

„In diesem Buch des amerikanischen Parlamentsrechts steht nichts, was besagt, dass die Präsidentin das Recht hat, etwas zu versprechen, was für den Club bindend ist. Ich beantrage, dass die Präsidentin sich für die Überschreitung ihrer Befugnisse zurechtgewiesen sieht."

„Ruth, es gibt noch eine Chance, etwas zu unterstützen", schlug Cicily ironisch vor.

Das Mädchen mit den großen Augen war erfreut und geschmeichelt über den Vorschlag, den sie allen Ernstes annahm.

"Wirklich?" rief sie und richtete ihren Blick nach oben. „Oh, dann unterstütze ich es – ich unterstütze es natürlich!"

„Es ist bewegend und unterstützt", erklärte Cicily teilnahmslos, „dass die Präsidentin dafür gerügt wird, dass sie versucht hat, sich selbst und ihren Mitfrauen von echtem Nutzen zu sein. Alle, die den Antrag befürworten, werden bitte „Nein" sagen."

Die Form, in der der Präsident den Antrag dargelegt hatte, war für die meisten Mitglieder nicht zufriedenstellend, die ein Schweigen der Unentschlossenheit bewahrten, mit Ausnahme von Ruth, die wie selbstverständlich eine enthusiastische Ja-Stimme aussprach, nur um dann zurückzuschrecken war ratlos, als sie feststellte, dass wütende Augen von allen Seiten auf sie gerichtet waren. Aber Cicily verkündete lässig, dass der Antrag angenommen worden sei, ohne sich die Mühe zu machen, eine Gegenabstimmung zu fordern.

„Meine Damen", sagte sie, „die Präsidentin akzeptiert die Zurechtweisung; und sie tritt auch von ihrem Amt und aus dem Club zurück. Sie ist fertig mit Ihnen, mit Ihnen allen und mit Ihrem erbärmlichen Clubwitz."

Sie stand gelassen und trotzig da, während die Gruppe der plappernden und mit dem Kopf werfenden Frauen aus dem Salon eilte, bis nur noch Mrs. Delancy übrig war.

KAPITEL XI

Nach dem Untergang der Civitas-Gesellschaft blieb Cicily einige Augenblicke an ihrem Platz, regungslos, angespannt, ihr Gesicht war bleich. Dann entspannte sich plötzlich die Steifheit ihrer Haltung. Sie ging schnell zu ihrer Tante, fiel auf die Knie und vergrub ihr Gesicht im Schoß der alten Dame. Die zierliche Gestalt wurde von einem Sturm des Schluchzens erschüttert ... Mrs. Delancy, seit Jahren weise, versuchte vorerst kein tröstendes Wort – streichelte nur sanft die glänzenden braunen Locken und tätschelte zärtlich eine Schulter. So weinte das Mädchen, denn jetzt war sie nicht mehr als das, in dieser tröstenden, schützenden Gegenwart die erste Wut ihrer Trauer aus, wie sie es in den Jahren, bevor die Ehe sie beanspruchte, so oft getan hatte. Nach und nach ließ die Heftigkeit ihrer Gefühle nach, bis sie schließlich in der Lage war, ein trauriges Gesicht zu heben, in dem das klare Gold ihrer Augen immer noch schön, wenn auch getrübt, durch den Tränenschleier leuchtete. Die scharlachroten Lippen zitterten, und die Töne der musikalischen Stimme erklangen gebrochen, als sie ihrer Verzweiflung Ausdruck gab.

„Ich habe ihn ruiniert!" kam das hoffnungslose Jammern.

Mrs. Delancy verstand das letzte Pronomen falsch, denn die Artikulation des von Gefühlen verkrampften Mädchens war nicht besonders deutlich.

„Puh!" sie ejakulierte fröhlich. „Ich für meinen Teil denke, dass du sie gut los bist."

„Aber du verstehst es nicht", stöhnte Cicily fast. „Er ist es – er! Ich habe ihn ruiniert, das sage ich dir."

Diesmal verstand Mrs. Delancy das Pronomen, aber darüber hinaus verstand sie nichts.

„Ihn ruiniert?" sie wiederholte völlig ratlos. „Wen hast du ruiniert, Cicily? Was meinst du?"

Dann erzählte die junge Frau von der Katastrophe, die sie unwissentlich in den Angelegenheiten ihres Mannes angerichtet hatte. Sie erklärte ihre großen Hoffnungen, eine gefährliche Situation zu retten, mit ihrem eigenen Einfluss auf die Frauen, die wiederum die Anführer unter den Arbeitern in der Fabrik kontrollierten. Cicily war sich schmerzlich des Unheils bewusst, das aus der Weigerung der Civitas-Gesellschaft entstehen musste, die drei von ihr vorgeschlagenen Kandidaten in ihren heiligen Kreis aufzunehmen. Sie kannte die Sensibilität dieser Frauen und wusste, dass sie die Demütigung, die ihnen dadurch zugefügt wurde, bitter übel nehmen würden. Wo sie eigentlich ihre Freundschaft für sie binden wollte, war es ihr nur gelungen, eine Situation zu schaffen, in der sie möglicherweise dazu kamen, sie zu verabscheuen, weil sie sie unnötiger Demütigung ausgesetzt hatte. Als ihre Feindseligkeit gegen sie geweckt wurde, nutzten sie ihren Einfluss, den sie für dominant hielt, um die Männer von jeglichen Zugeständnissen zugunsten ihres Arbeitgebers zu überzeugen. Mit vollem Bewusstsein für die Katastrophe, in die sie so unschuldig verwickelt war, erzählte die Frau ihrer Tante hastig die Fakten und beklagte das böse Schicksal, das ihre Pläne zum Guten so verheerend durchkreuzt hatte.

„Nun, Sie haben getan, was Sie konnten", schlug Mrs. Delancy tröstend vor, als der melancholische Vortrag endlich zu Ende war.

„Und ich habe versagt!" kam die Erwiderung mit einer Stimme des Elends.

Bestimmte Äußerungen des Mädchens bei einer früheren Gelegenheit hatten der alten Dame zu schaffen gemacht, vielleicht weil sie darin ein gewisses Maß an Gerechtigkeit und damit auch ein gewisses Maß an Vernachlässigung ihrerseits bei der Regelung der Angelegenheiten untereinander erkannte und ihr Ehemann. Trotz der Freundlichkeit ihres Wesens und ihres echten Mitgefühls für das Leid der Nichte, die neben ihr kniete, konnte sie sich einen milden Vorwurf nicht verkneifen:

„Nun, Cicily", sagte sie sanft, „alles kommt von einer Frau, die Geschäfte macht. Warum, wenn du dich nur damit zufrieden gegeben hättest, für die Heiden zu arbeiten –"

„Ich bin gerade mit den Heiden fertig!" war die kurze Unterbrechung.

„Nun, mein Lieber", kommentierte Mrs. Delancy trocken, „wenn Sie nur für die fernen Heiden arbeiten würden, wäre das viel zufriedenstellender für Sie. Sicherlich würden Sie vielleicht nichts Gutes tun, aber trotzdem." , die schlechten Ergebnisse würden Sie nicht beeinträchtigen.

Ohne eine Antwort zu erwidern, stand Cicily auf und ging zum Spiegel an einem Ende des Wohnzimmers. Dort beschäftigte sie sich nach weiblicher Art damit, die offensichtlicheren Verwüstungen zu verbergen, die ihr Weinen verursacht hatte. Als sie zurückkam, um ihre Tante wiederzusehen, war sie ihr gewohnt charmantes Selbst, abgesehen von der fehlenden Farbe in ihren Wangen und dem unheilvollen Ernst im herabhängenden Mund ... Glücklicherweise gehörte sie nicht zur Mehrheit, deren Nasen rot blühen, wenn sie mit Tränen übergossen werden.

„Und jetzt", sagte sie verzweifelt, „muss ich es ihnen sagen!" Sie nickte in Richtung des Empfangszimmers, wo die drei Kandidaten warteten; und Mrs. Delancy verstand.

„Warum schreibst du es ihnen nicht?" sie riet. „Wenn ich irgendjemandem
etwas Unangenehmes zu erzählen habe, schreibe ich es immer. Dann lasse
ich deinen Onkel Jim die Antwort lesen ... Auf diese Weise ist es viel
zufriedenstellender, und du weißt schon, er kann direkt sagen, was ich
anziehe." Ich traue mich nicht einmal zu denken.

Aber Cicily hatte Mut und ein Gewissen. Sie hatte das Gefühl, dass sie sich
nicht vor den Konsequenzen ihrer eigenen Indiskretion drücken durfte.

„Nein, ich werde es ihnen sagen " , erklärte sie entschlossen; Aber ihr wurde
schlecht ums Herz, als sie an die Szene dachte, die sie erwartete.

Zum Glück hatte Cicily vielleicht wenig Zeit für ihre düsteren Vorahnungen.
Sie hatte kaum aufgehört zu sprechen, als die Tür zum Aufenthaltsraum
vorsichtig geöffnet wurde und das Gesicht von Mrs. McMahon für die
beiden Frauen sichtbar wurde, die sich umgedreht hatten, als der Türknauf
ertönt wurde. Als die Irin bemerkte, dass das Zimmer bis auf die Gastgeberin
und Mrs. Delancy leer war, öffnete sie die Tür und trat vor.

„Faith, es war so still, dass ich sicher war, dass sie weg waren", verkündete
sie mit offensichtlichem Stolz auf ihre Schlussfolgerungskraft. Auch in der
Haltung der Frau lag eine allgemeine Hochstimmung, die Cicily einen
Schauer ins Herz jagte. Und die Kälte wurde noch schlimmer, als Mrs.
Schmidt und Sadie Ferguson in den Salon folgten, beide offensichtlich in
einem Zustand der Hochstimmung. Die drei stellten sich in grober Würde
vor ihrer Gastgeberin auf. Frau McMahon ernannte sich selbst zur
Sprecherin.

„Nun", erkundigte sie sich freundlich, „was würden Sie tun, nachdem wir
jetzt Mitglieder des Clubs sind, wenn Sie uns hätten?"

Es folgte eine Pause des Schweigens, unter deren Einfluss die drei wartenden
Kandidaten sichtlich nachzulassen schienen, als ob sie durch einen subtilen
Instinkt Unglück zu befürchten begannen. Als Cicily schließlich sprach, klang
sie mit farbloser Stimme:

„Ich fürchte, jetzt kann keiner von uns mehr tun." Die drei zuckten
zusammen und tauschten Blicke aus, in denen Besorgnis aufkeimte: „Ich
meine", fuhr die unglückliche Gastgeberin fort und gestand mit gewaltiger
Willensanstrengung ihr Scheitern ein, „dass — dass die Wahl nicht so
verlaufen ist, wie ich es erwartet hatte." Zu."

Wieder herrschte schmerzliche Stille, in der Sadie unruhig wurde und Frau
Schmidt noch schrumpfender und verblasster zu werden schien als zuvor.
Nur Mrs. McMahon stand bewegungslos aufrecht da, steif und kampflustig
im Augenblick.

"Das war's!" rief sie schließlich aus. Ihre große Stimme war voller Wut. „Na klar, und wir sind überhaupt keine Mitglieder!"

Als Sadie auf diese Weise die nackte Wahrheit erfahren hatte, vergaß sie völlig das ideale Verhalten ihrer Heldinnen.

„Diese Katzen lehnen uns ab!" sie schrie.

Frau Schmidt sagte kein Wort, denn sie neigte von Natur aus zu tiefem Schweigen, das tagelang fast ununterbrochen anhielt. Vielleicht glaubte sie, dass die Geschwätzigkeit ihres Mannes für die ganze Familie ausreichte. Dennoch öffnete Frau Schmidt in diesem kritischen Moment immer wieder den Mund wie ein Fisch auf dem Trockenen, als würde sie sich mit aller Kraft zum Sprechen anstrengen.

„Und – und", fügte Cicily schwach hinzu, „es tut mir schrecklich leid."

„Sicher, und Sie brauchen sich keine Sorgen zu machen, Mrs. Hamilton", erklärte die Irin bösartig. „Wer wie wir weiß, dass ihr Reichen die Angewohnheit habt, uns in eure Salons zu bringen, um euren Freunden Spaß zu machen. Ihr kommt zu uns nach Hause und wir haben euch wie eine Dame behandelt. Faith, jetzt kommen wir hierher und ihr behandelt uns." Wir mögen Affen – das ist der ganze Unterschied. Wir sind Ihnen für die Lektion sehr dankbar. Klar, und wir werden Sie nicht noch einmal belästigen, kein bisschen davon. Und wir würden uns freuen, wenn Sie uns so behandeln das Gleiche.... Guten Tag, Frau Hamilton. Die wütende Frau nickte ihrer Gastgeberin energisch zu und schritt auf die Tür zum Flur zu. Doch sie hielt einen Moment inne, als Cicily sie ungestüm ansprach.

„Mrs. McMahon, Sie müssen mir zuhören! Ich hatte keine Ahnung, dass es so kommen würde. Ich war Ihr Freund – ich bin Ihr Freund. Als der Club sich weigerte, Sie aufzunehmen, bin ich aus dem Club ausgetreten. Da Mehr kann ich nicht tun . Oh, es tut mir so leid, dass das alles passiert ist!"

„Faith, wir werden deine Erklärung voll und ganz akzeptieren", war der Kommentar der zornigen Frau, geäußert mit Verachtung. Sie war zu tief verletzt, um sich durch Erklärungen trösten zu lassen, die nichts an der beschämenden Tatsache änderten. Sie wandte sich erneut der Tür zu, wurde jedoch durch das Erscheinen ihres Mannes in Begleitung von Schmidt und Ferguson aufgehalten.

McMahon blieb im Zimmer stehen, rieb sich die Hände und grinste fröhlich, sein rundes Gesicht strahlte vor Zufriedenheit. Er sprach seine Frau scherzhaft an, offensichtlich in bester Laune:

„Glaube, Katy McMahon", rief er, „aber du siehst heute stolz aus! Klar, jetzt werde ich das Auto haben, um uns alle in einer Minute zu Sherry zu bringen, wenn wir mit Mr. fertig sind . Hamilton. Bedad, da unsere Frauen und

Töchter sich in so eleganter Gesellschaft bewegen und zusammen mit der Frau des Chefs einem so großen Club angehören, würden wir es nicht wagen, ihnen überhaupt weniger Platz einzuräumen!"

„Du bist ein schlechter Gedankenleser!" schrie die empörte Frau. Sadie fügte etwas Unverständliches hinzu, es wurde so schnell ausgesprochen und so giftig gezischt. Sogar Frau Schmidt zeigte bis auf den Ton alle Sprachsymptome.

„Was ist los, Sadie?" Forderte Ferguson nicht unfreundlich, als er den Gesichtsausdruck seiner Tochter beobachtete. „Hatte Ihr falsches Haar nicht den richtigen Farbton? Es tut mir leid, wenn nicht , denn ich sehe nicht ein, wie ich Sie mit diesem zehnprozentigen Schnitt, den wir nehmen, noch mehr kaufen kann."

Sofort schöpfte Cicily neue Hoffnung. Sie bewegte sich einen Schritt vorwärts und hob eifrig die Hände. Ein Hauch von Farbe brannte in beiden Wangen und ihre Augen funkelten erneut.

„Oh", fragte sie angespannt, „dann wirst du nicht zuschlagen – du wirst den Schnitt hinnehmen?"

Es war Schmidt, der antwortete und seine Gastgeberin glücklich anstrahlte.

„Streik? Ach nein! Wenn man sich mit unseren Frauen anfreundet und Mr. Hamilton, er sagt uns die Wahrheit, genau wie ein Mann dem anderen, dann wissen wir das zu schätzen, ja; wir stehen bereit und helfen, ja!"

„Schmidt hat recht", fügte Ferguson hinzu. „Mr. Hamilton und Sie, Ma'am, sind Menschen. Also haben wir beschlossen, es trotzdem noch eine Weile durchzuhalten."

Auch McMahon spendete seine Anerkennung.

„Ja, Mrs. Hamilton", sagte er ernst, „es gibt eine Sache, die die Chefs im Allgemeinen nicht verstehen; aber die Männer wissen es immer zu schätzen, wenn der Chef und auch die Frau des Chefs auf Augenhöhe sind."

Zum Erstaunen aller begann Frau Schmidt zu reden; Finden Sie, dass dieser Ausbruch in seiner Unerwartetheit, seiner Plötzlichkeit und seiner überwältigenden Heftigkeit dem Ausbruch des Krakatao ähnelte .

„Ja, ja, ja", schrie sie und wandte sich an ihren unglücklichen Ehemann, der entsetzt vor dem Angriff stand, „du bist ein großer, fetter Idiot! Das warst du schon immer. Du bist in sie verliebt – nein? Du lässt sie deine mitbringen." Frau hier, mach sie zum Witz ihrer reichen Freunde, lass sie beleidigen. Sie lachen und machen sich über mich, Frieda Schmidt, deine Frau, lustig; und wenn sie dann das gute Lachen gehabt haben, sagen sie: „Was willst du?" Glaubst du, wir wollen dich? Du bist nicht wie wir. Wir sind großartige Damen: Du bist eine berufstätige Frau. Verschwinde! Verschwinde! Wir haben über dich gelacht. Jetzt geh! Wir sind durch, wir haben dich satt . Es war sehr nett von Frau Hamilton, Sie hierher zu bringen, damit wir darüber lachen können; aber es ist vorbei. Verschwinden Sie!' … Und dann kommen Sie und danken ihr, weil sie Ihre Frau, Ihren Namen und Sie beleidigt nimm weniger Lohn von ihrem Mann, weil sie deinen Namen und mich beleidigt. Wenn du diesen Lohn nimmst, bist du nicht mein Mann – nie mehr mit mir!" Mit den letzten Worten stürzte sie aus dem Zimmer, und einen Moment später schlug die Haustür heftig hinter ihr zu.

„Gut für Frieda!" Frau McMahon applaudierte. „Wenn sie redet, sagt sie sicher etwas … Hast du sie gehört, Mike McMahon? Nun, was sie gesagt hat, das sind meine Gefühle. Du weißt, was sie jetzt getan hat." Eine Kopfbewegung deutete auf die elende Gastgeberin. „Sie gab vor, uns zu bitten, einem Club beizutreten. Sie brachte uns hierher, um uns zu beleidigen, um uns über uns lustig zu machen. Sie machte uns zum Gespött von Mortons und Carringtons Frauen. Hören Sie das? Morton und Carrington! Nennen Sie die Namen." von ihnen in deiner Pfeife und rauche sie. Mike McMahon, hör zu, was ich dir sage. Wenn du dir einen Schnitt von denen machst, die deine Frau beleidigen, kannst du für immer vergessen, nach Hause zu kommen, mein Bucco . Die Irin ihrerseits stolzierte mit ernstem, würdevollem Schritt aus dem Zimmer und aus dem Haus.

„Das passt zu mir, Pop!" erklärte Sadie, als sie heraussprang.

„Es war alles ein schrecklicher Fehler", sagte Cicily zu den drei Männern, die nach den gerade gemachten Enthüllungen mit mürrischen Gesichtern und unheilvollen Augen dastanden und sie ansahen.

„Ich denke, Sie haben Recht", stimmte McMahon zu. In seiner Stimme lag etwas Unheimliches. „Aber wir haben den Fehler gemacht. Wir dachten, der Chef und seine Frau könnten auf Augenhöhe mit uns sein. Was waren wir doch für ein Haufen Idioten!" Und seine beiden Mitbrüder nickten düster zustimmend.

In diesem äußerst ungünstigen Moment betrat Hamilton zügig den Raum. Er blieb im Türrahmen stehen, als er die drei Männer des Komitees sah, die sich zu ihm umdrehten.

„Na, Jungs", rief er forsch, „habt ihr euch entschieden?" Die Männer nickten wortlos. "Also?"

„Das Reden übernehme ich", sagte Ferguson und hob eine Hand, um Schmidt zu prüfen. „Wir haben uns entschieden, Mr. Hamilton. Wir werden zuschlagen. Wir werden dafür sorgen, dass Sie sich einigen, oder wir verhaften Sie, wenn wir können.“

Hamiltons Gesichtsausdruck verhärtete sich und er straffte die Schultern.

„Ich nehme an, du weißt, womit du es zu tun hast?“ er fragte hart.

„Ja, wir haben es gerade herausgefunden“, erwiderte Ferguson mit stürmischer Wut. „Wir hatten gedacht, dass Sie auf Augenhöhe wären – Sie und Ihre Frau auch. Wir haben die lustige Geschichte geschluckt, dass Sie von der Treuhand zerschlagen wurden. Oh, wir waren wirklich Trottel. Wir waren wirklich Trottel! Das waren wir.“ Ich werde darauf hereinfallen. Wir wollten deinen Anteil nehmen. Und dann bringt deine Frau unsere Frauen und Töchter hierher und tut so, als würde sie sie in ihren Club stecken – bringt sie hierher, um Mortons und Carringtons Frauen zum Lachen zu bringen. Ja, Morton und Carrington, genau die Männer, von denen du sagst, dass sie dich, deine Feinde, vernichten! Oh, deine Feinde sind in Ordnung! Glaubst du, wir sind Narren? Nein, zum Teufel mit dir!“ Bei den letzten Worten steigerte sich die Stimme des wütenden Mannes zu einem Schrei. Er wirbelte herum und ging zur Tür, und die anderen beiden folgten ihm.

„Eine Minute", rief Hamilton. „Du brauchst nicht zurück ins Werk. Wir schließen in zehn Minuten. Komm zu mir zurück, wenn du hungrig bist." Er stand regungslos da, während die Männer schweigend hinausgingen, bis er hörte, wie sich die Straßentür hinter ihnen schloss. Dann wandte er sich an Cicily, die bleich und zitternd mit gesenktem Blick und verzweifelt gefalteten Händen gewartet hatte . Während er sprach, wurde seine Stimme nicht sanfter; sogar, es war schwieriger als zuvor. „Sie sehen, was Sie getan haben", sagte er schlicht. „Damit ist die Sache geklärt. Ich werde in einen großen Kampf geraten. Ich kann nicht behindert werden. Für die Zukunft bleiben Sie, wo Sie hingehören. Sie werden Ihre Aktivitäten auf das Haus beschränken, wo sie weniger gefährlich sein werden, lassen Sie uns." Hoffnung – weniger tödlich!" Ohne eine Antwort abzuwarten, drehte er sich um und verließ den Raum.

KAPITEL XII

Cicily meldete starke Kopfschmerzen und erschien an diesem Abend weder am Esstisch, noch sah sie ihren Mann während des Abends. Sie zog sich früh in ihr Schlafzimmer zurück, aber nicht, um zu schlafen. Stattdessen überließ sie sich quälenden Überlegungen über die böswillige Lage, in die sie geraten war. Sie versuchte nicht, die abscheuliche Tatsache vor sich zu verbergen, dass ihr eigenes übereiltes Vorgehen in der Angelegenheit der Kandidaten für den Club die Hauptursache für die Gefahr gewesen war, die nun durch den dadurch herbeigeführten Streik den Geschäftserfolg ihres Mannes bedrohte. Sie beklagte den ungestümen Charakter ihrer Gefühle, der sie so böse zu einer Tat mit so schlimmen Folgen geführt hatte. Sie empfand kein Bedauern über die Beweggründe, die sie dazu getrieben hatten, aber sie war zutiefst betrübt über die gedankenlose Eile, mit der sie einen Kurs eingeschlagen hatte, der mehr als zweifelhaft zweckmäßig war. Ihre einzige Erleichterung bestand darin, dass sie noch einmal bekräftigte, dass sie einen Weg finden würde, die Katastrophe, die sie so genial herbeigeführt hatte, wiedergutzumachen. Der Entdeckung einer Methode, ihren Fehler wiedergutzumachen, widmete sie sich mit fast rasender Konzentration; aber die Mühe war erfolglos. So sehr sie auch versuchte, ihr müdes Gehirn zu zertrümmern, es schaffte es nicht, mit dem angestrebten Ziel Schritt zu halten. Als sie nach einer schlaflosen Nacht aufstand, war das Labyrinth des Unheils noch nicht durchbrochen. Ihr üblicher Einfallsreichtum an Ressourcen war wirkungslos geworden. Sie wütete gegen ihre eigene Niedergeschlagenheit und wurde dennoch zu unwürdiger Untätigkeit gezwungen.

Cicily erfuhr, dass ihr Mann früh gefrühstückt und das Haus verlassen hatte, ohne ihr eine Nachricht zu senden oder ihr mitzuteilen, wann er zurückkehren würde. Der Anblick des Essens machte sie krank, aber sie schaffte es, eine Tasse Kaffee zu trinken, was ihr nach den anstrengenden Stunden der Nacht ein wenig Mut machte. Eine Runde durch den Park und entlang der Auffahrt belebte ihre Stimmung noch mehr; Doch der Tag verging, ohne dass mir die Eingebung kam, wie sich das von ihr angerichtete Übel wiedergutmachen ließe. Mit mutiger Anstrengung bereitete sie eine Toilette für das Abendessen zu. Dennoch hätte sie sich die Mühe ersparen können, denn Hamilton erschien nicht. Während des Essens vergnügte sie sich mit so viel Fröhlichkeit, wie sie zum Wohle der Diener aufbringen konnte. Danach suchte sie die Abgeschiedenheit ihres Boudoirs auf und hinterließ die Nachricht, dass sie im Falle der Rückkehr ihres Mannes sofort benachrichtigt werden sollte.

In der Zwischenzeit hatte Hamilton selbst Gelegenheit zur Meditation, was seine Stimmung etwas milderte. Er gab zu, dass ihr Interesse an den Frauen seiner Arbeiter der Hauptgrund für ihre Entschlossenheit gewesen war, eine vorübergehende Lohnkürzung ohne Streik zu ertragen. Sicherlich hatte seine eigene Haltung des vertraulichen Umgangs mit den Führern, bei der er seine Position offen darlegte, Einfluss gehabt; aber er glaubte nicht einen Augenblick , dass dies allein ausgereicht hätte, um die Männer seinem Willen zu unterwerfen. Nein, es war der glückliche Effekt der innigen Verbindung seiner Frau im Hinblick auf die Gleichstellung mit den Frauen gewesen, der der Hauptfaktor dafür gewesen war, ein Gefühl der Sympathie für ihn bis hin zur Zusammenarbeit zu erzeugen . Ohne ihre Arbeit für ihn hätten die Männer sicherlich zugeschlagen. Da nun ihr Urteilsfehler die unmittelbare Ursache des Streiks gewesen war, konnte ihr vor Gericht kaum mehr als eine Torheit vorgeworfen werden. Im Wesentlichen war die Endsituation so, wie sie ohne jegliches Eingreifen ihrerseits gewesen wäre. Hamilton ging die Abfolge der Ereignisse logisch und ruhig durch und kam zu dem Schluss, dass er seine Frau von jeder echten Schuld an der Affäre freisprechen würde. Er empfand sogar eine halbherzige Freundlichkeit ihr gegenüber wegen ihres unbeholfenen guten Willens. Dennoch war er fest entschlossen, diese charmante weibliche Persönlichkeit nicht mehr in seine Geschäftsangelegenheiten einfließen zu lassen. Die Frau muss sich um ihre eigenen Angelegenheiten kümmern – das Haus – und nur darum; Sie durfte keinen Anteil an seinem haben... In dieser Stimmung kehrte er spät abends in sein Haus zurück und schloss sich im Arbeitszimmer ein. Dort kam Cicily und suchte ihn.

Die Braut war heute Abend sehr schön, mit einem Anflug von Traurigkeit in ihrem Gesichtsausdruck, der ihr einen neuen spirituellen Charme verlieh. Sie hatte sich für ein schwarzes Kleid entschieden, das der Melancholie der Zeit entsprach, aber seine strengen Linien, ohne jeden Hauch von Verzierung, brachten nur die exquisiten Umrisse der schlanken, runden Figur voll zur Geltung und betonten das cremige Weiß ihres Teints war einwandfrei. In den elfenbeinfarbenen Rundungen der Wangen war kaum ein Hauch von Rosa zu erkennen, aber das schimmernde Scharlachrot auf den Lippen ließ nicht nach, und die bernsteinfarbenen Augen strahlten noch mehr als sonst, da ihr sanfter Glanz über den dunklen Ringen hervorstrahlte, die sie nachzeichnete eine schlaflose Nacht.

Hamilton drehte sich ein wenig um, als sich die Tür öffnete. Er betrachtete seine Frau fragend, als sie mit einem Schritt natürlicher Anmut vorwärts ging, inzwischen etwas träge geworden durch die Last, die auf ihrem Geist lastete. Er sagte jedoch nichts, bis sie sich ihm gegenüber auf den Stuhl gesetzt hatte. Als sie dann endlich aufblickte und ihr düsterer Blick den seinen traf, sagte er leichthin:

„Cicily, meine Liebe, ich denke, du bist diesen Katzenzirkel gut los."

„Warum, woher wusstest du das?" fragte er höflich und erstaunt darüber, dass er von ihrem Bruch mit den Mitgliedern der Civitas-Gesellschaft wusste.

„Oh, auf eine ganz einfache Art und Weise. Tante Emma erzählte es Onkel Jim, und Onkel Jim erzählte es mir: „Dann sprach der junge Ehemann aus Güte seines Herzens so weiter, wie es sich nach seinem besten Urteil gehörte." das scheinbare Elend seiner Frau trösten. „Meine Liebe", sagte er sanft, „ich möchte, dass du weißt, dass ich dir nicht wirklich die Schuld für diesen elenden Schlag gebe. Ich hätte es trotzdem in der Hand gehabt, wenn du nie einen Finger drin gehabt hättest." Der Kuchen. Also, trauern Sie nicht über etwas, das nicht geändert werden kann. Und natürlich gebe ich Ihnen allen Anerkennung für die allerbesten Absichten in dieser Angelegenheit. Nur –" er brach diskret ab; aber die Diskretion war zu spät gekommen.

"Nur was?" Ziemlich leise befragt. In der Stille lag etwas Unheilvolles, und das erkannte der Mann.

Dennoch war Hamilton nicht der Typ, der sich seiner Pflicht entzog. Nun antwortete er klar und deutlich mit dem, was er über die künftigen Beziehungen zwischen ihnen dachte, obwohl er die Ambitionen der Frau vor ihm gut genug verstand, um zu wissen, dass er sie tief verletzen musste.

„Schatz", sagte er sanft, „ich möchte dich in keiner Weise betrüben. Dennoch muss ich jetzt ruhig auf dem beharren, was ich gestern in der Hitze des Zorns gesagt habe. Du musst deinen Pflichten zu Hause nachkommen. Es Es liegt an mir, und nur an mir allein, geschäftliche Angelegenheiten außerhalb zu erledigen. Können Sie nicht verstehen, dass Sie von Natur aus und durch Ihre Ausbildung für die Rolle, die Sie spielen möchten , völlig inkompetent sind ? Geschäftliche Fähigkeiten lassen sich nicht sofort erlernen , willkürlich, auf Wunsch eines jeden. Es ist etwas, das man sich durch langes Streben und Erfahrung aneignet. Der Mensch hat es mehr oder weniger stark, als Ergebnis von Generationen der Arbeit; er erbt eine Begabung; er entwickelt sie durch systematisches Training. Die weibliche Intuition kann Ihnen keinen Ersatz für die praktischen Bedürfnisse des Geschäftslebens bieten. Also, meine Liebe, ich bitte Sie, vernünftig zu sein. Sie dürfen sich nicht weiter in meine Angelegenheiten einmischen. Aber seien Sie, um Himmels willen, nicht melancholisch darüber. Ich liebe dich, mein Lieber, und ich möchte, dass du glücklich bist. Du wirst es sein, wenn du nur den richtigen Standpunkt einnehmen kannst. Versuchen! Willst du nicht, Liebes?" Als er mit diesem Appell fertig war, beugte sich Hamilton ängstlich und flehend vor. Tief in seinem Herzen verspürte er einen Anflug von Stolz über die Milde und Vernünftigkeit, mit der er den Fall in seiner Wahrheit dargelegt hatte Licht für dieses irrationale, liebe Geschöpf.

Eine lange Minute lang gewährte Cicily keine Antwort, obwohl sie spürte, wie sein Blick intensiv auf sie gerichtet war. Sie blieb regungslos zurückgelehnt im Stuhl, die spitzen Finger locker auf dem Schoß verschränkt, den Blick gesenkt, als wäre man in ernsthafte, aber nicht beunruhigende Gedanken versunken. Schließlich hob sie jedoch langsam den Kopf und ihr Blick traf den ihres Mannes durchaus. Es kam ihm so vor, als sei der schwache Hauch von Farbe in ihren Wangen vielleicht etwas heller geworden, aber da konnte er sich nicht sicher sein. Ansonsten ließ sie sicherlich keine Anzeichen einer besonderen Ergriffenheit erkennen; worüber er sich freute, da er aus Erfahrung wusste, dass ihr Temperament gelegentlich stürmisch zum Ausdruck kommen konnte.

„Dann ist es soweit", sagte sie schließlich mit leiser Stimme. Wieder war ihr Blick niedergeschlagen und sie ruhte dort, allem Anschein nach ruhig und gleichgültig.

Hamilton bewegte sich unruhig. Das war nicht das, was er erwartet hatte, und er war auf den Notfall nicht vorbereitet.

„Wenn Sie meinen, dass der gesunde Menschenverstand gekommen ist", bemerkte er grimmig, „dann muss ich Ihnen sagen, dass er gekommen ist und dass er gekommen ist, um zu bleiben!"

Die Frau sprach erneut, eher träge, ohne sich die Mühe zu machen, den Blick zu heben.

„Du meinst, dass du mich zurückdrängen wirst, dass du mich völlig aus deinem Leben ausschließen wirst – aus deinem großen, ganzen, erfüllten Leben? Du meinst, dass du mich für die Zukunft so behandeln wirst eine Puppe, als Spielzeug, mit dem man sich vergnügen kann, wenn man müde ist und Lust auf solche Ablenkung hat – in der Tat, wie andere Männer der durchschnittlichen Sorte ihre Frauen behandeln? Du hast deine Seite davon erzählt. Nun, ich Ich werde dir meins sagen. Und ich werde dich bitten, nicht zu voreilig zu entscheiden. Denke sorgfältig über die Sache nach, ich bitte dich. Denn du siehst, es betrifft unsere ganze Zukunft, deine und meine ... . Charles, als du meinen Wünschen nachgegeben hast. Du hast mich aufgenommen. Du hast mich dir helfen lassen."

„Ja", rief Hamilton verzweifelt. „Und du hast überall ein Durcheinander angerichtet!" Er schüttelte nachdrücklich den Kopf. „Nein, Cicily; ich sage dir, nein!"

„Charles, warte!" befahl die Frau, hob ihre Augen und richtete ihre Gestalt in plötzlicher Belebung auf. „Nehmen Sie mein Geld – nehmen Sie alles, was ich habe. Werfen Sie es weg, wenn Sie wollen. Verwenden Sie es in Ihrem Geschäft, wenn es auch nur das geringste hilft. Tun Sie, was immer Sie wollen – schließen Sie mich aber nicht aus. Sagen Sie es mir." Alles. Bringen Sie mir etwas von Ihrem Wissen über diese Dinge bei. Lassen Sie mich so viel teilen, wie ich kann. Sie leiten natürlich. Ich werde nur das tun, was Sie von mir erwarten. Aber vertreiben Sie mich nicht von Ihnen." Sie hielt inne, beugte sich weiter nach vorne und fuhr in einem Ton tiefsten Ernstes fort: „Wenn wir uns jetzt trennen, wenn ich mich nicht mehr für Ihre Angelegenheiten interessiere und Sie alleine weitermachen, warum dann?" Ich werde dich nie wieder haben. Das weiß ich ganz ehrlich. Deshalb flehe ich so. Einst habe ich es als Recht gefordert, jetzt bitte ich es als Gefallen. Hier ist die Wahl, Charles. Das kannst du nicht Seien Sie wie Onkel Jim, einfach weil ich in dieser Angelegenheit nicht wie Tante Emma sein werde. Wenn Sie mich jetzt ausschließen, werde ich Sie ausschließen – für immer!"

„Guter Gott! Gab es jemals eine solche Frau!" Hamilton weinte verzweifelt. „Wenn ich Sie aufnehmen würde, wären Sie innerhalb von zwei Wochen dort unten und würden den Familien der Streikenden helfen. Das haben Sie mir selbst gesagt."

„Würdest du, dass ich sie verhungern sehe, Charles, wenn ich die Mittel hätte, sie zu entlasten?" kam die unerschrockene Erwiderung.

„Das ist die Sache!" rief Hamilton mit wütender Vehemenz. In diesem Moment wurde ihm klar, dass all seine Vernunft und Sanftmut angesichts des unweiblichen Ehrgeizes seiner Frau nutzlos waren. Das Temperament hatte ihn im Griff und er gab seiner Führung blind nach. „Ich bin dein Ehemann, Cicily", verkündete er diktatorisch. „Bitte haben Sie Verständnis dafür, dass ich von nun an die Angelegenheiten dieser Familie leite. In einem Haus ohne Kopf kann es kein Glück geben – nur Ärger, Sorgen und Verwirrung. Von nun an leite ich. Ich bin das Oberhaupt dieser Sache." Haus.... Ich habe einen großen Kampf vor mir. Ich beabsichtige, dass du mir treu bleibst. Ich meine, dass du mir durch und durch treu bleibst."

„Sie verlangen das?" Die Stimme der Frau war wie Eis.

„Ja", antwortete der Ehemann grob. „Ich verlange, dass Sie Ihren angemessenen Platz einnehmen, den Platz einer Frau im Haus ihres Mannes, und dass Sie dort bleiben und tun, was ich Ihnen sage. Und bei diesem Streik lassen Sie die Finger davon. Das ist es, was Sie tun müssen." , solange ich dein Ehemann bin. Die Augen des Mannes waren meisterhaft; Sein Kiefer war nach vorne geschoben.

„Nun, wenn du so ein Mann bist, werde ich dich nicht zum Ehemann haben", erklärte Cicily leise. Sie hatte einen Hauch von Zurückhaltung an sich, der beunruhigender war als der Ausdruck von Leidenschaft. „Wenn das Ihre Vorstellung von einer Ehe ist, sollten wir besser getrennt sein, denn das ist nicht meine. Nein, Sie sind nicht mein Mann." Sie stand auf, zog langsam den Ehering von ihrem Finger und legte ihn an Der Tisch.

„Zizig!" Hamilton weinte entsetzt, als sie sich abwandte.

Sie hielt nicht inne, bis sie zur Tür kam. Doch dort wartete sie auf eine letzte Äußerung.

„Nein, ich will dich nicht zum Ehemann haben", lautete ihr Ultimatum … „Und doch denke ich, dass ich dir eine Lektion erteilen werde. Ich habe Lust, dich zu retten – gegen deinen Willen!" Und während sie Hamilton überließ, über diese erstaunlichen Worte nachzudenken, verließ sie das Zimmer.

KAPITEL XIII

Die folgende Woche war für Cicily die anstrengendste und aufregendste, die sie in der kurzen Zeitspanne ihrer Jahre je erlebt hatte. Sie hielt standhaft an ihrer Pose als Frau fest, die ihrem Mann entsagt hatte; Dennoch blieb sie im Haus dieses Mannes, mit einer erhabenen Missachtung der Widersprüchlichkeit ihres Verhaltens. Sie vermied sorgfältig jede Diskussion über den Status, den sie aufgebaut hatte. Wie ihr künftiger Kurs aussehen würde, blieb völlig der Vermutung überlassen. Sie saß am Tisch mit unnachahmlicher Anmut und Selbstbeherrschung und achtete darauf, ihren Mann mit aller Rücksicht zu behandeln, aber immer mit einer Spur von Förmlichkeit, die für die veränderte Beziehung bezeichnend war. Hamilton seinerseits neigte dazu, den dramatischen Verzicht seiner Frau auf ihn als eine vorübergehende Laune zu betrachten, die es klüger wäre , sie zu ignorieren, bis sie sich hätte abnutzen sollen. In der Zwischenzeit war er so sehr in den Kampf um seine geschäftlichen Schwierigkeiten vertieft, dass er kaum Zeit und Lust hatte, sich mit der weiblichen Psychologie zu befassen, nicht einmal mit der seiner Frau. Er hatte die optimistische Theorie, dass sich seine häuslichen Probleme am Ende durch einen natürlichen Evolutionsprozess von selbst regeln würden. Er war auch zuversichtlich, dass sein Anspruch auf Meisterschaft irgendwann von seiner Frau akzeptiert werden musste. So lächelte er Cicily freundlich an, als er nicht zu beschäftigt war, um ihre Anwesenheit zu bemerken, und zeitweise fühlte er das kleine Päckchen, das er in der Innentasche seiner Weste trug, und war zärtlich zufrieden und fragte sich, wann das liebe Mädchen wieder ausrutschen würde Sie legte bereitwillig das Band der Knechtschaft an den Finger, von dem sie es mit so großer Verachtung entfernt hatte.

Es war dieser von Hamilton so geschätzte Ehering, der der Frau mehr Sorgen bereitete als alles andere in ihrer häuslichen Verstrickung. Sie hatte das Symbol als etwas überaus Heiliges betrachtet und bereute jetzt bitterlich den Impuls, der sie dazu gebracht hatte, es so unnötig wegzuwerfen. In der Tat hatte sie sich in der Nacht, in der sie sich ihrem Mann widersetzte, in die Bibliothek geschlichen, als das ganze Haus still war, und dort dafür gesorgt, dass die Bibliothek nicht immer noch unbeachtet auf dem Tisch lag, wo sie sie voller Groll hingelegt hatte. Nun hoffte und glaubte sie, dass ihr Mann es in einer Schublade eingeschlossen hatte, wo es zumindest sicher war. Nur wünschte sie, sie hätte es als Erinnerung an eine Mischung aus Glück und Leid aufbewahrt.

Abgesehen von dieser Sache mit dem Ring hatte Cicily keine Reue. Sie bereute die Vorgehensweise, die ihr das böse Schicksal aufgezwungen hatte, aber ihr Gewissen war frei von Vorwürfen. Vielleicht nährte sie in einem subtilen, uneingestandenen Winkel ihres Herzens die Hoffnung, dass letztendlich Freude in ihr Leben zurückkehren würde. Aber ihre offen geäußerte Überzeugung war, dass sie mit dem Leben der Liebe fertig war. Doch ein merkwürdiger persönlicher Ehrgeiz drängte sie dazu, die Erklärung gegenüber ihrem Mann wahr zu machen, dass sie ihn gegen seinen Willen retten würde. Zu diesem Zweck setzte sie all ihre Energie ein. Als sie über die Umstände nachdachte, unter denen sie so schändlich gescheitert war, kam sie zu dem Schluss, dass sie noch einmal auf die Mittel zurückgreifen musste, mit denen sie bei ihren Plänen für das Wohl ihres Mannes beinahe zum Erfolg gekommen wäre, nur um dann an der Hartnäckigkeit kläglich zu scheitern der Civitas-Gesellschaft. Also machte sie sich auf die Suche nach den Frauen, die sie unglücklicherweise als Kandidatinnen für den Club angeboten hatte, und setzte alles daran, ihre Gunst zurückzugewinnen. Sie war sich sicher, dass sie durch ein Bündnis mit ihnen die Umstände nach ihrem Willen gestalten und letztendlich glorreich über den irrenden Mann triumphieren konnte, der ihren Ehrgeiz, in einem geschäftlichen Kampf zu helfen, missachtet hatte.

Cicily gestand Mrs. Delancy ihr Ehedesaster ausführlich, die abwechselnd über das eigensinnige Mädchen schimpfte und weinte. Die alte Dame missbilligte das Verhalten ihrer Nichte aufs Schärfste, das nach ihren eigenen Vorstellungen von konventionellen Erfordernissen keinerlei Entschuldigung darstellte. Doch da sie das Kind, das sie bemuttert hatte, liebte, vergab sie ihr und verspürte nach und nach ein gewisses Mitgefühl für sie, das sich milde in ihrer eigenen Haltung gegenüber ihrem Mann widerspiegelte ... Es war bei einem ihrer Besuche in ihrer Tante, dass Cicily Mr. Delancy begegnete, der sich der unglücklichen Lage der Dinge bereits bewusst war und sich nun zum Protest aufgefordert fühlte. Er äußerte sich mit einiger Strenge und schloss mit der Hoffnung, dass sie nicht entschlossen sei, in ihrer Torheit zu verharren.

„Ich war in meinem ganzen Leben noch nie so entschlossen, Onkel Jim", war die nachdrückliche Antwort.

Mr. Delancy widerstand der Versuchung, sich eine der Teetassen aus dem exquisiten Sèvres -Service, an dem seine Frau und seine Nichte saßen, zu schnappen und sie in den Kamin zu werfen, um seinen Cholera zu lindern. Er verzichtete jedoch mit großer Willensanstrengung auf jegliche offene Handlung und begnügte sich notgedrungen mit einer ausdrücklichen Äußerung seiner Meinung:

„Du warst noch nie in deinem Leben dickköpfiger", schnaubte er und blieb in seinem aufgeregten Gang durch den Salon stehen, um seine Nichte mit finsterer Miene anzusehen. „Und das heißt sehr viel – sehr viel!"

"James!" rief Mrs. Delancy in leichtem Protest aus.

Aber Cicily ließ sich von diesem Mann, der das Böse verkörperte, gegen das sie gekämpft hatte, nicht unterdrücken.

„Würdest du, dass ich meine Prinzipien aufgebe?" fragte sie verächtlich.

Wieder einmal schnaubte Mr. Delancy verächtlich.

„Sie haben keine Prinzipien", erklärte er unverblümt. „Keine Frau hat das getan."

Bei dieser brutalen Äußerung ihres Mannes versteifte sich Mrs. Delancy, und ein Ausruf schockierten Erstaunens brach aus ihr hervor. Cicily lächelte zynisch, als sie ihre Tante ansprach:

„Nun, Tante Emma", sagte sie amüsiert, „du siehst jetzt, wozu deine Einstellung geführt hat. Du hast ohne Rückgrat angefangen. Also hast du jetzt keine Prinzipien mehr. Oh, du netter, süßer, grauhaariger Mensch, Du betrügst die alte, verworfene Dame!"

Aber Mrs. Delancy weigerte sich, in der Situation auch nur einen Anflug von Humor zu erkennen. Tatsächlich war sie den Tränen nahe wegen der mutwilligen verletzenden Äußerung ihres Mannes, den sie ein Leben lang geliebt hatte.

„James, wie konntest du!" Sie schrie mit vor Emotionen gebrochener Stimme. „So etwas zu deiner Frau zu sagen – oh!"

Zu spät erkannte der jähzornige Ehemann, dass er einen schweren Fehler begangen hatte, dass er sich tatsächlich einer groben Ungerechtigkeit schuldig gemacht hatte, die kaum weniger als eine Beleidigung gegenüber der Frau war, die er überaus respektierte.

„Emma-", begann er flehend.

Aber Mrs. Delancy hatte sich augenblicklich von einem tränenreichen Vorwurf in gerechte Empörung verwandelt.

„Nein, sprich nicht mit mir!" sie befahl; und sie hat dem Täter bewusst den Rücken gekehrt.

Unter dem Ansporn dieser Behandlung sprach Delancy seine Nichte in einem fast wilden Ton an.

„Also", knurrte er, „Sie geben sich nicht damit zufrieden, Ihr eigenes Zuhause zu zerstören, Sie würden doch versuchen, meines zu ruinieren, oder? Sie sollten sich sofort bei Ihrer Tante Emma entschuldigen."

„Liebe Tante", rief Cicily ohne zu zögern mit reuevoller Stimme, „ich bitte dich, mich in aller Demut für das, was Onkel James gesagt hat, bei dir zu entschuldigen."

"Was zum-!" stürmte der bedrängte alte Herr. „Jetzt schau her, Cicily. Du hältst dich für sehr schlau. Aber weißt du, wozu deine Einstellung geführt hat ? – Skandal!"

Mrs. Delancy vergaß für einen Moment den Gegenstand ihrer Beschwerde.

„Ja", stimmte sie zu und wandte sich an ihre Nichte, „es ist ein Skandal, mit einem fremden Mann in einem Haus zu leben – wissen Sie, so haben Sie selbst Charles genannt."

„Es ist ein schlimmerer Skandal", ergänzte Delancy, „nicht mit ihm zusammenzuleben."

„Oh, ich verstehe", bemerkte Cicily nachdenklich. „Ich muss eine Begleitperson haben. Aber andererseits ist Charles jetzt, oder besser gesagt, er war es, mein Ehemann. Das scheint irgendwie einen Unterschied zu machen. Zumindest kennen wir uns gut, obwohl wir derzeit Fremde sind , In gewissem Sinne. Und außerdem hege ich das gütigste Gefühl für Charles, und das ist mehr, als viele Frauen für ihre Ehemänner haben. Was das betrifft, wissen Sie, da er jetzt nicht mein Ehemann ist, gibt es wirklich keinen Grund, warum ich das tun sollte habe nicht die freundlichsten Gefühle für ihn.

„Nun, Sie behaupten, auf Ihren Mann zu verzichten", argumentierte Delancy wütend, „und dennoch leben Sie weiterhin mit ihm im selben Haus beenden?"

„Würdest du, dass ich Charles in einer Krise im Stich lasse?" Forderte Cicily hochmütig. „Nein, ich werde niemandem die Gelegenheit geben, mich der Fahnenflucht gegenüber dem Feind zu bezichtigen."

"Oh Gott!" rief Delancy aus; und sein Ton war beredt. „Oh nein, du hast ihn nicht im Stich gelassen!"

„Ich verstehe nicht, was das damit zu tun hat", wandte Cicily ein und errötete schmerzhaft. „Charles und ich haben lediglich – das heißt, wir – die diplomatischen Beziehungen abgebrochen."

Bei dieser außergewöhnlichen Darstellung des Falles errötete Mrs. Delancy ihrerseits in einer zarten Röte, die wunderbar zu ihren wächsernen Wangen passte, die trotz der Last der Jahre keine übermäßigen Falten aufwiesen. Delancy selbst vergaß für einen Moment seine Empörung und lachte schallend, als er seine Frau betrachtete, um zu beobachten, wie sie die überraschende Nachricht aufnahm. Seine Augen bekamen einen freundlicheren Ausdruck, als er die Veränderung sah, die ihr ein wundersam jüngeres Aussehen verlieh, und eine Flut von Erinnerungen ließ ihn erinnerungswürdig lächeln, halb traurig, halb zärtlich. Die Wirkung auf ihn war an der angenehmeren Stimme zu erkennen, mit der er als nächstes seine Nichte spielerisch ansprach:

„Mein Gott! Sie würde ihn wahrscheinlich nach Hause zu seiner Mutter schicken, wenn er nur eine Mutter hätte."

Cicily, der immer noch unter einer schmerzhaften Verlegenheit litt, erwiderte hitzig:

„Onkel Jim, ich möchte dich nur schütteln!"

„Oh, kümmere dich nicht um meine grauen Haare", spottete Delancy. „Und wenn du mit mir fertig bist, verprügelst du vielleicht deine Tante Emma."

Diese gute Frau schüttelte traurig den Kopf, als die Röte aus ihrem Gesicht verschwand.

„Ich weiß nicht, worauf wir hinaus wollen", trauerte sie.

"Anarchie!" war die prompte Antwort ihres Mannes, als er sich wieder seinem Lieblingshobby widmete. „Sobald Frauen anfangen zu glauben, dass sie Intelligenz haben, wird Anarchie das natürliche, unvermeidliche Ergebnis sein. Gott hat sie nie zum Nachdenken gebracht." In seiner Aufregung hatte er vergessen, wie er seine Frau bereits einmal beleidigt hatte.

„Warum hat Gott dann Frauen Gehirne gegeben?" fragte Cicily.

„Ich kann meine Zeit nicht damit verschwenden, mit einer Frau zu streiten", antwortete Delancy hochmütig, wandte sich ab und zupfte hochnäsig an einer Schnurrbartsträhne.

„Das ist es! Oh ja, das ist es!" rief Cicily mit wachsender Empörung. Ihre Verlegenheit war vorüber, aber ihre Wangen waren noch immer gerötet, und ihre strahlenden Augen strahlten vor Kampfeslust. „Du denkst, Frauen hätten keine Intelligenz. Du darfst deine Zeit nicht damit verschwenden, mit ihnen zu streiten! Nun gut, dann sage ich dir, dass du es bist, die nicht die Intelligenz haben, einen neuen Standpunkt zu erkennen – eine neue Kraft in." die Welt; die Kraft des weiblichen Gehirns – bis sie dich ins Gesicht trifft. Deshalb wehre ich mich gegen Charles, kämpfe gegen ihn, um ihn zu retten, um zu verhindern, dass er zu einem engstirnigen, hartnäckigen, unwissendes altes Fossil!" Die Anwendung dieser expliziten Beschreibung war nicht weit zu suchen. Es war offensichtlich, dass Delancy es auf sich nahm, denn auch er errötete endlich rosig. Aber er akzeptierte keine persönliche Anspielung und begnügte sich mit ein wenig Schlagfertigkeit:

„Huh, keine Angst! Er wird kein Fossil mehr sein. Seine Probleme werden ihn früh umbringen, oder ich verliere meine Vermutung … Das ist also Ihre Entschuldigung dafür, ihn zu ruinieren, oder?"

„Ich würde ihm helfen, wenn er es zulassen würde", antwortete Cicily traurig und vergaß ihre Empörung über den Sex.

„Du hilfst ihm!" rief Delancy spöttisch aus. „Na, Sie haben den Streik ausgelöst."

„Aber …", hätte Cicily protestiert, nur um von dem empörten alten Herrn unterbrochen zu werden, der ihr einen anklagenden Zeigefinger entgegenstreckte.

„Das kannst du mir nicht sagen! Ja, das hast du getan, mit deiner unverschämten Einmischung. Huh! Wenn Frauen anfangen, Geschäfte zu machen, werden wir alle vor die Hunde gehen. Warum, wenn es nicht für dich und das, was du tust, gewesen wäre Mit Ihrer wertvollen „Hilfe" hätte Charles eine Chance gehabt, gutes Geld zu verdienen. Jetzt verlangen Morton und Carrington von den unabhängigen Händlern 22 Cent pro Kiste. Ohne diesen Streik hätte Charles diese alten Piraten möglicherweise zu einer Erhöhung bewegen können Geben Sie ihm ein wenig ihren Preis und lassen Sie ihn etwas Geld verdienen ... Helfen Sie ihm – oh, Blödmann!"

„Nun", erklärte Cicily, kein bisschen beschämt, „wenn ich Charles wäre, würde ich noch einmal anfangen, Löhne zahlen und an die Unabhängigen verkaufen."

Die Ernsthaftigkeit, mit der die junge Frau einen Moment lang sprach, verriet Delancy dazu, mit jemandem aus dem unintelligenten Geschlecht über Geschäfte zu sprechen .

„Aber seine Verträge!" er widersprach.

„Was sind Verträge", unterbrach Cicily gelassen, „wenn die Arbeiter hungrig sind?"

„Da, Emma!" Delancy schrie in tiefem Ekel. „Hörst du? Ist das nicht wie eine Frau?"

„Ja, James", antwortete Mrs. Delancy sanftmütig; „Ich weiß, dass du Recht hast. Aber irgendwie denke ich, dass auch Cicily Recht hat."

Bei dieser paradoxen Aussage starrte Delancy seine Frau starr und voller Erstaunen an.

"Was!" Er hat tief eingeatmet. „Was! Nach vierzig Jahren sagst du das zu mir! Du fragst mein geschäftliches Urteilsvermögen! Emma, du, meine Frau!" Er kämpfte einige Sekunden lang wild darum, seine Gefühle unter Kontrolle zu bringen. „Nein", fuhr er bitter fort; „Ich verdiene es, weil ich mich selbst vergessen habe. Ich bitte um Verzeihung, wenn ich einer Frau gegenüber ein geschäftliches Wort erwähne … Ich gehe zu Charles – der arme Kerl!" Nach einem langen, verärgerten Blick gegen seinen früheren Mündel marschierte er aus dem Zimmer.

„Sehen Sie, wozu Sie mich gezwungen haben!" Sagte Mrs. Delancy vorwurfsvoll zu ihrer Nichte, als die beiden allein zurückblieben. „Ja, ich bin James tatsächlich rebellisch vorgekommen."

„Das hättest du schon vor Jahren sein sollen", entgegnete Cicily hartnäckig.

Aber Mrs. Delancy konnte nur verdrießlich den Kopf schütteln, als sie diese kühne Idee ablehnte. Dann kehrten ihre Gedanken zu der zweifelhaften Lage der jungen Frau zurück.

„Wie wird alles enden?" war ihre verzweifelte Frage.

„Du meinst, wann werden Charles und ich den wahren Stand der Dinge öffentlich machen? Wann werden wir uns vor aller Welt trennen?" Die alte Dame nickte zustimmend. „Nun, dann wird der Streik vorbei sein und Charles' geschäftliche Probleme geklärt sein – nicht vorher."

„Wenn so etwas so weitergeht", verkündete Mrs. Delancy mit einem weiteren Anflug von Selbstmitleid, „werden Ihr Onkel Jim und ich wahrscheinlich bis dahin auch getrennt sein!"

"Unsinn!" höhnte Cicily, plötzlich von Reue darüber erfüllt, dass sie dazu beigetragen hatte, der Frau, die sie wirklich liebte und ehrte, seelischen Kummer zu bereiten. „Warum, Tante, wenn du Onkel Jim verlassen würdest, wen müsste er dann schikanieren? Puh, mein Lieber, du und er werden uns nie trennen."

Wieder wandten sich die Gedanken der alten Dame von sich selbst ab.

„Aber, Cicily", wagte sie es, „du tust dein Bestes, um den Streik zu verlängern. Du gibst diesen Frauen tatsächlich Geld, das weiß ich. Als ich gestern anrief, um dich zu sehen, sah ich den Abzug in deinem Scheckbuch . das offen auf dem Schreibtisch in Ihrem Boudoir lag. Ich wollte nicht neugierig sein, aber ich konnte nicht anders, als es zu sehen.

„Nun, ich lasse sie nicht verhungern", war das unverschämte Eingeständnis.

„Cicily", sagte Mrs. Delancy mit einem abrupten Übergang von einer Phase des behandelten Themas zur nächsten, „bezüglich der Angelegenheit Ihrer und Charles-Trennung habe ich den Verdacht, dass Sie dieser äußerst unangebrachten jungen Frau in … sehr ähnlich sind." die französische Geschichte, die mit ihrem Geliebten zusammenleben würde, solange die Geranie reichte. Und du wirst mit Charles im Haus leben, während seine Probleme anhalten. Und diese ungebührliche junge Frau stand jeden Abend nachts auf Nacht, um heimlich die Geranie zu gießen. Und Sie versorgen die Streikenden mit Essen, um den Streik zu verlängern. Hmpf! Du willst nicht gehen." Cicily errötete ein wenig, versuchte aber nicht zu antworten. „Du bist in ihn verliebt – du weißt, dass du es bist!"

Die Zurückhaltung der jungen Frau brach kurz vor dem scharfen Blick zusammen, der die Worte begleitete.

„Ich – oh, ich interessiere mich für seine spirituelle Entwicklung", stammelte sie schwach. „Jedenfalls", fügte sie abwehrend hinzu, „er – weiß es nicht!"

„Gott sei Dank, du bist immer noch moralisch!" rief Mrs. Delancy mit einem Ton großer Erleichterung.

„Ich glaube, das muss ich sein", war das leise Eingeständnis, „weil – weil ich so unglücklich bin!" Die scharlachroten Lippen senkten sich zu einem zitternden Pathos, während sie mit einer Stimme voller ergreifender Gefühle weitersprach. „Oh, Tante Emma, wenn ich sehe, wie Charles so geplagt, so müde und in jeder Hinsicht so beunruhigt ist, dann sehne ich mich danach, meine Arme um seinen Hals zu werfen, all diese harten Falten von seinem lieben Gesicht zu küssen und es ihm zu sagen." wie sehr ich ihn liebe und wie leid es mir tut und wie sehr ich ihm helfen möchte.

„Der Himmel segne dich, Kind!" rief Mrs. Delancy überrascht und erfreut aus. „Warum tust du es dann nicht?"

„Weil", kam die düstere Erklärung, „wenn ich es täte, wäre ich wie du."

Die alte Dame war mit dieser offenen Verteidigung nicht zufrieden.

„Humph! Naja, wenn ich es selbst sagen würde, könnte es noch schlimmer werden", erklärte sie und warf den Kopf zurück.

„Natürlich, du alter Schatz", stimmte Cicily mit einem Hauch von Demut zu, „in vielerlei Hinsicht – aber –"

„Du bist hartnäckig!" kam der scharfe Tadel. „Wenn du wirklich in ihn verliebt bist, gib nach!"

„Das ist genau das Problem", sagte die junge Frau. „Weil ich so sehr in ihn verliebt bin, kann ich in dieser Hinsicht nicht nachgeben. Ich liebe ihn zu sehr, um mich nur mit den Teilen von ihm zufrieden zu geben, die von den anderen Dingen übrig geblieben sind. Ich möchte eine Partnerschaft." Die Ehe hat sich seit deiner Zeit verändert, Tante. Echte Ehe muss heute eine Partnerschaft in allen Dingen sein. Das muss ich haben, einen vollen Anteil am Leben meines Mannes – oder nichts! Ich sage dir, es gibt zu viele Männer und Frauen Sie schworen vor Gott, eins zu werden, und gingen weg, um das Leben zu beginnen und es für immer als zwei zu leben. Als die Frauen noch das Haus hatten, das sie behalten mussten, und nicht daran dachten, war das noch gut, aber heutzutage haben die meisten von ihnen keins mehr Haus zu behalten, und sie fangen an zu denken.

„Aber", wandte Mrs. Delancy ein, die durch diese Tirade gegen die Ehe, wie sie sie kannte, sehr verunsichert war, „Sie bringen alle heiligen Dinge durcheinander. Zu Ihrem Mann aufzuschauen – das ist Liebe."

„Das ist Einsamkeit und ein Kribbeln im Nacken!" war die leichtfertige Ablehnung. „Meine Frau würde dort stehen, wo ihr Verstand es ihr erlaubt, neben ihrem Mann zu stehen, ihm in die Augen zu schauen, für ihn zu arbeiten, mit ihm zu arbeiten, durch alles mit ihm zusammen zu sein. Das ist Liebe; das ist echte Ehe!"

„Cicily", protestierte Mrs. Delancy, völlig amüsiert über die feurige Beredsamkeit ihrer Nichte, „ich denke, Sie liegen falsch, aber ich – ich habe das Gefühl, dass Sie Recht haben."

„Tief in deinem Herzen, Liebes", beteuerte die junge Frau mit tiefer Überzeugung, „du weißt, dass ich Recht habe, weil du eine echte Frau bist. Die Männer wissen es nicht – die armen Dinger! –, sondern das Urteil . " Leidenschaft im Leben einer Frau ist nützlich. Und ist es nicht viel schöner, für einen Mann zu arbeiten, den man liebt, als für einen Heiden?"

Bevor ihre Tante eine angemessene Antwort auf diese sehr relevante Frage formulieren konnte, sprang Cicily mit der für sie üblichen anmutigen Lebhaftigkeit auf.

„Und jetzt muss ich nach Hause eilen", verkündete sie, „um Frau McMahon und Frau Schmidt und Sadie Ferguson zu empfangen, die zu Besuch kommen."

„Gnädige Vorsehung!" rief Mrs. Delancy mit echtem Entsetzen. „Du willst mir nicht sagen, dass diese Frauen jetzt zu dir nach Hause kommen?"

„Oh ja", war die lässige Zustimmung. „Warum sollten sie nicht? Weißt du, wir sind jetzt wieder Freunde. Ich habe sie in einem Club organisiert."

„Nun, ich denke, das ist überhaupt nicht richtig", sagte die alte Dame mit strenger Entschlossenheit.

Aber Cicily lachte nur unter dem Vorwurf, gab ihrer Tante einen hastigen Kuss auf die Wange und eilte fröhlich aus dem Zimmer.

KAPITEL XIV

Als Mrs. McMahon, Mrs. Schmidt und Miss Ferguson in den Salon des Hamilton-Hauses geführt wurden, war Cicily dort und bereit, ihre Gäste herzlich willkommen zu heißen.

„Und wie geht es Frau Präsidentin unseres Clubs?" sagte sie mit einer entzückenden Anspielung der Ehrerbietung gegenüber Mrs. McMahon, die vor stolzer Freude über diese Anerkennung der Ehre, die sie genoss, zügelte und lachte.

„In der Tat ist sie so stolz wie ein Pfau", gestand sie offen. „Und wenn Sie es bemerkt haben, Mrs. Hamilton, habe ich dem Mann an der Tür nicht einmal gesagt, wie es Ihnen geht, wie ich es immer zuvor getan habe, und ihn auch nicht einmal angesehen ... Dafür ist die Art der High-Society, wollen sie es mir sagen.

Cicily lächelte und sprach dann Sadie mit der gleichen Herzlichkeit an.

„Alles ist in Ordnung, Miss Secretary?" sie erkundigte sich.

„Dieser Verein könnte zehn Runden spielen, ohne mit der Wimper zu zucken", lautete die lebhafte Antwort. Dann erinnerte sich das ehrgeizige Mädchen an ihre geschätzte Autorin und paraphrasierte ihre Aussage: „Ich meine, alles ist wirklich ganz großartig."

Auch Frau Schmidt lächelte anerkennend, allerdings ohne sich auf Worte festzulegen, als sie mit „Frau Vizepräsidentin" angesprochen wurde. Dann, nachdem alle Platz genommen hatten, überbrachte die Irin eine Dankesbotschaft.

„Mrs. Hamilton", sagte sie, und ihr großes, rundes Gesicht war sehr freundlich, „wir möchten Ihnen hier und jetzt für den letzten Scheck danken. Sie werden froh sein zu erfahren, dass es Murphys Babys gut und gut geht Dagos – Sie wissen schon, die im sechsten Stock vor Sadies Haus – Faith, die Frau ist gestern Abend aus dem Krankenhaus nach Hause gekommen und sieht einfach großartig aus."

„Und sagen Sie mal, Mrs. Hamilton", unterbrach Sadie begeistert, wieder einmal vergessend aufgrund ihrer übertriebenen Gefühlsfülle, die Feinheiten in der Diktion zu vergessen, „vielleicht sind Sie mit diesem Haufen nicht einverstanden! Sie haben alle letzte Nacht die ganze Zeit für Sie gesungen und gebetet." um die Band zu schlagen. Sie machten so viel Aufhebens. Pop musste mit einem Knüppel hochgehen und damit drohen, ein paar Köpfe einzuschlagen, bevor irgendjemand im Haus schlafen konnte. Natürlich verstand Vater das nicht. Er hörte sie etwas sagen über Hamilton und vermutete, dass es sich möglicherweise um eine schlechte Verbindung zum Chef handelte.

Cicily war erfreut über diese Nachricht über die Dankbarkeit derer, denen sie dienen wollte, versuchte aber aus Bescheidenheit das Thema zu wechseln.

„Sie, Mrs. McMahon", wies sie energisch an, „müssen die Verantwortung übernehmen. Sie müssen mich über die Kranken und Hungrigen informieren, und dann werde ich sehen, was getan werden kann."

„'Tat, und das werde ich tun', war die eifrige Antwort. Dann schüttelte die Irin bewundernd ihren riesigen Kopf. „Klar, wenn die Frauen die Stimmen bekommen, werden Sie zum Stadtrat der Gemeinde gewählt." Doch als Cicily lachend gegen diese schamlose Schmeichelei protestiert hätte, kam der Präsidentin des neuen Clubs plötzlich ein Gedanke, und sie sprach mit zunehmender Ernsthaftigkeit: „Und, oh, ich habe eine Sache vergessen! Was denken Sie jetzt?" , Mrs. Hamilton? Carringtons Männer waren da!" Als Antwort auf den verwirrten, fragenden Blick ihrer Gastgeberin erklärte sie die Bedeutung dieser Tatsache: „Ja, Carrington – Pech für ihn! – bereitet sich darauf vor, eine weitere Fabrik zu eröffnen, heißt es; und deshalb wollte er sehen, wie viele von den Jungs, die er bekommen konnte. Cicily stieß bei dieser Neuigkeit einen Ausruf des Erstaunens, gemischt mit Besorgnis, aus. „Ja, Ma'am. Ich habe mit Mike McMahon gesprochen und ihm gesagt, dass ich schließlich denke, dass Mr. Hamilton auf dem gleichen Niveau ist und dass es eine gute Sache wäre, die Kürzung für eine Weile zu übernehmen. Und Dann wurde er wütend und platzte mit der ganzen Sache vor mir heraus. Es ist Tim Doolin, er, der früher in der Hamilton-Fabrik arbeitete und entlassen wurde, und so ging er zu Carrington's. Er hat sich als Echolot bewährt. Das ist er Ich habe die Jungs nebenbei ein wenig gefördert und ihnen gute Jobs und einen festen Lohn versprochen, wenn sie durchhalten, bis Carrington bereit ist, sie an seinem Platz einzusetzen. Die Amazone, die durch ihre Erzählung gerast war, hielt inne und schnappte nach Luft.

Cicily saß angespannt auf ihrem Stuhl, ihre Wangen glühten vor Empörung, ihre goldenen Augen verdunkelten sich vor Aufregung.

„Also", rief sie heftig, „das ist die Art und Weise, wie sie kämpfen! Beschämend!"

Cicily befand sich in einem gerechten Zorn. Sie war nicht an die scharfen Praktiken gewöhnt, die in der Welt der Geschäftsangelegenheiten fast ohne Tadel erduldet werden, und diese Enthüllung über die List der Feinde ihres Mannes erfüllte sie mit abscheulichem Entsetzen. In der Haltung der Mädchenfrau gegenüber ihrem Mann lag eine starke beschützende mütterliche Liebe. Im Gehorsam gegenüber dieser treibenden Kraft hatte sie ihren Ehrgeiz, ihm in seinem Geschäft zu helfen und seine Partnerin zu sein, so unerschütterlich verfolgt. Es war die Dominanz dieses Gefühls, die sie veranlasst hatte, im Haus ihres Mannes zu bleiben, um ihn in der Zeit seiner Trübsal zu trösten und wenn möglich zu retten. Nun löste diese Phase ihres Charakters bei ihr einen Unmut aus, der ihr die Machenschaften, die ihr gerade enthüllt wurden, als etwas unsäglich Abscheuliches empfand. Ab und zu legte sie einen stillen Schwur ab, diese finsteren Feinde mit fairen Mitteln oder mit Foul zu besiegen. Ihr Wille befahl ihr Verderben, egal wie skrupellos die Methode war; und das Gewissen erhob keinen Protest.

Eine erwartungsvolle Bewegung unter den drei Besuchern weckte Cicily aus dem Anfall von Abstraktion, in den sie geraten war und in den sich die anderen nicht hineinzudrängen gewagt hatten. Sie schaute auf und folgte dann dem Blick ihrer Gäste. Als sie sich umdrehte, sah sie ihren Mann regungslos direkt in der Tür des Salons stehen. Er starrte mit offensichtlichem Erstaunen auf das Frauentrio in Begleitung seiner Frau. Darüber hinaus konnte man an seinem Gesichtsausdruck mit den hochgezogenen Brauen und dem strengen Mundwinkel leicht erkennen, dass sein Erstaunen nicht auf Vergnügen beruhte ... Cicily erhob sich sofort und vergaß für einen Moment ihre Rachepläne die Verschwörer und ging mit einem zufriedenen Lächeln vorwärts. Sie war sich bewusst, dass ihr Mann diesen Besuch nicht mit Gleichmut betrachten würde, aber sie hoffte, jede offene Handlung seinerseits zu verhindern, die diese Frauen, deren Wohlwollen sie um seinetwillen wiederzugewinnen hatte, tödlich verärgern könnte . Also blickte sie ihn mit einer Miene glücklichen Selbstvertrauens an und sprach mit den musikalischsten Tönen ihrer Stimme, während die Liebkosung ihrer Augen versuchte, das Stirnrunzeln aus seinem Gesicht zu vertreiben.

„Charles, Sie kennen Mrs. McMahon, Mrs. Schmidt und Miss Ferguson."

„Ja, ich kenne sie", kam die kompromisslose Antwort. Die Grimmigkeit seines Gesichts ließ nicht nach. Er hatte einen Tag voller mühsamer Sorgen hinter sich, und der Anblick der Frauen hier in seinem eigenen Haus machte ihn fast unerträglich wütend. „Ein unerwartetes Vergnügen!" fügte er mit einem Tonfall hinzu, der unverkennbar war.

„Oh, wir sind nicht gekommen, um Sie zu besuchen, Mr. Hamilton", erklärte Sadie verärgert als Antwort auf diesen Tonfall. „Wir sind gekommen, um Ihre Frau zu sehen."

„Das sind die Vorstandsmitglieder unseres neuen Frauenclubs", warf Cicily hastig ein. „Setzen Sie sich doch mal einen Moment, Charles." Sie kehrte zu ihrem eigenen Stuhl zurück; aber Hamilton machte keine Anstalten, ihrer Bitte Folge zu leisten. Stattdessen sprach er die Besucher in einem noch unangenehmeren Ton an, als er es bisher getan hatte.

„Oh, Sie sind gekommen, um etwas von Mrs. Hamilton zu holen“, spottete er.

„In der Tat, und wir haben es nicht getan!“ erwiderte die Irin grob und wütend über die Unterstellung. Doch ihre Wut schwand, als sie Cicilys flehenden Blick erblickte. In ihrem Akzent lag eine dankbare Sanftheit, als sie hinzufügte: „Klar, sie hat schon zu viel gegeben, und das ist die Wahrheit.“

In der angespannten Strenge von Hamiltons Gesicht war keine Spur von Entspannung zu erkennen, als er antwortete, ohne einen Blick auf seine Frau zu werfen:

„Also hat Mrs. Hamilton den Frauen der Männer geholfen?“

„Das ist dasselbe, was sie getan hat – die Heiligen beschützen sie!“ Mrs. McMahon antwortete mit frommer Inbrunst. „Faith, wenn die Frauen wählen könnten, würden sie sie zur Präsidentin machen, so ist es.“

Cicily konnte der Versuchung, Berufung einzulegen, nicht widerstehen.

„Charles“, drängte sie, „wenn Sie nur ein wenig Geduld haben, werden Sie feststellen, dass sie Ihnen von Nutzen sein können – von großem Nutzen!“

Dennoch ignorierte Hamilton seine Frau völlig, während er die drei Frauen unpersönlich ansprach.

„Ich wusste nicht, dass die Männer die Angewohnheit hatten, bei einem Streik wie diesem ihre Frauen einzusetzen.“ Sein Verhalten war absichtlich beleidigend.

Wieder war es Sadie, die als Erste konterte, und zwar auf eine Weise, die seine eigene Unverschämtheit nachahmte.

„Nun, wenn Mrs. Hamilton sich da einmischen kann, ist das ein Kinderspiel für uns!“

Das Gesicht des Mannes verfinsterte sich vor Zorn. Als er sprach, klang seine Stimme gefährlich leise und kontrolliert.

„Mrs. Hamilton hat überhaupt nichts mit meinen geschäftlichen Angelegenheiten zu tun“, erklärte er ausdrücklich. „Sie hat überhaupt nichts mit diesem Streik zu tun. Wenn ihr Frauen zu den Männern gehört, geht zurück und sagt ihnen, dass ich es nicht mit Frauen zu tun habe – weder jetzt noch in der Zukunft. Wenn sie zu irgendeinem Zeitpunkt etwas wollen, lasst es sie.“ Kommen Sie selbst und holen Sie es sich selbst.“

„Kannst du es schlagen?" fragte Sadie verwundert vom gesamten Universum.

Aber die Irin nahm es sich zur Aufgabe, mit einer Deutlichkeit zu antworten, die der von Hamilton entsprach:

„Faith, und wir sind nicht gekommen, um Sie zu besuchen, wie Sie sehr gut wissen, denke ich. Ohne Mrs. Hamilton – Gott segne sie – wären wir überhaupt nicht hier … Und es tut mir leid, dass wir es tun.

„Dann gehen Sie besser und entspannen Sie sich", war die scharfe Erwiderung. „Und Sie werden sich bitte an eines erinnern: Mrs. Hamilton hat absolut keinerlei Einfluss auf diesen Streik. Ich weiß nicht im Geringsten, was sie getan haben könnte; aber was auch immer es ist, es ist völlig unabhängig von mir."

„Charles, bitte-", hätte Cicily protestiert. Es schien ihr ein schwerer Verstoß gegen den guten Geschmack zu sein, ihre Ehestreitigkeiten vor anderen auszusprechen. In den goldenen Augen brannte ein gefährliches Feuer; aber Hamilton hatte im Moment keine Rücksicht auf Feinheiten des Benehmens. Er redete weiter und unterbrach rücksichtslos die versuchte Bitte seiner Frau:

„Was auch immer Mrs. Hamilton erreicht hat, es wurde ohne meine Zustimmung und mit ihrem eigenen Geld getan – ganz unabhängig von mir … Guten Tag!"

Nun löste sich Hamilton endlich von der Position, die er vor der Tür stets beibehalten hatte. Er trat zur Seite und verneigte sich förmlich vor den drei Frauen, die sofort aufstanden, als ihnen die Bedeutung seiner Handlung klar wurde. Auch Cicily stand auf, wortlos in ihrem Leiden. Zumindest für den Moment war ihr unbeugsamer Geist von diesem krönenden Unglück überwältigt, und sie hatte das Gefühl, dass all ihre Ambitionen hoffnungslos zunichte gemacht wurden. Durch diese letzte Katastrophe muss ihr wohlwollender Plan zunichte gemacht werden. Sie konnte nicht glauben, dass diese Frauen, auf deren Unterstützung sie sich in so vielen Dingen verlassen hatte, die für ihre Pläne von entscheidender Bedeutung waren, ihr nach der schweren Beleidigung, die sie in ihrem eigenen Haus erlitten hatten, treu bleiben könnten. Sie erkannte, dass sie ohne ihre Hilfe nicht hoffen konnte, mit der Situation fertig zu werden, die den Mann, den sie liebte, in den Ruin trieb. In diesem Moment der Katastrophe hasste sie ihren Mann genauso sehr, wie sie ihn liebte, denn seine Torheit hatte die gesamte Struktur der Sicherheit zerstört, die ihre Hingabe aufgebaut hatte . Also stand sie schweigend da und beobachtete die vernachlässigten Gäste, die zur Tür gingen. Ihre schlanke Gestalt entfaltete sich zu ihrer vollen Größe; die scharlachroten Lippen waren angespannt; Das klare Gold ihrer Augen

brannte im Feuer des bitteren Grolls gegen diesen Mann, dessen Fehltritt
Unheil angerichtet hatte.

Kapitel XV

Gerade als die drei empörten Frauen mit der Langsamkeit, die ihre Würde unter den gegebenen Umständen von ihnen verlangte, langsam auf die Tür zugingen, kam es zu einer Unterbrechung.

Ein Diener erschien im Türrahmen und trat dann beiseite, um drei Neuankömmlinge hereinzulassen. Dies waren keine anderen als Mr. McMahon, Mr. Schmidt und Mr. Ferguson, die erstaunt auf der Schwelle stehen blieben, als sie sahen, wie ihre Frauen im Haus des Feindes unerwartet über sie herfielen. Die Frauen ihrerseits blieben abrupt stehen und betrachteten die Männer mit runden Augen. Ein paar Sekunden lang blieben die sechs einander gegenüber stehen, zu verblüfft von der Begegnung, um etwas sagen zu können.

Dann, kurz darauf, stieß der Deutsche einen kehligen Ausruf in seiner eigenen Sprache aus, der die allgemeine Lähmung zu lindern schien.

„Mit der Ware erwischt!" rief Ferguson sardonisch, mit einem vorwurfsvollen Blick auf seine Tochter gerichtet.

Im selben Moment rief McMahon seiner Frau eine empörte Frage zu, ob sie sich in diesem Haus befinde. Aber diese Amazonas-Frau schrumpfte nicht vor dem brüllenden Knurren ihres Mannes.

„Klar, ich werde Sie belästigen, Mike McMahon", erklärte sie grimmig, „wenn Sie liebenswerte Ausdrücke verwenden wollen, warten Sie, bis wir nach Hause kommen." Im Bann dieser Ermahnung begnügte sich der Ire mit unterirdischem Gemurmel, dem seine Frau diskret keine Beachtung schenkte.

„Aber worum geht es?" Ferguson erkundigte sich scharf nach seiner Tochter.

„Ah, vergiss es!" kam die untreue Erwiderung. Dann erinnerte sie sich an das Vere De Vere und änderte ihre Aussage: „Ich meine, lieber Vater, mach keine Szene, ich flehe dich an."

"Eine Szene!" rief Ferguson wütend aus. „Warum, ich werde-"

Was der wütende Yankee getan haben könnte, wurde nie verraten, denn er wurde von Cicily unterbrochen, die inzwischen ihre Haltung wiedererlangt hatte, so dass sie freundlich sprach und dem turbulenten Elternteil ihr süßestes Lächeln schenkte.

„Sadie und die anderen Damen kamen, um mich zu besuchen, Mr. Ferguson", rief sie, wohlwissend, dass diese Ankündigung das Geheimnis der Anwesenheit der Frauen unverändert ließ.

Mrs. McMahon brachte jedoch Licht ins Dunkel.

„Glaube, und das ist es", stimmte sie leichthin zu. „Wir sind gerade mit einem Mitglied unseres Clubs auf eine Tasse Tee vorbeigekommen."

Nun war es Hamilton, der weitere Fragen der drei Ehemänner unterbrach. Er hatte nervös herumgezappelt, und schließlich fand seine Ungeduld in Worten Luft.

„Ich interessiere mich nicht für diese häuslichen Angelegenheiten", schnappte er. „Wenn ihr Männer euren Frauen und Töchtern etwas zu sagen habt, bringt sie nach Hause und sagt es ihnen dort. Dies ist nicht der richtige Ort dafür. Es gibt nur eine Sache, die ich mir von euch anhören kann."

Schmidt watschelte seinen Kameraden einen Schritt voraus und sprach seinen ehemaligen Arbeitgeber mit der Würde an, die einer etablierten Autorität entspringt.

„Nun, Mr. Hamilton", sagte er schwerfällig, wobei sein Akzent aufgrund der Emotionen, unter denen er litt, ausgeprägter war als sonst, „ich spreche als Vorsitzender des Ausschusses. Also, Sir, Sie werden uns hier zuhören." und nun." Er hielt einen Moment inne, um sich mit einem ausreichend großen Taschentuch den Schweiß von der Stirn zu wischen.

Ferguson nutzte die sich dadurch bietende Gelegenheit, um dem Groll Ausdruck zu verleihen, der in seinem Herzen war.

„Ja, ja", rief er aufgeregt, „Sie wollen verstehen, dass wir Männer sind! Wir schlagen zu – ja! Aber wir kämpfen offen gegen Sie, wie Männer. Und wir sind gekommen, um Ihnen das zu sagen." Wir werden die Art und Weise, wie Sie kämpfen, nicht dulden ... Ist Ihnen das klar genug, Mr. Hamilton?"

Hamiltons Erstaunen über die gegen ihn erhobene Anklage war zweifellos echt. Er trat vor, als wollte er zuschlagen, hielt sich aber fast augenblicklich zurück. Es war nichts Knabenhaftes mehr in der gezogenen Kleidung zu sehen, das Kinn war kriegerisch nach vorn gereckt, die Brauen waren tiefgezogen, die Augen leuchteten.

„Die Art, wie ich kämpfe!" wiederholte er herausfordernd und bedrohlich.

Nachdem Schmidt das Taschentuch wieder in die Tasche gesteckt hatte, griff er die Anklage auf.

„Ja", erklärte er mit mürrischer Bosheit. „Ich war in einem Dutzend Streiks, und dies ist das erste Mal, dass ein Arbeitgeber mich in meiner Zuneigung angegriffen hat – durch meine Frieda." Die schmalen Augen des Deutschen leuchteten vor giftigem Groll, als er Hamilton finster ansah.

Von diesem Angriff verblüfft, vergaß Hamilton in völliger Verwirrung seine Wut.

„Was zum Teufel meinst du – kannst du – meinen?" er stürmte.

„Das ist nicht richtig", war die nüchterne Behauptung des Deutschen. „Das Zuhause ist heilig." Der Ton des Sprechers war so böswillig, dass Hamilton wider Willen beeindruckt war. Und dann erhob sich plötzlich ein Verdacht in seinem Gehirn – ein Verdacht, der so ungeheuerlich, so absurd, so unbegründet, so extravagant unmöglich war, dass er laut gelacht hätte, wenn nicht die Aufrichtigkeit des Gefühls gewesen wäre, das sich zuvor in den Gesichtern der Männer manifestiert hatte ihn. Sein Blick wanderte von Schmidt zu der verblassten Frau, die die Frau des Mannes war. Er sah, wie sie hinter der üppigen Masse von Mrs. McMahon zusammenschrumpfte und ihren Mund lautlos öffnete und schloss, wie in einem wortlosen Monolog. Dann wandte sich sein Blick wieder dem Mann zu, der gerade die absurde Anschuldigung ausgesprochen hatte, und er sah das normalerweise heitere Gesicht, das von einem Anfall eifersüchtiger Wut verzerrt war, der gefühllosen Wut des Mannes in der verabscheuten Gegenwart eines Rivalen. Nein, hier war kein Platz zum Lachen. So lächerlich der Fehler seinem Wesen nach auch sein mochte, seine Früchte waren zu ernst, als dass er sich lustig machen könnte. Er richtete seinen Blick auf McMahon und sah darin eine ebenso männliche Abneigung gegen sich selbst. Er wagte einen Blick auf die Amazone, die überdrüssig und robust aufragte. Wieder war er versucht, sich zu amüsieren; aber auch hier unterdrückte ein Blick auf den Ehemann jede Neigung zur Heiterkeit der Stimmung. Schließlich betrachtete er Ferguson, und auch dort sah er einen leidenschaftlichen Vorwurf. Er machte sich nicht die Mühe, das Mädchen anzustarren. Er erinnerte sich genau an ihre billige Hübschheit, ihr prägnantes Auftreten, ihre extravagante Eleganz der Kleidung aus den Modegeschäften der Grand Street. Die Anspannung einer falschen Situation packte ihn so sehr, dass er einen Moment davor ins Wanken geriet, unsicher über seinen weiteren Weg. Leugnen musste seiner Meinung nach fast aussichtslos sein, denn wie konnten Männer, die zu solch grober Dummheit fähig waren, die Vernunft verdauen? Er zögerte sichtlich, und in diesem Zögern erkannten seine Ankläger Schuldgefühle.

An dem plötzlichen, flammenden Rot, das Mrs. McMahons ausdrucksstarkes Gesicht erfüllte, war zu erkennen, dass sie begann, den Sinn der Anschuldigungen gegen Hamilton zu begreifen. Sie ging mit einer Haltung auf ihren Mann zu, die nichts Gutes für eine friedliche Verhandlung verhieß, als sie von Cicilys Griff an ihrem Arm zurückgehalten wurde.

"Warten!" kam der Befehl mit beruhigender Stimme. „Lass mich mit diesen dummen Männern sprechen. Du wirst sie nur aufstacheln und noch schlimmer machen." Die Amazone gab widerstrebend nach, denn sie liebte und ehrte die Frau, die durch so viel Mühe ihre Freundschaft gewonnen hatte; Doch in dem Blick, den sie auf ihren misstrauischen Ehemann richtete, lag eine düstere Warnung vor dem, was kommen würde.

„Ich werde mir diese Dummheit nicht länger anhören", erklärte Cicily innig mit kalter Stimme, die die Aufmerksamkeit aller fesselte. „Ihr Männer seid zu völlig absurd. Die Liebe zwischen euren Frauen und meinem Mann ist nicht verloren , das versichere ich euch. Wenn ihr ein paar Minuten früher reingekommen wäret , wärt ihr euch dessen durchaus bewusst." Ihre Aussage wurde durch das vehemente Nicken der Frauen und die verächtlichen Blicke der Abneigung bestätigt, die sie dem Hausherrn bei diesem Hinweis auf den Status ihrer gegenseitigen Zuneigung zuwarfen. „Eure Frauen und Töchter", schloss Cicily hochmütig mit einem ernsten Blick auf die drei Ehemänner, der seiner Wirkung nicht mangelte, „sind meine Freunde."

Aber Ferguson ließ sich von der Zurechtweisung nicht beunruhigen.

„Ja, Mrs. Hamilton", antwortete er mit bitterem Nachdruck, „Sie sind die Richtige – das wissen wir! Sie sind die Katzenpfote mit Ihren Schlägern und Ihren Vorteilen." Er wandte sich an Hamilton und fuhr mit noch größerer Heftigkeit fort. „Durch sie kämpfst du; durch sie greifst du uns in unseren Häusern an; durch sie hetzst du unsere Frauen und Töchter gegen uns auf, bis unser Leben mit ihnen unglücklich ist, morgens, mittags und …" Nacht. Sie reden ständig gegen den Streik und versuchen, uns dazu zu bringen, zu Ihnen zurückzukehren und den Anteil zu übernehmen. Und das ist nicht fair, das sage ich Ihnen! Kein ehrlicher Arbeitgeber würde so hinter dem Unterrock einer Frau kämpfen. Unserer Meinung nach haben Frauen keinen Platz im Geschäftsleben. Wir hatten nichts dagegen, dass sich Ihre Frau mit Badewannen, Turnhallen, Bibliotheken und so einem dummen Mist eingemischt hat, aber wenn es zu Durcheinander kommt Wir treten in den Streik und organisieren unsere Frauen und Töchter gegen uns. Das ist der Sinn und Zweck, Mr. Hamilton. Kein richtiger Mann würde sich zu so einer Arbeit herablassen. Das ist ein Frauentrick, das ist es ist – und Frauen haben im Geschäftsleben keinen Platz." Schmidt und McMahon murmelten fast gleichzeitig ihre Zustimmung.

Endlich fühlte sich der bedrängte Arbeitgeber seiner Sache sicher.

„Du hast recht, Ferguson", erklärte er voller Überzeugung. „Frauen haben im Geschäftsleben keinen Platz. Um mich von dieser Tatsache zu überzeugen, brauchen Sie nicht zu argumentieren. Wenn Sie an meinen diesbezüglichen Ansichten zweifeln, fragen Sie einfach meine Frau – sie kennt meine Vorstellungen zu diesem Thema. Aber ich wusste nichts." von all dem. Mrs. Hamilton hat sich völlig ohne mein Wissen oder meine Zustimmung in diese Angelegenheit eingemischt. Sie hat überhaupt nichts mit meinen geschäftlichen Angelegenheiten zu tun. Was die Zukunft betrifft, können Sie beruhigt sein –"

„Sie können sicher sein", warf Cicily ein, „dass Mrs. Hamilton weiterhin genau das tun wird, was sie will."

„Aber, Cicily …", hätte Hamilton protestiert.

„Genau wie es ihr gefällt", kam die Wiederholung mit einer zusätzlichen Betonung, gegen die es, wie Hamilton aus Erfahrung wusste, sinnlos wäre, sie zu bekämpfen.

„Faith", rief McMahon in humorvoller Würdigung der Szene, „das Stutfohlen hat das Gebiss in den Zähnen und rennt weg."

Cicily ließ sich jedoch nicht von einer offenen Darlegung ihrer Position abbringen. Nun wandte sie sich den Männern zu und machte ihre Haltung deutlich:

„Lassen Sie mich Ihnen sagen, dass Frau Hamilton stolz darauf ist, lediglich Mitglied des Clubs zu sein, von dem Sie gehört haben, und dass sie ihre Mitgliedschaft darin ganz bestimmt nicht kündigen wird. Ihr Männer habt eure Gewerkschaft. Es gibt keinen Grund, warum wir Frauen." sollten nicht auch unseren Verein haben. Sie sagen, dass ich ihnen geholfen habe. Na ja, was ist damit? Ja, ich habe ihnen geholfen. Warum sollten die Frauen nicht Geld von mir nehmen, würde ich gerne wissen . Im Übrigen ist es nichts Vergleichbares zu dem, was ihr Männer getan habt – Geld von Carrington und Morton anzunehmen … Und ihr redet davon, fair zu kämpfen!"

Bei der abschließenden Aussage seiner Frau wirbelte Hamilton zu den Männern herum.

"Was ist das?" er bellte ziemlich. „Versorgen Morton und Carrington euch Geld, um den Streik zu verlängern?"

„Ja", antwortete Cicily, während die Männer ein mürrisches Schweigen bewahrten. „Und diese Männer von Ihnen haben sich ihre verlogenen Versprechungen angehört, eine neue Fabrik zu eröffnen, sobald Sie niedergeschlagen sind und auf Dauer unterwegs sind." Sie beäugte die Männer verächtlich und fuhr fort: „Haben Sie nicht den Verstand zu erkennen, dass es nur ein Plan ist, Mr. Hamilton völlig zu ruinieren? Sie wollen ihn für immer umbringen. Dann, wenn er aus dem Weg ist." , du musst für jeden Lohn arbeiten, den sie dir zu geben bereit sind. Meine Güte, der Plan ist klar genug! Warum kannst du es nicht so sehen, wie es ist – eine Verschwörung, um ihn durch dich zu töten? Eine Frau kann das Innere leicht erkennen!"

Aber ihr vernünftiges Argument war an den Männern verschwendet, die sich bereits eine Meinung gebildet hatten und diese wahrscheinlich nicht ohne weiteres mit einem Wort ändern würden.

„Frauen haben im Geschäftsleben keinen Platz", bekräftigte Schmidt energisch. „Das haben wir bewiesen. Nun, Mr. Hamilton, behalten Sie Ihre Frau einfach für sich. Wir wollen nicht, dass sie sich in unsere Belange einmischt. Und wir behalten unsere Frauen für uns. Sie wollen Sie nicht!" fügte er bedeutsam hinzu; und McMahon und Ferguson bestätigten diese Meinung durch energisches Nicken der Zustimmung. „Also", schlussfolgerte der Deutsche, „wir werden diesen Streik wie die Männer selbst regeln, ohne weitere Einmischung der Frauen. Habe ich recht?"

„Genau das möchte ich, dass du tust", antwortete Hamilton. „Und wann immer Sie mit dem Schnitt zurückkommen möchten, lassen Sie es mich wissen."

„Ich hoffe, Sie halten beim Warten nicht den Atem an", riet der Ire grimmig.

„Und ich hoffe, Sie werden nicht hungrig sein", erwiderte Hamilton.

Mit diesem Austausch von Höflichkeiten fand das Treffen zwischen den Männern und ihrem früheren Arbeitgeber ein jähes Ende. Ohne weitere Verabschiedungen als eine Reihe knapper Nicken verließen die Männer den Raum.

„Ich denke, dass es ein angenehmes Gespräch ist, das wir heute Abend zusammen führen werden", bemerkte Mrs. McMahon richterlich, nachdem das Komitee gegangen war. „Ich bin also der Meinung, dass wir besser früh anfangen sollten, dann haben wir genügend Zeit, uns mit den Jungs auseinanderzusetzen. Auf Wiedersehen, Mrs. Hamilton … Und denken Sie bitte beim nächsten Mal daran Das Treffen des Clubs soll am Donnerstag stattfinden.

„Ich werde auf jeden Fall da sein", versprach Cicily.

Das Adieux wurde schnell gesprochen, und die Frauen verabschiedeten sich und ließen Mann und Frau schweigend allein zurück.

Kapitel XVI

Hamilton bewegte sich sofort, drehte sich um und warf sich schwerfällig auf den nächsten Stuhl, von wo aus er seine Frau neugierig mit mürrischen Augen des Grolls anstarrte. Cicily spürte den prüfenden Blick, aber sie blickte ihn nicht an. Sie scheute den Konflikt zwischen ihnen nicht, der nach dieser letzten Episode unvermeidlich schien; aber sie wollte ihren Mann den Angriff beginnen lassen. Sie suchte ihrerseits einen Stuhl, ließ sich anmutig darauf sinken und ruhte in einer Pose träger Gleichgültigkeit, die an sich faszinierend war, in diesem Moment aber aus unerklärlichen Gründen für den Mann besonders ärgerlich war. Es mag sein, dass ihre scheinbare Leichtigkeit in einer kritischen Phase ihres Schicksals ihn als hasserfüllt widersprüchlich empfand; Es mag sein, dass ihre anmutige Weiblichkeit, ihre Begehrlichkeit als Frau, die sich so in der geschmeidigen Erschöpfung ihres Körpers offenbarte, die Tatsache unterstrich, dass sie ein Geschöpf war, das für Freude und Tändelei geschaffen war, nicht für die krächzenden List des Marktes . Was auch immer der Grund war, es ist sicher, dass ihn die träge Unbekümmertheit ihrer Haltung irritierte, und in dem Versuch, seinen Kummer zu verbergen, sagte er schließlich:

„Nun", rief er gereizt, „ich sehe noch etwas von deiner Arbeit!"

Cicily verbarg jedoch die Tatsache, dass sie unter der Verachtung in seinem Ton zusammenzuckte.

„Ja", antwortete sie eifrig. „Sehen Sie denn nicht, dass ich Recht hatte?"

Das Mittel reichte nicht aus, um Hamilton von seinem Vorsatz abzubringen.

„Also", fuhr er mit rauer Stimme fort, „nicht zufrieden damit, deine Pflicht zu vergessen, nicht zufrieden mit deinem trostlosen Versagen als Ehefrau, bist du auch zum Verräter geworden."

„Du scheinst zu vergessen, dass du es warst, der deiner Pflicht nicht nachgekommen ist – nicht ich", erwiderte Cicily.

„Ist das eine erfundene, absurde Idee, Ihre Entschuldigung dafür, gegen mich zu kämpfen?"

„Ich entschuldige mich nicht", antwortete Cicily steif. „Und aus dem einfachen und völlig ausreichenden Grund, dass ich nicht gegen dich kämpfe."

„Wie zum Teufel nennt man es dann?" fragte Hamilton höhnisch. „Rettet es mich zufällig?"

„Ja, das würde ich tun", kam die mutige Aussage, „wenn du mich nur lassen würdest."

„Und Ihre Art und Weise, es zu tun", fuhr Hamilton fort, immer noch in einem Ton höhnischer Verachtung, „vermutlich wäre es, den Weg fortzusetzen, den Sie eingeschlagen haben – meinen Feinden Geld zu geben und so den Streik zu verlängern und so weiter." ruiniert mich!"

„Ich glaube wirklich, dass du blind bist!" erklärte Cicily wütend. Sie änderte ihre Pose zu einer aufrechten, wachsamen Haltung und ihre Augen blitzten ihren Mann an. „Ist es möglich, dass Sie nicht verstehen, warum ich diesen Frauen Geld gegeben habe – warum ich ihnen geholfen habe? Wenn ich es nicht getan hätte, wäre ich keine Frau. Wie ich Ihnen bereits gesagt habe, war ich eine Frau." bevor ich Ehefrau wurde. Wenn es nicht ehefraulich und nicht geschäftsmäßig ist, andere Frauen und kleine Kinder vor dem Hungern zu bewahren, dann bin ich, Gott sei Dank, nicht ehefrauisch und nicht geschäftsmäßig!"

„Nun, das bist du nicht, in Ordnung", verkündete Hamilton lapidar. „Ich bin froh, dass du mit dir selbst zufrieden bist – sonst niemand."

„Oh, ich weiß, was du willst", war die verächtliche Antwort. „Sie wollen die konventionelle Ehefrau aus alter Zeit, die Sorte, die immer bereitsteht und darauf wartet, zu schwören, dass ihr Mann Recht hat, selbst wenn ihr Instinkt, ihr Gehirn, ihr Herz ihr alle sagen, dass er Unrecht hat. Nun ja , Charles, ich bin nicht so eine Frau und werde es auch nie sein. Die eigentliche Ursache des Problems ist, dass wir Frauen uns verändern und weiterentwickeln, während ihr Männer das nicht tut: ihr seid die gleichen. Wir wachsen als Geschlecht Endlich aufstehen; euer Geschlecht steht still. Die Ideen, die unsere Großmütter hatten, das Leben, das sie führten, würden uns der Hausrotte zum Opfer fallen. Aber ihr Männer seid genau dort, wo eure Großväter in Bezug auf eure Häuser und eure Überzeugungen hinsichtlich der Pflicht waren Natürlich blickte deine alte Frau mit Ehrfurcht zu ihrem Oberherrn auf; sie hing mit tiefem Respekt an jedem seiner Worte; sie schwor auf jede seiner nachlässigen Meinungen, ohne jemals zu wagen, ihre Seele oder ihren Verstand anzurufen ihr eigenes. Warum hätte sie es übrigens nicht tun sollen? Er war gebildet, zumindest auf eine Art und Weise, und er ging in die Welt hinaus, wo er sich mit seinen Kameraden verkehrte, wo er Dinge tat, gute oder gute Dinge schlecht; Während sie, die arme, hübsche, unwissende Puppe, im frühen Kindesalter von ihm entführt und anschließend zurückgehalten wurde, gezwungen, die tragische Verantwortung einer Ehefrau und Mutter zu übernehmen, bevor sie alt genug war, um ihre schwierige Lage zu würdigen – welche Chance hatte sie? ? Heute sage ich Ihnen, es ist alles anders. Wir sind genauso gut gebildet wie ihr Männer – oft sogar besser. Wir haben entdeckt, dass wir intelligent denken können; wir denken. Auch wir gehen in die Welt hinaus; Auch wir machen Dinge. Und das Beste: Wir sehen mit einer neuen, klareren Vision. Und wir sehen bestimmte Dinge, für die ihr Menschen durch jahrhundertelangen Gebrauch und egoistisches, sorgloses Ringen um eure eigenen Ziele blind geworden seid. Wir sind in der Lage, mit der Klarheit der Wahrheit das richtige Verhältnis von Mann und Frau zu erkennen – ein gleichberechtigtes Verhältnis, mit gleichen Rechten für jeden, mit gleichen Ansprüchen aneinander, mit gleichen Pflichten zueinander in der Familie und in der Welt außerhalb des Hauses – Partner, die durch Liebe zusammengehalten werden."

„Meine Liebe", bemerkte Hamilton trocken, während seine Frau innehielt, „Sie haben eine herausragende Eigenschaft der modernen Frau ausgelassen: Sie ist in erster Linie eine Rednerin. Nun, Sie selbst sind eine weibliche Demosthenes – nichts weniger." Aber er gab seinen spöttischen Ton auf und fuhr fort: „Und was Sie also getan haben – das ist Ihre Vorstellung von Partnerschaft, nicht wahr?“

„Ja“, erklärte Cicily temperamentvoll. „Wenn ein Partner einen Fehler macht, ist es die Pflicht des anderen, die Dinge wieder in Ordnung zu bringen.“

„Indem du ihn ruinierst!“ rief der Ehemann in wildem Misstrauen.

„Habe ich dich ruiniert?“ In den bernsteinfarbenen Augen brannte eine Flamme der Empörung, und die geschwungenen Lippen waren verächtlich verzogen; aber in der Musik ihrer Stimme lag ein verhaltener Triumphklang. „Nein! Lassen Sie mich Ihnen etwas sagen: Diese Frauen sind bereits für Sie da. Sie helfen mir gegen ihre Ehemänner. Am Ende werden Sie gewinnen – trotz all des Schadens, den Sie heute mit Ihren anrichten wollten kolossale Fehler. Aber sie sind mir treu und werden dir um meinetwillen vergeben und dir den Sieg im Kampf bescheren … Warte nur ab!“

"Unsinn!" Hamilton spottete. Er betrachtete die Behauptungen seiner Frau lediglich als die Machenschaften eines extravaganten Enthusiasten. Sie war aufrichtig – umso mehr schade! – , aber sie wusste absolut nichts von den Problemen, in die sie sich so vergeblich verstrickte.

und skeptischen Haltung ihres Mannes , „dass du am Ende gewinnen wirst. Ja, das wirst du, denn es ist richtig: Das solltest du. Ich trage meinen Teil bei, nicht nur um.“ Helft euch; aber auch, weil es richtig ist. Wir schulden nicht nur uns selbst eine Pflicht, sondern auch diesen Menschen … Das müsst auch ihr einsehen!“

„Nun, das tue ich nicht“, beharrte Hamilton konsequent. Aber er zuckte unwillkürlich unter dem Ausdruck des Mitleids für seine Unwissenheit zusammen, der sich nun im Gesicht seiner Frau zeigte.

„Nun, es dient nur zur Veranschaulichung dessen, was ich gesagt habe“, fuhr Cicily mit einer Selbstgefälligkeit fort, die den Mann fast unerträglich verärgerte. „Die Frau hat heutzutage klarere Visionen. Darin unterscheiden wir uns von unseren lieben verstorbenen Großmüttern, sogar von unseren Müttern. Sie hatten ein persönliches Gewissen, das vor der Vorder- und Hintertür des Hauses stehen blieb. Wir Frauen von heute haben ein größeres Gewissen, das die größere Familie aufnimmt. Es ist ein soziales Gewissen, und das unterscheidet uns von den Frauen früherer Generationen. Verstehst du nicht, Charles, dass du und ich wirklich eine Art großer Bruder sind? und Schwester unserer Mitarbeiter? Also lasst uns ihnen helfen, auch wenn wir es gegen ihre eigenen irrtümlichen Widerstandsbemühungen tun müssen.“

„Natürlich“, schlug Hamilton immer noch höhnisch vor, „auch Morton und Carrington sind unsere lieben Brüder.“

Einen Moment lang war Cicily von der Frage verblüfft; Doch plötzlich empfing sie eine jener Eingebungen, auf die sie sich normalerweise verließ, um einer misslichen Lage zu entkommen.

„Oh ja, in der Tat", antwortete sie glücklich und strahlte ihren erstaunten Mann strahlend an, in erwartungsvoller Freude über ihre Schlagfertigkeit. „Sie sind unsere bösen Brüder, denen wir den Hintern versohlen müssen – hart!"

„Wenn eine Tracht Prügel nötig ist, kümmere ich mich selbst darum", erklärte Hamilton schroff.

„Oh, sehr gut", stimmte Cicily zu. „Aber Sie scheinen es derzeit nicht effektiv zu machen ... Sagen Sie mir, warum bezahlen sie die Männer dafür, dass sie im Streik bleiben?"

„Es muss sein, dass sie den Bruderschaftsanspruch anerkennen, von dem Sie so eloquent gesprochen haben." Die Stimme des Mannes war voller sarkastischer Empörung.

„Sehen Sie mal, Charles", entgegnete Cicily, wobei sich die Röte in ihren Wangen unter der Zurückweisung seiner leichtfertigen Antwort verstärkte. „Du weißt, warum sie es genauso gut machen wie ich. Es liegt einfach daran, dass sie dich unter Verschluss halten wollen, damit sie den Unabhängigen weiterhin 22 Cent pro Box in Rechnung stellen können."

„Nein", erklärte der Ehemann, trotz seines Willens dazu verleitet, kurz mit seiner Frau über das Geschäft zu sprechen, „das könnten sie ihnen sowieso in Rechnung stellen. Ich konnte mich nicht einmischen, weil sie mich mit einem Vertrag über elf Cent gebunden haben."

„Dann, wenn ich du wäre", argumentierte Cicily mit neuem Elan, „würde ich diesen Vertrag brechen. Ja, ich würde sofort aufmachen, den vollen Lohn zahlen und für fünfzehn Cent die Kiste an die Unabhängigen verkaufen. Sie" Ich würde schnell genug zu dir kommen.

„Brechen Sie einen Vertrag mit einem Trust!" Hamilton spottete. Er lachte laut über die Torheit dieser Idee, einer Katastrophe zu entkommen.

„Was sind Verträge, wenn die Männer hungern?" Die Frage kam mit einem Ernst, der dem Herzen der Frau mehr Ehre machte als dem Kopf.

„Wenn das nicht wie eine Frau ist!" Der Ton des Mannes war voller Abscheu. „Cicily, ich habe genug davon."

„Dann wirst du nicht kämpfen?" Ein energisches Kopfschütteln war die Antwort. „Du wirst den Männern nicht helfen?" Wieder die Geste der Ablehnung. „Du wirst überhaupt keine Bewegung machen?" Ein drittes Mal lehnte der Mann ihre Bitte stillschweigend ab. "Dann werde ich!" Cicily schloss trotzig. Sie lehnte sich in ihrem Stuhl zurück, verschränkte ihre schlanken Hände hinter dem Kopf und starrte zur Decke, mit der Miene einer Person, die alle Schwierigkeiten des Lebens auf angenehme Weise gelöst hat.

„Mein Gott, was willst du als nächstes tun?" fragte Hamilton in offener Besorgnis.

„Macht nichts, du wirst sehen", kam die lässige Antwort.

Die zufriedene Miene der Frau, gepaart mit ihrem selbstbewussten Ton, während sie sprach, stachelte den Mann zu einer Autoritätsbehauptung an.

„Das verlange ich, solange du in meinem Haus bist –"

Er wurde von der kalten Stimme seiner Frau unterbrochen. Sie wandte ihren Blick nicht von ihrer verträumten Betrachtung der Decke ab, noch änderte sie in irgendeiner Weise die Trägheit ihrer Haltung, die Gleichgültigkeit ihres Benehmens. Aber irgendwie war die Qualität ihrer Stimme beharrlich, und der sanfte, musikalische Ton brach bei seinem Vortrag mit einer subtilen Kraft ab, die ausreichte, um ihn gegen seinen Willen zu stoppen.

„Man kann nicht fordern", sagte Cicily ruhig. „Wir haben diese Beziehung vor drei Wochen beendet."

„Es ist wahr", antwortete Hamilton ruhiger, „dass Sie sich geweigert haben, mit mir als meiner Frau zusammenzuleben. Aber wenn Sie in meinem Haus bleiben wollen, muss ich darauf bestehen, dass Sie sich nicht in meine geschäftlichen Angelegenheiten einmischen." . Sonst werde ich gezwungen –"

Wieder hatten die sanft gesprochenen Worte aus den Lippen seiner Frau einen Zauber, der seine eigenen in Schach hielt und ihn dazu zwang, widerwillig zuzuhören.

„Du kannst mich nicht zwingen, Charles – aus dem einfachen Grund, weil ich nicht gehen werde. Nein, in der Tat! Ich bin mir ziemlich sicher, dass du, wenn du in einer vernünftigeren Stimmung darüber nachdenkst, davon überzeugt sein wirst, dass es gerade jetzt so ist Es wäre für Sie absolut nicht ratsam, Ihre Angelegenheiten durch einen öffentlichen Skandal noch weiter zu verkomplizieren. Deshalb sage ich Ihnen, dass ich nicht gehen werde. Ich werde hier bleiben, bis Sie aus diesem Schlamassel heraus sind. Da ich das Gefühl habe, dass es mir gehört Pflicht, ich werde es tun!"

„Oh Herr, wenn du ein Mann wärst –!" Hamilton würgte hilflos.

„Wenn ich ein Mann wäre", war das ruhige Fazit von Cicily, „würde ich wohl still sitzen und nichts tun, so wie du. Aber ich bin kein Mann, Gott sei Dank! … Das Einzige, was ich bedauere, ist." , du wirst meinen absolut guten Rat nicht befolgen.

„Dein Rat – oh, der Teufel!" Hamilton sprang von seinem Stuhl auf. Sein Gesicht war verstört, als er einen Moment lang dastand und in verblüffter Wut seine Frau anstarrte, die ihren Blick immer noch nachdenklich und zufrieden an die Decke richtete. Er ballte heftig die Hände und schüttelte sie in ohnmächtiger Wut. "Dein Rat!" wiederholte er mit einer Stimme, die einem Stöhnen nahekam. Dann wirbelte er herum und verließ mit heftigem Trampeln den Raum.

Cicily lauschte, bis sie hörte, wie die Tür der Bibliothek laut zuschlug. In der Zwischenzeit behielt sie ihre Haltung vollkommener Leichtigkeit bei. Doch als sie das Geräusch der sich schließenden Tür hörte, verwandelte sie sich plötzlich. Ihre Augen hingen müde herab. Sie kauerte im Stuhl wie jemand, der von Schwindel heimgesucht wurde. Die schlanken Hände lösten sich hinter ihrem Kopf und schlossen sich vor ihr Gesicht. Ihre Gestalt war zusammengebeugt und heftig geschüttelt. Es erklang gedämpftes Schluchzen.

Kapitel XVII

In den folgenden Tagen befand sich Cicily am Rande der Verzweiflung. Sie hatte die Hoffnung auf Erfolg ihres Mannes auf einen wiederhergestellten Einfluss bei den Frauen der Streikführer gesetzt. Sie war zuversichtlich gewesen, dass sie den Sieg erringen würde, wenn sie für sie kämpften. Sie hatte nicht daran gezweifelt, dass diese Frauen die Männer nach ihrem Willen formen konnten. Nun hatte sie jedoch den Glauben an die Wirksamkeit dieser Methode weitgehend verloren. Sie hatte gesehen und gehört, wie diese Ehemänner sich offen ihrer Frau widersetzten. Auch sie waren hartnäckig davon überzeugt, dass Frauen sich nicht in geschäftliche Angelegenheiten einmischen sollten. Sie erkannte, dass sie einen der greifbarsten und mächtigsten Faktoren im menschlichen Leben bekämpfte, den Stolz des Mannes auf seine Herrschaft über die Frau – eine erbliche Veranlagung, eine Sache des natürlichen Instinkts, der sich den Darbietungen als letztes und widerstandsfähigstes unterwerfen wollte der Vernunft. Die resolute Art und Weise, mit der ihr Mann an seinem Vorrecht der Alleinherrschaft festhielt, war lediglich typisch. Diese anderen Männer einer bescheideneren Klasse waren ihm ähnlich. Offensichtlich musste sie sich also eine andere Strategie ausdenken, wenn sie ihren Mann aus der Grube retten wollte, die er sich selbst gegraben hatte , indem er den fadenscheinigen Prozessen von Morton und Carrington nachgab. Dennoch konnte sie sich keinen Plan vorstellen, der Erfolg versprach ... Sie wurde dünner, so dass ihre Lieblichkeit eine ätherische Qualität annahm. Ihre Nächte waren nahezu schlaflos; Ihre Tage wurden zu langen Stunden quälender Angst.

Eines späten Nachmittags saß sie in ihrem Boudoir und dachte immer noch über das Scheitern ihrer Pläne nach. Sie hatte sich zum Ausgehen angezogen; Doch im letzten Moment überkam sie eine Welle der Entmutigung, und sie ließ sich auf ein Sofa sinken, mit dem düsteren Gefühl, dass jede Anstrengung völlig nutzlos sei. Sie wurde aus ihren morbiden Gedanken gerissen, als ein Diener eintrat und die Anwesenheit von Mr. Morton und Mr. Carrington im Salon ankündigte, die bei Mr. Hamilton vorbeigekommen waren. In reiner Verzweiflung und ohne genaue Vorstellung von ihrem weiteren Vorgehen beschloss Cicily, diese Anrufer zu befragen, da ihr Mann noch nicht nach Hause zurückgekehrt war. Deshalb bat sie den Diener, den Herren mitzuteilen, dass Mr. Hamilton sehr bald zurückkehren würde und dass sie ihnen in der Zwischenzeit gerne eine Tasse Tee servieren würde. Sobald die Dienerin das Zimmer verlassen hatte, betrachtete sie sich eingehend im Spiegel, korrigierte die Fülle ihres goldbraunen Haares, kniff ihre blassen Karos zusammen, bis darin Rosen wuchsen, beobachtete, dass ihr Rock richtig hing, und senkte sich dann in den Salon, den sie mit einer Miene lächelnder Gastfreundschaft, strahlender Lieblichkeit, strahlender

Jugend betrat, die darauf ausgelegt war, selbst die strengsten Männer von ihrer gewohnten Diskretion abzubringen.

Die beiden Herren standen auf, um sie voller Freude zu begrüßen. Tatsächlich genossen sie den Charme, den die schöne junge Frau ausstrahlte, aber darüber hinaus freuten sie sich über die Gelegenheit, aus ihrer Nachlässigkeit einige Informationen zu gewinnen, die die Zurückhaltung ihres Mannes sicherlich vorenthalten hätte. Mit bewusster Andeutung redete Morton sie herzlich mit „Mrs. Partner" an und erinnerte dabei an ein früheres Interview, in dem sie sich so erklärt hatte. Aber es war Carrington, der, nachdem die drei Platz genommen hatten und während er auf die Teeausrüstung wartete, es wagte, das Thema seiner Wünsche direkt anzusprechen, indem er fragte, wie das Geschäft lief.

„Oh, das Geschäft boomt!" Cicily antwortete mit einer solchen Begeisterung, dass es ihre Zuhörer völlig täuschte. Sie stießen unwillkürlich überraschte Ausrufe aus, schafften es jedoch, von weiteren offenen Äußerungen des Staunens Abstand zu nehmen. "Oh ja in der Tat!" Cicily fuhr fort und folgte blind einem Instinkt der Ausflüchte, der plötzlich in ihrem Gehirn geboren worden war. „Ist es nicht großartig? Wir haben gerade heute unseren Streik beendet." Sie starrte Carrington aufmerksam mit funkelnden Augen an. Es erfüllte sie mit heimlicher Freude, den Ausdruck der Bestürzung auf dem Gesicht dieses Herrn zu sehen; und sie konnte der Versuchung nicht widerstehen, boshaft hinzuzufügen, obwohl sie ihre Stimme verbarg: „Ich weiß, dass Sie sich für uns freuen, Mr. Carrington. Ich kann es nur an einem Blick auf Sie erkennen."

„Ähm – oh – ja, natürlich", stammelte Carrington hastig, während er versuchte, schief zu lächeln. Er zog sein Taschentuch aus der Tasche und wischte sich die Stirn.

„Ja, in der Tat; wir sind beide begeistert", fügte Morton schnell hinzu, um die allzu offensichtliche Verwirrung seines Partners zu überdecken.

„Ah", fuhr Cicily schadenfroh fort und drehte unermüdlich das Eisen in der Wunde, „es gibt dir bestimmt ein gutes Gefühl, wenn du einen Schlag gewinnst, nicht wahr? Neben einer Ostermütze denke ich, dass es ein gutes Gefühl ist, einen Schlag zu gewinnen." die größte Sensation!"

„Du hast also wirklich gewonnen?" erkundigte sich Morton halb misstrauisch.

"Oh ja!" versicherte ihm Cicily mit einem Tonfall absoluter Aufrichtigkeit. Dann änderte sich plötzlich ihr Gesichtsausdruck in einen Ausdruck der Besorgnis, gemischt mit Schmeicheleien. „Aber bitte, Mr. Morton", flehte sie, „Sie werden nichts dazu sagen, oder? Charles möchte es aus irgendeinem Grund noch nicht bekannt geben."

„Nein, ganz bestimmt nicht, Mrs. Hamilton", versicherte ihr Morton. „Wir werden nichts davon erzählen."

"Vielen Dank!" war die dankbare Antwort; und Cicily verblüffte die verwirrten Herren mit der Brillanz ihres Lächelns. „Weißt du", fuhr sie traurig fort, „Charles hat mich so beschimpft, nachdem du das letzte Mal hier warst, als ich mit dir gesprochen habe. Er hat mich wirklich fürchterlich beschimpft, weil ich so viel geredet habe ... Es hat überhaupt nichts genützt." dass ich ihm gesagt habe, dass ich nichts gesagt habe. Aber ich habe doch nichts gesagt, oder?" Sie stellte die Frage mit der naiven Miene eines unschuldigen Kindes, die die beiden Männer völlig beeindruckte.

„In der Tat, das hast du nicht!" erklärte Morton mit großer Herzlichkeit, während er Carrington einen wachsamen Blick zuwarf. „Also, für eine Geschäftsfrau hielt ich Sie für ein Musterbeispiel an Diskretion, Mrs. Hamilton. Und das galt auch für Carrington – was, Carrington?"

"Genau!" Carrington stimmte auf Drängen seines Herrn zu. „Wenn alle Geschäftsfrauen wie Mrs. Hamilton hier wären, wäre das Geschäft nicht so schwierig."

Cicily spürte das höhnische Grinsen in den Worten, aber sie hielt es für klug, jeglichen Groll zu verbergen. Im Gegenteil, sie nahm eine heuchlerische und triumphierende Miene an.

„Gut! Das werde ich Charles erzählen", erklärte sie freudig. „Sie wissen, dass er ein so schrecklich misstrauischer Mensch ist, dass er niemandem vertraut." Wieder einmal wandte sie sich mit einem verführerischen Lächeln an Morton. „Natürlich sollte er sehr froh sein, Ihnen, dem ältesten Freund seines Vaters, zu vertrauen."

„Ich hoffe, dass du ihm das gesagt hast", antwortete Morton primitiv, auch wenn es ihm schwerfiel, laut über die Naivität dieser indiskreten jungen Frau zu lachen.

Cicily behielt ihre Maske der Arglosigkeit bei.

„Ja, das habe ich tatsächlich!... Er sagte, das sei der Grund, warum er dir nicht vertraute."

Morton hielt es für angebracht, das recht heikle Thema zu wechseln.

„Es muss eine große Genugtuung sein, dass Sie diesen Streik endlich gewonnen haben", bemerkte er etwas albern.

„Natürlich ist es das“, stimmte Cicily mit einer Erneuerung ihrer früheren Begeisterung zu. „Oh, ich bin so froh, denn jetzt können wir unseren Männern ihren alten Lohn zahlen! So haben wir den Streik gewonnen, wissen Sie“, fuhr sie mit einer bewundernswert vorgetäuschten Einfachheit fort; „Einfach, indem wir ihnen nachgaben. Wir mussten ihnen nur geben, was sie wollten, und schon war alles sofort geregelt.“

"Hm!" Morton räusperte sich, um das Lachen zu verbergen, das auf ihn zukommen würde. „Ja. Ich habe viele Schläge erlebt, die auf die gleiche Weise gewonnen wurden.“

Carrington, der mit verwirrtem Gesicht nachgedacht hatte, äußerte nun seine Schwierigkeiten.

„Um mein Leben zu retten“, rief er Morton zu, „ich sehe nicht ein, wie Hamilton den alten Lohn bezahlen und Kisten für elf Cent ausliefern kann. Ich könnte es nicht tun!“

„Na ja, das ist es eben“, erklärte Cicily unbekümmert, noch immer ihrer Inspiration mit blindem Glauben folgend. „Wir liefern keine Kartons für elf Cent.“

Bei dieser erstaunlichen Aussage blickten die beiden Männer ihre Gastgeberin zunächst völlig verwundert an, dann starrten sie einander an, als suchten sie nach einem Hinweis auf das Geheimnis in ihren Worten. Der Auftritt eines Dienstmädchens mit dem Teetablett sorgte für kurze Ablenkung, als Cicily aufstand und sich an den Tisch setzte, wo sie sich damit beschäftigte, die drei Tassen zuzubereiten. Als dies geschehen war und die Gäste jeder seine Portion erhalten hatten, kehrte Carrington sofort zu der Ankündigung zurück, die ihn so verwirrt hatte.

„Sie sagen, Sie liefern keine Kartons für elf Cent?“ sagte er zögernd.

„Nein“, antwortete Cicily ernst, ohne das geringste Zögern; „Wir werden mit fünfzehn an die Unabhängigen verkaufen. Wir sind jetzt bei ihnen eingestiegen.“ Sie empfand eine grimmige, heimliche Freude, als sie die unverkennbare Verwirrung beobachtete, mit der ihre Nachricht von den beiden Männern vor ihr aufgenommen wurde.

„Du sagst, du bist mit den Unabhängigen mitgegangen?“ wiederholte Carrington hilflos. Sein Mund stand offen, als Zeichen der Aufregung in seinem Verstand, während er auf ihre Antwort wartete.

"Ja das ist es!" wiederholte sich zynisch, mit einem Ton übertriebener Freude über das Ereignis. „Oh, es macht mich wirklich glücklich, denn jetzt können wir alle wirklich freundschaftlich miteinander umgehen. Wir sind keine Konkurrenten mehr ."

Aber jetzt überwand Mortons Temperament endlich seine Vorsicht. Er wandte sich mit einem Stirnrunzeln zu Carrington, das seinen Satelliten zum Beben brachte; Aber die Grausamkeit galt nicht diesem elenden Opfer seiner Machenschaften: Es war zweifellos Hamilton, der den Enthüllungen seiner Frau zufolge es wagte, sich gegen den Trust zu stellen, indem er seine Verträge mit ihm brach.

„Wir werden mit Meyers darüber sprechen", erklärte Morton wütend. „Also würde er doch zu den Unabhängigen gehen, oder? Nun, lass ihn es mal anprobieren – das ist alles!"

Cicily starrte von einem zum anderen der beiden Männer, ihre goldenen Augen weit aufgerissen und ängstlich.

„Oh", stammelte sie nervös, „habe ich – habe ich etwas gesagt? ... Oh mein Gott, Charles wird so wütend sein!"

Sie behielt ihre Haltung und ihren Gesichtsausdruck akuter Verzweiflung bei, während die beiden Männer aufstanden und sehr grob, ohne ein Wort der Entschuldigung gegenüber ihrer Gastgeberin, zum anderen Ende des Salons gingen, wo sie außer Hörweite waren. Aber in dem Moment, als sie sich abwandten, legte die sprunghafte junge Frau ihre gespielte Angst ab und rümpfte in allerbester Stimmung frech die Nase über die verstörten beiden ... Und solange sie sich miteinander berieten Da sie keine Augen für sie hatte, saß sie wachsam aufrecht da und lächelte vor sich hin, als wäre sie über den Lauf der Dinge höchst erfreut.

„Wenn Charles nur nicht schon wieder alles vermasselt!" sie murmelte.

Kapitel XVIII

Morton und Carrington beendeten gerade ihre gedämpfte, aber sehr lebhafte Besprechung am Ende des Salons, als ihre Aufmerksamkeit zusammen mit der von Cicily durch ein Geräusch an der Tür auf sich gezogen wurde. Alle drei blickten auf und sahen, wie Hamilton den Raum betrat. Hinter ihm kam Delancy. Auf eine warnende Geste seiner Frau hin drehte sich Hamilton um und sah seine beiden Geschäftsgegner.

„Na ja, ich wusste nicht, dass Sie hier sind", rief er mit einem deutlichen Zeichen der Herzlichkeit aus, als er näher kam und den Besuchern die Hand schüttelte. Delancy begnügte sich damit, sich nacheinander vor jedem zu verneigen, ging dann zu Cicily und bat um eine Tasse Tee. Während der wenigen Momente, die Cicily damit verbrachte, diese Gastfreundschaft anzubieten, flüsterte Cicily schnell etwas mit dem alten Herrn, der über ihre Worte mächtig zu erschrecken schien.

„Mrs. Hamilton hat uns wieder einmal bewirtet", bemerkte Morton in ätzendem Ton zu seinem Gastgeber. „Wirklich, sie war viel interessanter als zuvor."

Bei dieser Aussage rutschte Hamilton unruhig hin und her. Er warf seiner Frau einen empörten Blick zu und fragte sich düster, was für ein neues Durcheinander ihre mangelnde Zurückhaltung ausgelöst hatte.

„Oh, du brauchst mich nicht so anzusehen", wandte Cicily schmollend ein. „Ich habe dieses Mal auch nichts gesagt. Ich habe ihnen nur erzählt, dass wir den Streik gewonnen haben, und –"

"Was!" Hamilton brachte das Wort wie einen Pistolenschuss zum Vorschein.

„Sicherlich hättest du nichts dagegen, wenn ich ihnen das erzähle", sagte Cicily mit verdächtig zurückhaltender Stimme. „Und das ist alles, was ich ihnen gesagt habe, außer –"

„Außer was?" Hamilton schrie förmlich.

„Na ja, abgesehen von den Verträgen, die Arbeit für die Unabhängigen für fünfzehn Cent zu erledigen – das ist alles."

„Du – du hast ihnen das gesagt!" Der verblüffte Ehemann schnappte nach Luft. Er wirbelte zu Morton herum. „Ja, es ist nicht so, Mr. Morton – kein Wort davon! Sie müssen sich darüber im Klaren sein, dass es nicht so ist – dass es nicht so sein kann."

Morton war jedoch nicht von der Ernsthaftigkeit der Ablehnung durch den jungen Mann überzeugt. Stattdessen musterte er seinen Gastgeber von oben bis unten mit einem spöttischen Blick, der unendlich ärgerlich war.

„Ich sehe", sagte er barsch, „dass du genauso bist wie dein Vater vor dir. Er könnte immer einen Weg finden, seine Ziele zu erreichen, ohne allzu sehr von Skrupeln geplagt zu sein. Nur hätte er es nie geschafft." vertraute seine Geschäftsgeheimnisse einer Frau an.

Hamilton blickte seine Frau vorwurfsvoll an.

„Cicily", rief er flehend, „ich möchte, dass Sie Mr. Morton sagen –"

Aber diese einfallsreiche Frau unterbrach ihn. Ihr Gesicht zeigte ein schockiertes Erstaunen, als sie schnell sprach:

„Charles, meinst du, dass du willst, dass ich –?" Sie beendete den Satz nicht; aber die Schlussfolgerung war so klar, dass Morton nicht zögerte, sie zu nutzen.

„Der Versuch, deine Frau dazu zu bringen, für dich zu lügen, wird nichts nützen, Hamilton", riet er unangenehm.

Aber wenn Hamilton zuvor verwirrt gewesen war, war er jetzt plötzlich benommen über das unerklärliche Verhalten von Delancy, der flink vom Teetisch auftrat, Hamilton am Arm packte und ihn ein wenig auseinanderzog. Er sprach hastig, mit leiser Stimme, aber absichtlich so hoch, dass Morton ihn mithören konnte.

„Das nützt nichts, mein Junge", erklärte er warnend. „Sehen Sie, Tatsache ist, dass Sie erwischt werden – mit der Ware erwischt, wie die Polizei sagt. Und wenn Sie mit der Ware erwischt werden, verschwenden Sie keine Zeit mit Lügen. Das macht einen schlechten Eindruck." Geschäft schlimmer, das ist alles. Nachdem er seinem staunenden Neffen diese außergewöhnlichen Ratschläge gegeben hatte, wandte sich der alte Herr unbekümmert an den brodelnden Morton. „Nun, was wirst du dagegen tun?" fragte er gelassen.

Morton, außer sich vor Wut über die Tricks, die seiner Meinung nach gegen ihn unternommen worden waren, machte in dieser Notlage keinen Anschein von Höflichkeit. In seiner Rachsucht sprach er mit einer Offenheit, die für ihn im Geschäftsverkehr ungewöhnlich war.

"Tun?" er krächzte. „Ich zeige dir ganz schnell, was ich tun werde! Du scheinst zu vergessen, Hamilton, dass wir einen Vertrag mit dir haben. Du bist mit uns übereingekommen, deine ganze Arbeit für elf Cent pro Karton für uns auszugeben."

Hamilton hätte gegen jeden Zweck, sich seinen Verpflichtungen zu entziehen, heftig protestiert; doch Delancy brachte den jungen Mann durch eine gebieterische Geste zum Schweigen und nahm es sich zur Aufgabe, zu antworten, wobei er sich an die geflüsterten Anweisungen seiner Nichte erinnerte. Er sprach Morton auf eine herablassende Weise an, die für diese wichtige Persönlichkeit unsagbar ärgerlich war.

„Ich habe noch nie von einem solchen Vertrag gehört", erklärte er milde, „und ich habe auch ein bisschen Geld in die Anlage investiert ... Hat er einen, Charles?"

„Er hat eine verbale", antwortete Hamilton, der über den Fortgang der Dinge immer verwirrter wurde. „Er würde keine schriftliche Antwort geben."

„Huh! Eine mündliche Vereinbarung!" Delancy schniefte. „Nun, Morton, darf ich fragen, wie Sie vorgehen werden, um diese mündliche Vereinbarung zu beweisen?"

„Wir werden zeigen, dass er die Arbeit zu diesem Preis erledigt hat", lautete die aggressive Antwort. „Das wird genügen."

„Sehr gut", sagte Delancy richterlich. „Nur, Morton, ich wage vorauszusagen, dass Sie Ihren mündlichen Vertrag nicht beweisen können – auf keinen Fall … Wer war bei Ihnen, als diese mündliche Vereinbarung zwischen Ihnen und Hamilton getroffen wurde, wie Sie behaupten? ?"

Carrington, der über den Verlauf der Dinge fast genauso verwirrt gewesen war wie Hamilton, erkannte nun etwas, das definitiv in seinem eigenen Wissen lag.

„Mr. Morton und ich waren zusammen", versicherte er.

„Und Sie haben also die beiden Hamilton-Partner kennengelernt?" fragte Delancy.

Sowohl Morton als auch Carrington bestritten, dass die Frau bei dem Interview anwesend gewesen sei.

„Ich habe den Verdacht", fuhr Delancy unbeirrt fort, „dass Mrs. Hamilton hier durchaus bereit wäre, in den Zeugenstand zu gehen und zu schwören, dass sie bei dem Interview mit ihrem Mann anwesend war, auf das Sie sich bezogen haben. Von etwas, das sie zugelassen hat." fallen Sie mir ein, ich habe einen sehr starken Eindruck davon. Im Ton des alten Herrn lag eine Launenhaftigkeit, die niemand außer seiner Nichte bemerkte.

„Aber ich sage dir", schrie Carrington, „sie war nicht da!"

„Ich verstehe kaum, was das damit zu tun hat", warf Cicily träge von ihrem Platz am Teetisch aus ein. „Ich erinnere mich noch ganz genau an alles." Es gab einen unterdrückten Ausruf von Morton, der fast profan klang; Carringtons Augen waren weit aufgerissen, als er seine Gastgeberin anstarrte. „Ja", fuhr sie fort, wobei ihre musikalische Stimme in ihren Modulationen sanft beiläufig war, „ich erinnere mich so gut daran, weil es am Tag danach war – nach – ach ja, nach irgendetwas! Ich werde mich gleich an was erinnern. Und ich trug-"

„Das ist egal", unterbrach Delancy. „Es spielt keine Rolle, was du trägst oder ob du etwas trägst oder nicht."

„Onkel Jim", rief Cicily entsetzt. Bei dieser Gelegenheit war die Emotion in ihrer Stimme völlig echt.

Aber Delancy war in kämpferischer Stimmung und begierig darauf, den Kampf fortzusetzen, zu dem ihn die geflüsterten Anweisungen seiner Nichte unwillkürlich geführt hatten.

„Morton", erkundigte er sich forsch, „haben Sie die jüngsten Entscheidungen Bischoffs zu unfairen Verträgen gelesen?" Dann, während der andere mürrisch verneinend den Kopf schüttelte, fuhr der alte Herr selbstgefällig fort: „Nun, ich habe – jedes Wort! Übrigens war das letzte Wort gegen mich selbst, also zeigte ich natürlich ein ziemlich großes Interesse. Vor allem, wie das Berufungsgericht es gerade bestätigt hat... Es kommt also vor, dass ich weiß, wovon ich spreche."

„Wenn du einen Kampf willst, wirst du ihn bekommen – mehr als du willst, schätze ich", knurrte Morton. „Wir senken den Preis auf neun Cent und machen Sie kaputt."

„Sie könnten Ihren Preis genauso gut auf acht Cent senken, wenn Sie schon dabei sind", erwiderte Delancy lachend. „Sehen Sie, Ihr Preis wird für uns eigentlich keine Rolle spielen, da wir einen fairen – beachten Sie bitte, dass ich fair gesagt habe – Vertrag über fünfzehn Cent für fünf Jahre haben, mit dem Privileg der Verlängerung zu den gleichen Bedingungen. Oh , ja, reduzieren Sie Ihren Preis auf jeden Fall auf acht Cent!"

Carringtons Gesicht wurde purpurrot, als er die freudigen Ankündigungen vom Erfolg seines Rivalen hörte, und Morton verriet Anzeichen einer verzehrenden Angst.

„Haben Sie einen solchen Vertrag?" fragte er milder, als er bisher gesprochen hatte.

Delancy drehte sich zu Hamilton um und stellte die Frage unverblümt.

„Haben wir, Charles?" Von dem abwesenden jungen Mann kam keine Antwort, nur ein sardonisches Gelächter. Es schien ihm klar, dass alle gemeinsam verrückt geworden waren. Dann richtete der alte Herr die Frage schnell an seine Nichte. „Haben wir, Frau Partner?"

„Darauf können Sie wetten!" Cicily antwortete sofort, unelegant, aber mit überzeugendem Nachdruck.

Ein schwacher Lichtstrahl drang in die geistige Dunkelheit von Hamilton ein. Unter diesem Einfluss wandte er sich halb spöttisch an Morton:

„Glauben Sie, dass irgendein Mann den Mut hätte, bei einer solchen Sache zu bluffen?" In seinen Gedanken lag eine starke Betonung auf dem Wort „Mensch", aber er vermied es sorgfältig, es im gesprochenen Wort erscheinen zu lassen.

Es folgte eine lange und erbitterte Debatte unter den Männern, der Cicily mit einer Miene halb amüsierter, halb gelangweilter Toleranz zuhörte. Sie war tatsächlich ganz außer sich vor Freude über ihre Inspiration, die nach so langem Warten endlich gekommen war. Sie war instinktiv davon überzeugt, dass ihre List den Kampf um den Erfolg ihres Mannes gewinnen würde. Sie braucht sich keine Sorgen mehr über die Machtlosigkeit ihrer Verbündeten zu machen, die Ehemänner ihrem Willen zu unterwerfen. Von nun an würde sie die Freundschaft dieser würdigen Frauen aufrechterhalten, jedoch ohne ein anderes Ziel als ihr eigenes Wohlergehen. Es erschien ihr viel passender, dass der Triumph aus der Täuschung dieser Männer resultierte, die die Feinde ihres Mannes waren und ihn durch ihre Pläne ruiniert hätten, wenn sie nicht in die List einer Frau eingegriffen hätte, wo sich die gepriesene Klugheit des Mannes als völlig schuldig erwiesen hatte . Die Aufrichtigkeit ihres Glaubens hatte in einer Minute ausgereicht, um die Mitarbeit von Onkel Jim zu gewinnen, dem entschiedensten Gegner der Einmischung der Frau in Geschäftsangelegenheiten. Er hatte ihrem Vorschlag am Teetisch zugehört, zunächst mit verächtlichem Missfallen darüber, dass sie eine Meinung irgendeiner Art zu geschäftlichen Themen gewagt hatte. Dann, als er den Sinn ihres Plans begriff, hatte ihn sein Instinkt für Finesse dazu gebracht, ihn ungestüm zu ergreifen und sofort in die Tat umzusetzen ... Sicherlich, dachte Cicily, da Onkel Jim überzeugt war, blieb nur noch das übrig Sie arbeitete bis ins kleinste Detail, um einen glorreichen Sieg zu sichern – ihren Sieg für Charles!

Sie schreckte alarmiert aus ihrer Gedankenlosigkeit auf, als sie hörte, wie Morton trotzig aufschrie.

„Ich sage Ihnen " , sagte er hitzig, „diese unabhängigen Leute haben Verträge mit uns. Ihr ganzes Komplott ist einfach nur verdammter Unsinn – ich bitte um Verzeihung, Mrs. Hamilton." Der wütende Kapitalist errötete vor neuer Verärgerung, denn er war sehr stolz auf die Eleganz seiner Manieren, und es entsetzte ihn, dass er sich selbst so weit vergessen hatte, dass er in Gegenwart einer Dame schwörte. „Aber sie haben sowieso keinen Platz im Geschäft!" dachte er tröstend bei sich.

„Oh, erwähne es nicht!" Cicily antwortete mit einer Miene der Unbekümmertheit. Sie dachte amüsiert darüber nach, wie viel größer, als der Täter wusste, seine Unhöflichkeit sich selbst gegenüber war, da sie die Urheberin dieser „verdammten Dummheit" war, auf die er so gefühlvoll hingewiesen hatte.

Aber Delancy hatte keine Zeit, sich mit den Feinheiten der Etikette zu beschäftigen.

„Oh nein, Morton!" er spottete. „Johnson von den Unabhängigen hat mir erzählt, dass Sie ihnen nie Verträge gegeben haben, außer für jedes einzelne Los. Sehen Sie, so sind wir an den Deal gekommen."

„Ja, so sind wir reingekommen", wiederholte Cicily mit sanftem Murmeln. In ihrer Stimme lag eine unendliche Zufriedenheit.

„Wir werden dafür sorgen, dass sie mit dir brechen", schrie Carrington rau.

"Probier es einfach!" spottete Hamilton, der sich schließlich auf dieses verrückte Abenteuer voller Schikanen einließ.

„Ich habe handelbare Wertpapiere im Wert von fünf Millionen ", fügte Delancy hinzu. „Ich bin bereit, jeden Penny dafür auszugeben, dich zu ‚zerschlagen', wenn du es versuchst."

Hamilton nahm nun den Streit mit einem Geist auf, der die zuhörende Frau entzückte. Es war für sie offensichtlich, dass er die Bedeutung ihrer Täuschung erkannt hatte und sie mit Begeisterung nach besten Kräften weiterverfolgte.

„Also", sagte er zu Morton, „du denkst, dass du die Unabhängigen dazu bringen kannst, uns zu verlassen! Nun, deinen Fehler wirst du gleich merken. Glaubst du auch nur für eine Minute, dass sie uns übergehen werden, wenn wir eine Messe anbieten?" Vertrag über fünfzehn Cent, um mit Ihnen zu verhandeln, nachdem Sie gerade den Preis auf zweiundzwanzig erhöht haben? Unsinn!"

Morton hob eine gebieterisch zurückhaltende Hand, als Carrington gerade dabei war, eine Drohung von sich zu geben. Plötzlich nahm der diplomatische Mann seine anmutige, höfliche Haltung wieder an; und seine Stimme war angenehm moduliert, als er sprach:

„Meine Herren, es scheint mir, dass wir unnötig viel streiten. Nun wissen Sie beide, dass ich den alten Charley Hamilton immer gemocht habe. Nun, ich freue mich tatsächlich, das zu entdecken Sein Sohn hier verfügt über die gleichen geschäftlichen Fähigkeiten. Also, mein Junge, warum solltest du nicht zu uns kommen? Bei uns gibt es reichlich Zukunft für Köpfchen ... Natürlich sage ich das unter der Annahme, dass alles ist genau so, wie Sie es dargestellt haben. Die kalte Vorsicht des Geschäftsmannes kam im Schlusssatz zum Ausdruck.

„Machen Sie einen Vorschlag", wies Hamilton knapp an.

„Nun", antwortete Morton mit nachdenklicher Überlegung, „wir könnten für, sagen wir, zweihundertfünfzigtausend eine Mehrheitsbeteiligung an Ihrer Fabrik übernehmen."

„So ein Angebot ist nur ein Witz", war Hamiltons verächtliche Erwiderung.

„Was meinst du, ist es wert?"

„Konservativ gesehen eine Million."

„Oh, absurd!" rief Morton vorwurfsvoll aus; aber seine Stimme behielt ihre angenehme Qualität. „Mein Gott! Die Jugend ist so voreilig! Nun, mein Junge, die Wahrheit ist, dass du weißt, dass deine Fabrik nicht so viel wert ist."

„Ich vermute, dass Sie fünf fette Jahre mit voraussichtlichen Gewinnen vergessen haben." Bei dieser Anspielung ertönte ein Stöhnen von Carrington, und Mortons Gesicht verlor für einen Moment seine schmeichelnde Liebenswürdigkeit. Aber das Unbehagen des Letzteren war, wenn man dem Aussehen nach urteilen darf, von kürzester Zeit.

„Ist eine Million Ihr niedrigster Wert?" er forderte an. Als der Eigentümer seine Frage mit einem zustimmenden Nicken beantwortete, fügte er hinzu: „Und zu Ihrem Angebot gehört eine 60-Tage-Option?"

Hamilton hatte jedoch andere Bedingungen zu stellen.

„Wenn Sie die Kontrolle übernehmen", fragte er, „bleibe ich dann als Präsident und Manager verantwortlich? Das muss ich festlegen."

„Na ja", stimmte Morton gnädig zu, „das Gehirn, das diesen Deal zustande bringen könnte, sollte uns von Nutzen sein ... Alles klar, mein Junge."

Bei dieser letzten Aussage des Magnaten konnte sich Cicily ein gedämpftes Gelächter nicht verkneifen. „Das Gehirn, das diesen Deal durchziehen konnte" – oh, großartig! Wer würde es jetzt wagen zu leugnen, dass sie wirklich eine Partnerin war, eine Partnerin, die sich lohnte ? ... Dann drängte ihre Inspiration sie erneut weiter. Sie war von fieberhafter Ungeduld erfüllt, während die vier Männer mühsam über ihren Abschied trödelten. Als die Besucher endlich sicher das Haus verlassen hatten, stürzte sich die junge Frau wie ein Wirbelwind auf Delancy. Sie konnte noch kein Wort über Hamilton verlieren.

"Schnell schnell!" sie befahl. Das Rot in ihren Wangen war so intensiv wie seit Wochen nicht mehr; ihre Augen sprühten vor Eifer; Ihre zarten Finger umklammerten den Arm des alten Herrn so fest, dass er vor Schmerz zusammenzuckte.

„Äh, was?" forderte er, verwirrt von der Heftigkeit ihres Angriffs.

„Oh, beeil dich, Onkel Jim!" Cicily weinte. „Das Telefon – Johnson!"

„Mein Gott, ja!“ rief Delancy, der sich sofort der Notwendigkeit der Situation bewusst wurde, während Hamilton die beiden Verschwörer ausdruckslos anstarrte. „Das sollte ich sagen! Ich muss Johnson erreichen.“

„Ich bin mir sicher, dass er inzwischen am Telefon ist“, verkündete Cicily. „Während Sie diese Männer losgeworden sind, habe ich Watson geschickt, um ihn anzurufen.“

„Bully, Cicily!“ schrie Hamilton in unbändiger Begeisterung. Zum ersten Mal hatte er die Geschäftsfähigkeit seiner Frau ehrlich gelobt, und die Seele der Frau war von einem glorreichen Triumph erfüllt.

Delancy war bereits auf dem Weg zum Telefon im Flur. Aber er drehte sich um, um seine Meinung zu sagen:

„Warum zum Teufel hat deine Tante Emma nicht solche Ideen?“, fragte er verärgert. „praktische Ideen?“

„Vielleicht hat sie das“, antwortete Cicily vorwurfsvoll. „Aber du würdest nie zuhören.“ Außer einem unverständlichen Grunzen des alten Herrn kam keine Antwort.

„Beeil dich! Onkel Jim!“ Hamilton drängte seinerseits. „Und geben Sie Ihr Bestes. Wenn Johnson bei uns ist, wird der Deal zustande kommen. Er hat sein Wort nie gebrochen und kontrolliert die Unabhängigen.“

„Ja, Junge“, rief Delancy über seine Schulter, als er durch die Tür verschwand, „wenn er bei uns ist, gewinnen wir – deine Frau!“

„Jedenfalls“, sagte Hamilton im Selbstgespräch, „gewinnen oder verlieren, es ist ein großartiges Spiel!“

Dann drehte er sich zu seiner Frau um, mit Augen, in denen Erstaunen mit Bewunderung wetteiferte.

KAPITEL XIX

Unter dem aufmerksamen Blick ihres Mannes verspürte Cicily einen Anflug von Verlegenheit. Um ihre Gefühle zu verbergen, drehte sie sich um und setzte sich auf einen Stuhl, wo sie sich in einer Haltung entspannte, die so lustlos und gleichgültig war, wie sie sich in diesem Moment angenehmer Aufregung nur vorstellen konnte.

Jetzt erkannte sie tatsächlich, dass der Moment nahe war, in dem sie die Wertschätzung dieses Mannes rehabilitieren würde. Es war ihr Gehirn, das die List entwickelt hatte, mit der seine Feinde besiegt werden sollten. Delancy und Hamilton hatten vielleicht immer noch Zweifel am Ausgang der Affäre, aber sie hatte keine. Ihr Instinkt, der sie so geschickt bis hierher geführt hatte, versicherte ihr nun, dass der Sieg gesichert war. Es muss also sein, dass der Ehemann, der ihre Ansprüche und Ansprüche so nachsichtig behandelt hatte, von nun an ihren Wert anerkennen würde. Er war den Umständen hilflos ausgeliefert und die Flut der Katastrophe drohte ihn zu überwältigen. Sie hatte ihn aus dem Strudel geholt und sicher ans Ufer gebracht. Sie hatte sich in der Rolle der Frau Partnerin aufs edelste gerechtfertigt ... Dies war ihre Stunde höchster Freude. Die Müdigkeitsfalten waren wie von Zauberhand aus dem schönen Gesicht verschwunden; ihre Augen waren glücklich und strahlten in klarer Zufriedenheit; Ihre scharlachroten Lippen waren zu einem Lächeln der Freude geformt, und ein Grübchen breitete sich daraus aus und warf einen winzigen Schatten in das blasse Oval ihrer Wange.

Was Hamilton betrifft, so befand sich dieser junge Geschäftsmann in einem Labyrinth der Ratlosigkeit, als er lange Zeit schweigend dastand und das schöne Bild der Weiblichkeit betrachtete, das sich seinem Blick bot. In seiner Brust kämpften verschiedene Gefühle heftig. Er war begeistert von der Möglichkeit, die Feinde zu überlisten, die jede List und List der List eingesetzt hatten, um ihn zu ruinieren. Er empfand tiefe Bewunderung für die Intelligenz, die eine Gegenverschwörung ins Leben gerufen und ausgeführt hatte, die so unmittelbar in seinem Interesse wirksam war. Aber dahinter steckte eine schwere Verletzung seines Egoismus. Der Stolz des Mannes war verletzt. Wo er, der Hausherr, der Herr des Hauses, der Mann der Geschäfte, schmachvoll versagt hatte, hatte dieses gebrechliche Geschöpf, seine Frau, die er immer wieder kritisiert und zurechtgewiesen hatte, durch kluge und skrupellose Menschen den Sieg aus der Niederlage gerissen Machenschaften, die eines Meisters der Hochfinanz würdig wären. Dieses Kunststück war etwas Unglaubliches, aber es stimmte, dass es geschafft wurde. Es widersprach absolut allen Konventionen, in denen er aufgewachsen war. Es stand in direktem Widerspruch zu seinen persönlichen Überzeugungen, die er unzählige Male gegenüber allen und jedem geäußert hatte – insbesondere gegenüber seiner Frau. Hier war der Stachel seiner Eitelkeit. Er hatte sich geirrt. Daran konnte es keinen Zweifel geben. In anderen Fällen wären seine Behauptungen aller Wahrscheinlichkeit nach berechtigt gewesen; Aber diese Tatsache war nur ein kleiner Trost, da er sich in seinen eigenen lebenswichtigen Anliegen als unrecht erwiesen hatte. Er zuckte zusammen, als er über die Demut nachdachte, die ihm gebührte ... Dann verspürte er eine plötzliche Verzückung und vergaß seinen verletzten Stolz, als ihm wieder bewusst wurde, wie überaus wertvoll die Frau war, die er liebte. Unter dem Drang dieses Gefühls rief er mit aufrichtiger Heftigkeit der Bewunderung aus:

„Du liebster kleiner Lügner!" Die Zärtlichkeit in seiner Stimme machte den Beinamen zu einem Wort des süßesten Lobes.

Cicily bewegte sich lebhaft und warf ihre vermeintliche Lustlosigkeit ab, in der Freude über diesen ehrlichen Tribut von ihm, der sie zuvor so streng missachtet hatte. Ihre goldenen Augen leuchteten strahlend, als sie zu seinen blickten.

„Oh nein – ein großer Lügner, ich habe große Angst." Sie beugte sich vor und ihre Stimme klang schadenfroh, als sie fortfuhr: „Oh, Charles, ist es nicht einfach großartig! Und es war alles so herrlich einfach! Nun, es liegt kein bisschen auf meinem Gewissen. Sehen Sie, Sie haben gelogen, und deshalb hatte ich natürlich das Recht zu lügen. Es ging darum, Sie zu retten und unseren Arbeitern dort unten zu helfen. Also habe ich gelogen, und ich bin froh darüber." Sie gurgelte einen Moment lang hemmungslos. „Weißt du, Charles, Liebes, eine Frau kann einen lügenden Mann jederzeit schlagen!... Oh, das ist großartig!"

Aber Hamilton, der nicht unter dem Einfluss seiner Intuition stand, war noch nicht bereit, sich über einen Sieg zu freuen, der noch errungen werden musste.

„Warte", ermahnte er. „Wissen Sie, wir haben noch nichts von Johnson gehört. Wir wissen nicht, was er tun wird."

„Puh!" Cicily erwiderte zuversichtlich, denn in ihrer Weisheit akzeptierte sie den Ausspruch ihres Instinkts vorbehaltlos. „Wenn es nötig sein sollte, werde ich ihn auch überzeugen."

Seine Neugier veranlasste Hamilton, eine Leitfrage zu stellen.

„Wie bist du darauf gekommen?" erkundigte er sich eifrig.

„Oh, ich habe nur daran gedacht, weil – weil –" Cicily hielt völlig ratlos inne. Sie wusste sehr gut, wie sie dazu gekommen war. Die Idee war das freundliche Geschenk der Intuition gewesen – das war alles. Aber die Erklärung dieser Tatsache für einen einfachen Menschen mit seiner finsteren Abhängigkeit von der Logik und allen Arten von Dummheiten in der Argumentation bot erhebliche Schwierigkeiten. Also schwieg sie und grübelte darüber nach, wie sie einem Angehörigen des nicht-intuitiven Geschlechts die Wahrheit klarmachen könnte.

„Nun, denn was?" wiederholte Hamilton vielsagend.

„Warum, nur weil …" Cicily fand keine passenden Worte, um die Ursache zu interpretieren, und versuchte eine Ablenkung. „Und ich bin jedenfalls so froh! Jetzt siehst du, dass ich dir helfen kann, dass ich etwas für dich tun kann, das zählt." Die junge Frau konnte beim besten Willen der Versuchung nicht widerstehen, ein wenig mit ihren Erfolgen in der Geschäftswelt zu prahlen. Sie wagte es sogar, auf das „Weil" hinzuweisen, das sie ungeklärt gelassen hatte. „Sicher, Charles, jetzt müssen Sie sehen, wie es für uns Frauen möglich ist, unseren Ehemännern außerhalb des Hauses zu helfen – zumindest ab und zu. Tatsächlich gibt es im Geschäftsleben hin und wieder Raum für Intuition, genau wie in anderen auch Dinge. Aber die wenigen Männer, die diese Gabe besitzen, nennen es nicht beim richtigen Namen – nicht sie! Ich stelle mir vor, dass sie zu beschäftigt und wohlhabend sind, um es überhaupt zu nennen."

„Du darfst nicht denken, dass ich nicht dankbar bin, Cicily", antwortete Hamilton mit überraschender Sanftmut. „Ich weiß, wie viel ich dir schulden werde, wenn dieser Deal zustande kommt." Er ging zu dem Stuhl, auf dem seine Frau saß, und küsste sie zärtlich. „Ja, du wirst mich dankbar genug finden", wiederholte er ernst, während er sich wieder aufrichtete und sie mit liebevoller Aufmerksamkeit betrachtete.

Cicily war jedoch mit dem Gefühlsausdruck ihres Mannes nicht ganz zufrieden. Ihr Ehrgeiz, wirklich sein ganzes Leben zu teilen, durfte nicht dadurch zunichte gemacht werden, dass sie einen einzigen Erfolg und die daraus resultierende Dankbarkeit seitens desjenigen, dem sie gedient hatte, als ausreichende Leistung ansah.

„Es ist nicht die Dankbarkeit, die ich will, Charles", erklärte sie entschlossen; „Das heißt, nicht nur Dankbarkeit. Ich möchte Anerkennung."

„Aber ich erkenne alles, Cicily", drängte Hamilton, offensichtlich nicht in der Lage, die genaue Bedeutung seiner Frau zu verstehen. Dann klärte sich plötzlich seine Sicht, und er sprach mit einer neuen Sanftheit, doch mit etwas von der alten Autorität. „Ich erkenne am deutlichsten, dass hier und jetzt der wahre Wendepunkt unseres Lebens ist. Wir haben beide Fehler gemacht –"

„Oh, beides?" Ziemlich befragt, rebellisch. Ihr gelassenes Selbstvertrauen gefiel dem offenen Eingeständnis eines Fehlers nicht.

„Ja", behauptete Hamilton gerichtlich; „Wir haben beide Fehler gemacht. Ich habe mich zu sehr ums Geschäftliche gekümmert. Das gebe ich voll und ganz zu. Ich habe zugelassen, dass es in mein Privatleben eindringt; ich habe zugelassen, dass es den Ausdruck meiner Liebe zu dir behindert. Was dich betrifft, dich." Entzückendes Geschöpf, du warst unfassbar eigensinnig. Du warst bis zur Grenze deines sehr impulsiven Temperaments impulsiv. Du warst so unvernünftig, dass sie am Rande der Ablenkung stand. Aber Gott sei Dank! Du warst – genau wie du Ich würde es auch „intuitiv" nennen. Das erlöst dich vor Kritik – so wie es mich vor dem Ruin meines Geschäfts retten kann. Also, Liebling, ist es nicht fair, wenn ich sage, dass ich mich ändern werde, das zu sagen Ich möchte, dass du dich auch änderst? Um es zusammenzufassen, liebes Herz, wir müssen noch einmal von vorne beginnen."

Dennoch zögerte Cicily nicht, sich seiner Entschlossenheit zu widersetzen, auch wenn sie vor Freude zitterte, als ihr die veränderten Gefühle ihres Mannes ihr und sich selbst gegenüber offen zum Ausdruck kamen. Sie schüttelte langsam den Kopf, um seinen Vorschlag abzulehnen, und sprach mit der Energie tiefer Überzeugung:

„Es ist zu spät, Charles. Wir können nicht zurück."

„Aber, Cicily", entgegnete Hamilton, zutiefst verletzt über ihren Widerstand gegen seinen bescheidenen Entschluss, „du verstehst es nicht! Ich gebe zu, dass ich falsch lag – vielleicht mehr als nur teilweise daran schuld." So weit konnte er nicht gehen. Die Frau, die ihn liebte, lächelte heimlich über die offensichtliche Anstrengung, mit der er so viel anerkannte. Es war genug, um sie in dieser Richtung zu befriedigen – mehr als genug! Aber es blieb immer noch die Tatsache, dass sie völlig im Widerspruch zu seinem Plan stand, rückwärts zu gehen und ihr gemeinsames Leben nach einem feineren Verhaltensplan neu zu beginnen.

„Es gibt keinen Rückschritt im Leben, Charles", erklärte sie eindringlich. „Wir müssen vorwärts gehen – nur vorwärts!"

„Nein", antwortete Hamilton ernst. „Das würde niemals gehen. Der alte Kampf würde wieder auftauchen. Du hattest Recht mit deiner Argumentation, Cicily, und ich sehe es jetzt. Ich erkenne die Existenz dieses modernen Dreiecks, wie du es beschrieben hast. Man muss sich zwangsläufig entscheiden. Das ist es Entweder du oder das Geschäft. Ich habe mich einmal entschieden, und ich habe einen Fehler gemacht. Jetzt lass mich noch einmal wählen, Liebes. Oh, du musst mir glauben, Schatz. Du bist mir der Liebste – unendlich viel lieber! Ich liebe nur dich Du!" In der Stimme des Mannes lag echte Leidenschaft. Es ließ himmlische Harmonien in der Seele der Frau erklingen. Für den Moment war sie halb geneigt, die aus dem Ehrgeiz hervorgegangenen Probleme und die aus Idealen hervorgegangenen

Bestrebungen wegzuwerfen und sich mit dem Glück der Liebesausschweifungen zufrieden zu geben. Sie wehrte sich energisch gegen die Versuchung, aber ihre Frau konnte ihr kaum widerstehen. Sie täuschte vor, Zeit zu gewinnen, indem sie willkürlich Fragen stellte, die sie in gebrochenem, unsicherem Tonfall äußerte, während sie sich bemühte, ihr Ziel aufrechtzuerhalten:

„Was wirst du tun, Charles? Wie willst du beweisen, dass ich dir letztendlich lieber bin als dieses hasserfüllte Geschäft?"

„Wie soll ich das beweisen?" wiederholte Hamilton mit großer Selbstzufriedenheit. „Aber ich werde morgen an Morton verkaufen."

Bei dieser ausdrücklichen Erklärung seines Vorhabens wurde Cicily schnell aus ihrer vorübergehenden Stimmung des Nachgebens gerissen.

„Du wirst aufhören?" sie forderte scharf. „Ist es das, was du meinst, Charles?"

„Ja", kam die selbstgefällige Antwort, fest in der Intensität plötzlicher Entschlossenheit. „Ich habe schon alles geplant. Wir werden am letzten Tag der Woche einen Dampfer für eine weitere – bessere, klügere – Flitterwochen nehmen. Wir werden zu den italienischen Seen fahren, in die Schweiz. Dann, danach, werden wir Kommen Sie in dieses kleine Dorf im Süden Frankreichs. Sie erinnern sich doch an den Ort, nicht wahr, Liebste?"

„Ja", antwortete Cicily sehr leise. Ihre Wangen waren gerötet von zarten Erinnerungen an jenen üppigen Winkel, der ihrer Hochzeitsreise eine lotosfressende Pause verschafft hatte . Ihre Augen waren voller liebevoller Erinnerungen, als sie sich erneut die malerische Schönheit des Paradieses dieses Liebhabers vorstellte. Doch mit einer heftigen Willensanstrengung konnte sie den Zauber abwehren, der ihren größten Ehrgeiz zunichtezumachen drohte. und sie sprach mit einem Akzent äußerster Entschlossenheit, mit einer Stimme, die plötzlich vor neuer Energie vibrierte. „Aber ich gehe nicht!" Auch ihr Gesicht hatte die zarten, nachgiebigen Linien der umworbenen und siegreichen Frau verloren, die sich über die Unterwerfung freute; Es war wieder wachsam und hatte einen festen Plan, der keine Ablehnung duldete. Als Hamilton die Veränderung in ihr sah, starrte sie ihn bestürzt an. Er konnte diese Entwicklung in ihr nicht verstehen. Er hatte sich vergeblich gedemütigt. Er hatte angeboten, alles aufzugeben, was sie beleidigen könnte, doch sie blieb hartnäckig, unzufrieden und trotzte jedem seiner Wünsche. Er stöhnte fast, als er sich trostlos auf einen Stuhl warf und seinen Kopf in seinen Händen vergrub, verzweifelt daran, die Launen einer Frau zu verstehen.

„Siehst du nicht, mein Lieber", fuhr Cicily sanft und überzeugend fort, „dass wir nicht – wir können einfach nicht! – aufgeben? Warum, Charles, ein

Aufgebender zu sein ist das Einzige, was du am meisten gehasst hast." Dein ganzes Leben lang. Und auch ich habe es gehasst. Nein, du kannst nicht aufgeben, weil du aus Pflicht hier festgehalten wirst – aus Pflicht dir selbst gegenüber, aus Pflicht gegenüber diesen Männern und Frauen, unseren kleinen Brüdern und Schwestern, die sind für ihren Lebensunterhalt auf Sie angewiesen.

„Der Trust wird sich um sie kümmern", erklärte Hamilton mechanisch, ohne das Gesicht von den Händen zu nehmen.

„Sie wissen, wie die Stiftung sich um sie kümmern wird", erwiderte Cicily mit einem Anflug von Bitterkeit. „Es wird ihnen einen Hungerlohn zahlen – nicht mehr!"

„Aber du bist neidisch aufs Geschäft!" Hamilton widersprach und hob den Kopf, um diese höchst paradoxe Person neugierig zu betrachten. „Und jetzt drängst du mich, weiterzumachen. Ich verstehe es nicht."

Cicily lachte laut, in echter Freude. Ihre Augen strahlten vom Feuer des Sieges.

„Früher war ich neidisch darauf", gab sie freudig zu. „Das bin ich nicht mehr – weil ich es geschlagen habe. Ihr Angebot beweist das gerade erst, nicht wahr? ... Aber jetzt, wo ich einen Triumph über meinen alten Rivalen errungen habe, haben wir es geschafft vorwärts gehen."

"Zusammen?" In der Stimme des Mannes lag ein zärtlicher, halb ängstlicher Zweifel, als er die Frage stellte, die ihm so viel bedeutete, denn er liebte seine wechselhafte Frau in diesem Moment mehr, als er jemals davon geträumt hatte, eine Frau lieben zu können.

Der Kopf der Frau senkte sich schüchtern, und ihr Gesicht flammte auf. Ihr Wort kam sehr leise, aber es löste im Herzen ihres Mannes einen Freudenschrei aus.

"Ja."

Der Mann erhob sich von seinem Stuhl und ging an die Seite seiner Frau, wo er sich bückte, ihr Gesicht in seine Hände nahm und es hob, bis er tief in die goldenen Augen schauen konnte.

„Wird es dir wieder so wichtig sein wie früher?"

Und sie antwortete tapfer, obwohl eine leichte Verwirrung sie ganz erzittern ließ:

„Es wird mir wichtig sein, weil – weil ich nie aufgehört habe, mich zu kümmern!"

"Gott sei Dank!" Sagte Hamilton ehrfürchtig und nahm sie in seine Arme.

Danach sprachen die beiden Liebenden über viele Dinge, wie es Liebende tun, über ernste und fröhliche Dinge, über alberne und tiefgründige Dinge. Sie sprachen über geschäftliche Angelegenheiten, in die Cicily gelegentlich das Licht ihrer Intuition lenken konnte, um aus gröberen Gründen den Weg freizumachen. Sie diskutierten über die Gegenseitigkeit ihrer Interessen, eine Lektion von höchstem Wert für eine konventionelle Welt. Sie organisierten philanthropische Programme zur Verbesserung der Bedingungen für die kleinen Brüder und Schwestern, die auf ihren Wunsch durch Arbeit ihren Lebensunterhalt bestritten. Vor allem aber sprachen sie über diese göttlichen Absurditäten, die das Privileg aller wahren Liebenden sind. Der Ehemann beklagte die unglaubliche Dummheit, die ihn dazu gebracht hatte, das bezauberndste Wesen im Universum zu vernachlässigen; Die Frau trauerte über die strenge Notwendigkeit, die sie dazu getrieben hatte, unbeschreibliches Glück auf dem Altar des Gewissens zu opfern.

Sie trennten sich ein wenig, als Delancy geschäftig von seinem Telefongespräch hereinkam; aber sie hatten kaum ein Ohr für seine jubelnde Siegesverkündung.

„Johnson findet es großartig!" rief der alte Herr triumphierend. „Er kommt in seiner Maschine mit einem Anwalt hierher, um die Papiere zu zeichnen ... Und ich habe unseren Anwalt angerufen, damit er so schnell wie möglich hierher kommt. Mein Junge, wir haben sie ! " Hurra!"

Hamilton reagierte mit oberflächlicher Begeisterung, ließ aber nie das Gesicht seiner Frau aus den Augen.

Cicily saß schweigend da, die Augen verschleiert, und genoss den fröhlichen Aufruhr ihrer Gedanken. Durch ihr Gehirn hallten die Worte ihrer Tante Emma wider, die in gewisser Weise als Orientierung für ihr Vorgehen gedient hatten, und sie lächelte vollkommen zufrieden, während sie über deren Bedeutung in ihrem Leben nachdachte. Ihr Ziel war es, „andere Menschen glücklich zu machen". Sie hatte sich tapfer für die Arbeiter in der Fabrik eingesetzt; Sie hatte um ihren Mann gekämpft. Nun, es war ihr gelungen — sicherlich hatte sie andere Menschen glücklich gemacht; und durch ihre Arbeit für diese anderen hatte sie für sich selbst das höchste Glück gewonnen.

Doch erst nachdem Delancy sie verlassen hatte, griff Hamilton in die Innentasche seiner Weste und holte ein kleines Päckchen Seidenpapier hervor, das er mit einer fast streichelnden Berührung entrollte. Plötzlich stieß Cicily, die zusah, einen Freudenschrei aus.

„Es hat dich so sehr interessiert?" fragte sie mit schüchternem Eifer, während sie ihre linke Hand ausstreckte.

Der Ehemann steckte den Ehering an seinen Platz.

„Es war mir so wichtig", sagte er leise; „Und unendlich mehr!"

Die bernsteinfarbenen Augen der Frau waren mit Tränen verschleiert, als sie sie zu seinen hob.

„Oh, Gott sei Dank, es ist wieder da!" Sie flüsterte.

DAS ENDE

www.ingramcontent.com/pod-product-compliance
Lightning Source LLC
LaVergne TN
LVHW051534170726
843492LV00006B/1755